Jules Besson
Die Toten von Carcassonne

Zu diesem Buch

Die tief stehende Sonne zeichnete orangefarbene Streifen auf die Stadtmauer. Während Konrad Keller durch verwinkelte Gassen bummelte, genoss er den Blick auf die grandiose Kulisse von Carcassonne. Vom Canal du Midi aus, wo sein gemietetes Hausboot lag, wirkte die auf einer Anhöhe gelegene Cité trutzig und uneinnehmbar, aus der Nähe betrachtet erschien sie eher filigran, verspielt und einladend. Es war die richtige Entscheidung gewesen, ein Boot zu mieten. Diese ganz besondere Art des entschleunigten Reisens tat ihm gut, es war Balsam für die Seele.

Bis zu dem Moment, als ein junger Mann mit den Worten »Ich war es nicht!« auf sein Hausboot stürmt, ist Konrad Keller tiefenentspannt und genießt die Fahrt auf dem Canal du Midi. Doch nun folgen diesem Eindringling auch noch Madame Bardot, die Hauptkommissarin, und eine ganze Polizeiarmada. Angeblich hat der Verdächtige drei Menschen brutal ermordet. Konrad Keller plagen allerdings Zweifel daran, und er greift den französischen Kollegen – ob sie nun wollen oder nicht – bei den Ermittlungen unter die Arme.

Mit dem Hausboot von Fall zu Fall – Monsieur Keller ermittelt auf den schönsten Flüssen Frankreichs.

Jules Besson ist das Pseudonym eines leidenschaftlichen Frankreichfreundes, der die enorme Vielseitigkeit der Grande Nation vorzugsweise mit dem Hausboot erkundet. Land und Leute lassen sich kaum besser kennenlernen als beim gemächlichen Befahren der jahrhundertealten Kanalsysteme, die weite Teile Frankreichs durchziehen. Der Sammler landestypischer Rezepte ist zudem stets auf der Suche nach neuen schmackhaften Gerichten, die in seine Bücher ebenso Eingang finden wie so mancher Wein, von dem er sich beim Schreiben inspirieren ließ.

Jules Besson

DIE TOTEN VON
Carcassonne

Monsieur Keller ermittelt

PIPER

Mehr über unsere Autoren und Bücher:
www.piper.de

Wenn Ihnen dieser Krimi gefallen hat, schreiben Sie uns unter Nennung des Titels »Die Toten von Carcassonne« an *empfehlungen@piper.de,* und wir empfehlen Ihnen gerne vergleichbare Bücher.

Von Jules Besson liegen im Piper Verlag vor:
Hausboot-Krimis
Band 1: Die Toten von Carcassonne
Band 2: Mord im Burgund

Ungekürzte Taschenbuchausgabe
ISBN 978-3-492-31637-8
April 2021
© Piper Verlag GmbH, München 2019,
erschienen im Verlagsprogramm Paperback
Redaktion: Uta Rupprecht
Umschlaggestaltung: FAVORITBUERO, München
Umschlagabbildung: Getty Images (Brigitte Merz/LOOK-Foto
und Alexander Sorokopud); Shutterstock.com
Satz: Uhl + Massopust, Aalen
Gesetzt aus der Stempel Garamond
Druck und Bindung: CPI books GmbH, Leck
Printed in the EU

1

Die tief stehende Sonne zeichnete orangefarbene Streifen auf die Stadtmauer und spielte mit den Schatten der Türme und Zinnen. Während Konrad Keller durch verwinkelte Gassen bummelte, genoss er den Blick auf die grandiose Kulisse, den die wehrhafte Altstadt von Carcassonne bot. Vom Canal du Midi aus, wo sein gemietetes Hausboot lag, wirkte die auf einer Anhöhe gelegene *Cité* trutzig und uneinnehmbar, aus der Nähe betrachtet, erschien sie ihm zugleich filigran, verspielt und einladend.

Für Konrad Keller war der Besuch der eindrucksvollen Festungsanlage wie ein Ausflug in die Vergangenheit. Aus seinem Reiseführer wusste er, dass in der von einer doppelten Wehrmauer umgebenen Stadt im Mittelalter bis zu viertausend Menschen gelebt hatten. Heute tummelten sich hier noch weitaus mehr Touristen, die wie Keller an den zahllosen Kunsthandwerkerläden, Restaurants und Cafés entlangflanierten. Wie die anderen Urlauber bestaunte Keller die über der Stadt thronende Burg der Grafen von Trencavel und die prächtige Basilika Saint-Nazaire, bevor er sich vor einer Brasserie niederließ, um einen Kaffee zu trinken. Die Zeit verstrich wie im Flug, und er kostete jede Sekunde aus.

Auf dem Rückweg zum Hafen, der Keller durch die jüngere Unterstadt am Fuße des Burghügels führte, besorgte er sich eine Flasche Wein. Dazu ließ er sich ein Tütchen mit schwarzen Oliven füllen. Mit seinem Proviant erreichte er wenige Minuten später die *Bonheur*, die friedlich im kleinen Hafenbecken dümpelte. Das Wasser klatschte leise an den Bug des Hausbootes, als Keller es sich auf dem Deck bequem machte. Er nippte an dem trockenen Bordeaux, so glücklich und entspannt wie lange nicht.

Es war die richtige Entscheidung gewesen, dieses Boot zu mieten, um den Canal du Midi zu befahren. Diese ganz besondere Art des entschleunigten Reisens tat ihm gut, es war Balsam für die Seele. Jeden Tag nur kleine Etappen, stets langsam voran, mit dem Tempo eines Radfahrers, der es nicht eilig hatte. Zwischendurch gab es immer wieder Pausen beim Warten an einer der vielen Schleusen, die selbst die eifrigsten Freizeitkapitäne zu Geduld und Muße zwangen.

Helga hätte diese Reise mindestens ebenso genossen wie er. Ja, dachte Keller und schenkte sich nach, diese Fahrt wäre ganz nach ihrem Geschmack gewesen. Helga hätte jeden Halt genutzt, um die Örtchen und Märkte entlang der Strecke nach regionalen Spezialitäten zu durchstöbern, die sie dann voller Hingabe in der winzigen Bordküche zubereitet hätte. Sie hätte eine hübsche Decke über den Tisch geworfen, ihn für sie beide eingedeckt und mit Blumen vom Wegesrand dekoriert. Dann hätte sie Konrad nach allen Regeln der Kunst verwöhnt. Mit Fischsuppe, Pasteten, Schmortöpfen und was die Gegend sonst an lokalen Spezialitäten bot.

Wie sehr hatte Helga ihre gemeinsamen Urlaube geliebt! Sie war auch die treibende Kraft gewesen bei ihrem Plan, nach Kellers Pensionierung den größten Teil des Jahres auf Tour zu sein. Nachdem sie in den Jahren davor Italien erkundet hatten – vom Gardasee bis zur Stiefelspitze –, sollte nun Frankreich an der Reihe sein, aber statt wie früher mit dem VW-Bus diesmal mit dem Hausboot. Das kam

Konrad Keller sehr gelegen, denn während seine Italienischkenntnisse allerhöchstens akzeptabel waren, sprach er seit einem Auslandsjahr zu Schülerzeiten fließend Französisch, was er durch regen Kontakt mit Freunden aus Grenoble immer wieder auffrischte.

Helga hatte sich bereits akribisch auf ihre Bootsfahrt vorbereitet, hatte Routen ausgekundschaftet und Schiffstypen verglichen. Letzten Sommer, gleich nach Kellers Verabschiedung aus dem Polizeidienst, hätte es losgehen sollen. Doch dann meldeten sich erste Anzeichen der Krankheit. Zunächst war es nur ein Unwohlsein gewesen, später kamen Schmerzen hinzu. Der Hausarzt hatte keinen Rat gewusst und Helga zum Spezialisten überwiesen. Aber da war es bereits zu spät gewesen, ihr Körper voller Metastasen. Fürs Bootfahren fühlte sich Helga bald zu schwach. Die Reise wurde auf unbestimmte Zeit verschoben.

Im Oktober war seine Helga dann friedlich eingeschlafen. Das Morphium hatte dafür gesorgt, dass sie zuletzt nicht mehr leiden musste.

Helga war von ihm gegangen, und für Konrad war die Welt zusammengebrochen. Er hatte jegliche Freude am Leben verloren. Nur dem liebevollen Drängen seiner drei Kinder Jochen, Burkhard und Sophie hatte er es zu verdanken, dass er nicht in einem tiefen dunklen Loch versunken war, aus dem er sich aus eigener Kraft wohl nicht mehr hätte befreien können.

Mühsam hatte Keller sich gezwungen, wieder aktiv zu werden. Er beschloss, die mit Helga geschmiedeten Pläne allein umzusetzen, vertiefte sich in ihre Unterlagen, um die Bootstour eigenständig zu organisieren, und schöpfte Kraft daraus. Bei seiner Ankunft in Frankreich hatte ihm der Verleiher *Le Boat* wie geplant ein passendes Hausboot überlassen und ihn eingewiesen.

Und nun war er bereits seit zehn Tagen auf dem Canal du Midi unterwegs. Auch wenn er hin und wieder ein paar helfende Hände gebrauchen könnte, kam er doch zurecht – und fand an dieser neuen Art des Reisens mehr und mehr Gefallen.

Keller goss sich ein drittes Glas von dem vollmundigen Bordeaux ein und spürte allmählich die Wirkung des Alkohols. Die Sonne war mittlerweile hinter den Dächern der Stadt verschwunden, und auf den anderen Hausbooten, die mit einigem Abstand von Kellers *Bonheur* vertäut lagen, gingen die Lichter an. Auch die Laternen vor dem Gebäude der Hafenmeisterei flackerten auf. Gleichzeitig kehrte Ruhe ein, als die letzten Passanten die Kaimauern verließen und die anderen Bootsfahrer sich in ihre Kajüten zurückzogen. Auch für ihn war es bald an der Zeit, ins Bett zu gehen, überlegte Keller und spießte die letzte Olive auf. Er fühlte eine wohlige Müdigkeit; die Nacht konnte kommen.

Dies war der Moment, in dem er auf das sich nähernde Heulen eines Polizei- oder Rettungswagens aufmerksam wurde. Bald wurde die Sirene von der eines anderen Einsatzfahrzeugs übertönt, gleich darauf kam noch eine dazu. Was war da los? Ein Großeinsatz am Hafen?

Neugierig geworden erhob sich Keller von seiner Bank und spähte hinaus auf den Pier, gerade rechtzeitig, um eine schattenhafte Gestalt zu erkennen. Der Mann, groß und kräftig gebaut, lief schnell wie ein Sprinter über die Promenade und hielt direkt auf Kellers Boot zu.

Die Sirenengeräusche wurden immer lauter, das Blaulicht der näher kommenden Wagen spiegelte sich in den Scheiben der Hafengebäude. »Was zum Teufel …?«, redete Keller vor sich hin. Da setzte der Mann zum Sprung an, überwand mühelos die Distanz zwischen Pier und Bordwand und landete nur wenige Zentimeter von Keller entfernt auf dem Deck der *Bonheur*.

Keller wich erschrocken ein paar Schritte zurück. Am Steuerstand Halt suchend, musterte er den Eindringling: augenscheinlich nordafrikanischer Herkunft, mit zahlreichen Piercings im Gesicht und Tätowierungen auf den muskulösen Oberarmen. Eine auf den ersten Blick Furcht einflößende Gestalt, gegen die sich der schmächtige Keller wohl kaum zur Wehr setzen konnte.

Der Mann wirkte angespannt und gehetzt, und zunächst schien er Keller gar nicht wahrzunehmen. Seine ganze Aufmerksamkeit galt den Geschehnissen an Land, wo nun vier weiß-blaue Einsatzwagen mit quietschenden Reifen zum Stehen kamen.

Dann aber richtete er den Blick auf Keller, der unbewegt mit dem Rücken zum Steuerrad stand. Die Augen des Mannes waren weit aufgerissen; Keller meinte Zorn, aber auch Angst darin zu lesen. Nur Sekundenbruchteile sahen sie einander an, dann stürzte der Unbekannte auf Keller zu, packte ihn an den Schultern und rief: »*Ce n'était pas moi. Je n'ai rien à voir avec tout ça!*«

Keller, von Panik erfüllt, nahm den Inhalt der Worte kaum wahr. Er hatte Todesangst, fürchtete, der Angreifer könnte jeden Augenblick ein Messer ziehen.

Überall auf dem Kai tauchten Uniformierte mit gezückten Pistolen auf, einige sogar mit Maschinenpistolen, und im nächsten Moment war das Schiff von bewaffneten Polizisten umstellt. Einer schrie auf Französisch: »Treten Sie zurück, Karim, und heben Sie die Hände!«

Sekundenlang schien es so, als würde dieser Karim der Aufforderung nicht nachkommen. Wollte er Keller womöglich als Geisel nehmen? Das durfte nicht passieren, schoss es Keller durch den Kopf. Er war erfahren genug, um seine Aufregung schnell unter Kontrolle zu bringen. Nun kam es darauf an, ganz ruhig zu bleiben und vorausschauend zu handeln.

Und tatsächlich löste sich der Karim genannte Hüne von ihm. Wieder schaute er sich hektisch um, machte dann Anstalten wegzulaufen. Wollte er zur Reling, um in den Kanal zu springen? Keller würde das zu verhindern wissen. Blitzschnell streckte er ein Bein aus, schnitt dem Flüchtenden den Weg ab. Karim strauchelte und landete bäuchlings auf dem Deck.

Unverzüglich sprangen mehrere Polizisten an Bord, warfen sich auf ihn und fixierten seine Hände mit Kabelbindern. Keller, dem das Herz bis zum Hals schlug, rang nach Luft. Noch immer mit dem Rücken ans Steuerrad gepresst, sah er zu, wie die Polizisten den muskulösen Mann zum Aufstehen zwangen und mit gebrüllten Befehlen und groben Stößen an Land dirigierten. Der Gefangene wurde zu einem der Einsatzfahrzeuge gebracht, das sich gleich darauf mit jaulendem Signalton in Bewegung setzte.

Keller hatte den Schreck über das Geschehen noch nicht überwunden, als bereits einer der Polizisten auf ihn zutrat. Nein, es handelte sich um eine Polizistin, was Keller im Dämmerlicht nicht sofort erkannt hatte. Den Rangabzeichen nach war sie ein hohes Tier, wohl die Leiterin des Einsatzes.

Sie nannte ihren Namen, Bardot, was Keller sofort an die gleichnamige Schauspielerin denken ließ, einen Schwarm seiner Jugend. Und wirklich gab es eine gewisse Ähnlichkeit mit dem Kinostar der Sechzigerjahre: ein fein geschnittenes Gesicht mit großen, lebhaften Augen, die Lippen leicht aufgeworfen, das schulterlange Haar naturblond. Oder doch gefärbt?

10

Keller schätzte das Alter von *Madame le commissaire* auf vierzig, vielleicht etwas älter.

Madame Bardot unterzog Keller der gleichen kurzen Musterung, bildete sich offenbar eine positive Meinung und streckte die Hand aus. Mit einer warmen Stimme, eine Nuance tiefer, als Keller es erwartet hatte, dankte sie ihm für seine Hilfe. »Keine Ursache«, erwiderte Keller und wollte wissen, was denn eigentlich gerade passiert sei. Madame Bardot zögerte zunächst mit der Antwort, vermutlich, weil sie ihn für einen Touristen ohne nennenswerte Sprachkenntnisse hielt.

Deshalb sagte Keller: »Reden Sie nur, mein Französisch ist ganz passabel.«

Madame Bardot hob die akkurat gepflegten Brauen. »Sie sind Deutscher? Aus welcher Region kommen Sie?«

»Ist mein Akzent doch so stark? Ich komme aus Bayern.«

»Ah ja, Weißwürste und Bier«, kommentierte Madame.

»Ich bevorzuge Wein, am liebsten einen kräftigen Roten aus dem Languedoc. Oder einen Bordeaux wie diesen«, entgegnete Keller und deutete auf die halb geleerte Weinflasche auf dem Tisch.

Damit war das Eis gebrochen. Nachdem die Chefermittlerin ihren Leuten die Anweisung erteilt hatte, das Ufer von Schaulustigen zu räumen und den Rückzug einzuläuten, wandte sie sich wieder Keller zu – beziehungsweise zunächst seinem Schiff. Sie betrachtete das überschaubare Deck der *Bonheur*, warf einen kurzen Blick in die Kajüte und stellte fest: »Ein schönes Boot. Kompakt, aber geräumig. Reisen Sie zu zweit?«

»Nein, leider nicht. Der Schiffstyp nennt sich Clipper. Eigentlich eine Nummer zu groß für einen Alleinreisenden wie mich, aber die kleineren haben kein Sonnendeck. Darauf wollte ich nicht verzichten.«

Madame Bardot nahm diese Auskunft mit einem Nicken zur Kenntnis. Es machte den Anschein, als hätte sie gern gewusst, warum Keller ohne Begleitung unterwegs war. Denn wie ihm sehr wohl bekannt war, bildete er damit eine Ausnahme. Auf den meisten Schiffen fuhren Paare, oft auch Familien mit Kindern oder Gruppen von Freunden.

Dennoch fragte sie nicht nach, sondern rückte endlich mit der Information heraus, auf die Keller so begierig war: Bei dem Festgenommenen handele es sich um Karim Abdelaziz, einen französischen Staatsbürger mit algerischen Wurzeln. Abdelaziz werde dringend verdächtigt, einen brutalen Raubmord begangen zu haben. »Im Villenviertel ist er in das Haus der Familie La Croix eingestiegen. Ihnen wird das nichts sagen, aber glauben Sie mir: Dieser Name gehört zu den ganz großen in unserer Stadt.«

»Raubmord, sagen Sie?«, erkundigte sich Keller beeindruckt. Dass er es mit einem Kapitalverbrechen zu tun hatte, machte sein Erlebnis umso brisanter. »Was genau soll dieser Karim getan haben?«

Madame Bardot sah ihn mit ernstem Ausdruck an. »Er hat eine Frau und ihre zwei jugendlichen Kinder umgebracht. Die beiden waren siebzehn und achtzehn Jahre alt.«

Keller war bestürzt über so viel Brutalität. »Das ist bitter. Ohne Frage ein schlimmes Verbrechen.« Ihm gingen Bilder aus seiner eigenen beruflichen Vergangenheit durch den Kopf. Gewaltverbrechen, bei denen junge Menschen zu Schaden gekommen waren, hatten ihm immer besonders zugesetzt. Nach kurzem Nachdenken erkundigte er sich: »Woher wissen Sie, dass er es war?«

Madame Bardot erklärte, dass eine Überwachungskamera Karim deutlich erkennbar gefilmt habe, außerdem wimmele es am Tatort von seinen Fingerabdrücken. Karim Abdelaziz sei bereits polizeibekannt und mehrfach vorbestraft, daher sei man ihm schnell auf die Spur gekommen. Allerdings habe er sich zunächst der Verhaftung entzogen. »Eine Nacht und einen Tag lang haben wir nach ihm gefahndet und ihn dank Ihrer Unterstützung nun endlich gefasst.« Sie streckte ihm erneut die Hand entgegen. »Nochmals herzlichen Dank dafür!«

Keller schlug ein, redete sein Zutun jedoch klein: »Ich habe nur getan, was jeder andere auch gemacht hätte. Nicht der Rede wert.«

»Doch, doch«, beharrte sie auf ihrem Lob und dachte nicht daran, Kellers Hand loszulassen. Sie hielt sie auch dann noch fest, als sie etwas näher an ihn herantrat und in gedämpftem Ton fragte: »Was hat Abdelaziz eigentlich zu Ihnen gesagt?«

»Wie bitte?«

»Was dieser Kerl Ihnen zugerufen hat, möchte ich wissen. Er hat doch mit Ihnen gesprochen, oder sollte ich mich getäuscht haben?«

Der drohende Unterton, der in der Frage mitschwang, entging Keller nicht. »Er hat behauptet, dass er es nicht gewesen ist.«

Erneut hob sie die Augenbrauen. »Im Ernst?«

»Ja«, antwortete Keller. »Wörtlich sagte er: ›Ich war es nicht! Ich habe mit alldem nichts zu tun!‹«

Daraufhin lachte die Chefermittlerin herzhaft auf und entblößte dabei zwei Reihen makellos weißer Zähne: »Aber natürlich! Der Junge ist ein Unschuldslamm. Zu dumm nur, dass alle Indizien gegen ihn sprechen und er mit seiner Flucht nicht gerade Pluspunkte bei uns gesammelt hat.«

Madame le commissaire entließ Kellers Hand in die Freiheit. »Nichts für ungut. Versuchen Sie, diesen Vorfall zu vergessen, und genießen Sie Ihren Urlaub.« Sie sah sich noch einmal um, diesmal ausgiebig, wobei sie sich langsam um die eigene Achse drehte. »Wie ist es denn so, auf einem Hausboot unterwegs zu sein? Liegt ja sehr im Trend. Mir kommt es so vor, als gäbe es von Saison zu Saison mehr dieser Boote.«

»Ja, also …«, druckste Keller herum. Auf Small Talk war er jetzt wirklich nicht eingestellt. Da ihn Madame Bardot jedoch unverwandt ansah, antwortete er: »Das ist eine feine Sache. So ein Boot ist wie eine schwimmende Ferienwohnung mit allem Komfort. Nur dass man sie überallhin mitnehmen kann. Man ist sein eigener Herr.«

»Ist es nicht schwierig, einen solchen Kahn zu steuern, zumal wenn man ganz allein ist?«

»Überhaupt nicht! Selbst wenn man zum allerersten Mal mit einem Hausboot unterwegs ist, braucht man keinerlei Bedenken zu haben. Die Boote sind mit nur einem Vorwärts- und Rückwärtsgang ausgestattet und kinderleicht zu bedienen. Und das Beste ist, dass man im Gegensatz zu Deutschland, Polen oder Spanien hierzulande keinen Bootsführerschein benötigt. Nach kurzer Einweisung am Startpunkt kann's auch schon losgehen.«

»Vielleicht probiere ich das irgendwann selbst mal aus«, sagte sie. »Eines Tages …«

Als Keller allein zurückblieb, war seine Müdigkeit verflogen. Er setzte sich wieder an das Tischchen, wandte sich dem Wein zu und sann noch lange über das nach, was sich gerade abgespielt hatte: Der gewaltige Schreck, als der Flüchtige auf sein Boot gesprungen war; der Moment der Ungewissheit, während er sich in der Gewalt des kräftemäßig überlegenen Mannes befunden hatte; seine Entscheidung, die weitere Flucht zu unterbinden; der Auftritt von *Madame le commissaire* … Immer wieder liefen einzelne Szenen der Ereignisse vor seinem geistigen Auge ab.

Dabei trieb ihn ein eigentümliches Gefühl um. Es gab etwas, was ihn an dem soeben Erlebten störte, und das wollte ihm nicht aus dem Kopf gehen. Der Verdächtige, Karim, entsprach zwar von der äußeren Erscheinung ganz und gar dem Bild eines Gewalttäters, er war ein Gangstertyp, wie er im Buche stand. Doch mit einigem Abstand betrachtet, hatte seine Behauptung, er habe das nicht getan, in Kellers Ohren glaubwürdig geklungen.

Keller fragte sich, ob er richtig gehandelt hatte, als er dem Mann ein Bein gestellt hatte.

2

Die Aufregung steckte Konrad Keller noch in den Knochen, als er früh am nächsten Morgen aufwachte. Dass er gestern Abend mit heiler Haut davongekommen war, erschien ihm jetzt, einige Stunden danach, alles andere als selbstverständlich. Die Sache hätte auch ganz anders ausgehen können: Wenn der Angreifer durchgedreht wäre und ihn überwältigt hätte – nicht auszudenken. Oder wenn einer der schwer bewaffneten Polizisten die Nerven verloren und das Feuer eröffnet hätte. Ganz ähnliche Situationen hatte Keller ja schon erlebt, damals in seinem Job. Als er noch zur berufstätigen Bevölkerung gezählt hatte.

Er schlug die Bettdecke zurück, stand auf und schlurfte durch den schmalen Gang, der seine Schlafkoje von der Kabine trennte, die Wohnzimmer und Küche zugleich war. Dort öffnete er die Luke, um frische Luft hereinzulassen. Sie brachte die feuchte Kühle des Kanals mit sich.

Damals in seinem Job ...

Ohne Frage war der gestrige Vorfall eine schlimme Erfahrung gewesen, Keller konnte und wollte das nicht beschönigen. Auf der anderen Seite hatte ihn die unerwartete Attacke aus seiner Lethargie gerissen. So hellwach und aufmerksam wie in den wenigen Minuten, die Karim Abdelaziz bei seinem Fluchtversuch auf dem Boot gewesen war, hatte er sich seit Monaten nicht mehr gefühlt. Trotz seines beschleunigten Herzschlags hatte er in der brenz-

ligen Situation einen kühlen Kopf bewahrt und entsprechend gehandelt. All das erinnerte ihn an seine aktiven
Jahre, an die Zeit als Kriminalhauptkommissar. Er musste
sich eingestehen, dass er sich zwar auf die Rente gefreut
hatte, um gemeinsam mit Helga endlich ausgiebig auf Reisen gehen zu können, seinen Beruf jedoch immer noch
schmerzlich vermisste.

Lag es am Verlust seiner Helga, dass ihn ein Zusammen-
prall mit einem Verbrecher eher an- als aufregte? Oder
hatte das Gespräch mit der bemerkenswerten *Madame le
commissaire* seine Leidenschaft für die Polizeiarbeit neu
entfacht?

Wie auch immer. Was nutzte es, wenn er sich den Kopf
über etwas zerbrach, das unumstößlich war? Keller hatte
das Rentenalter erreicht – eine Rückkehr in seinen alten
Beruf würde es nie mehr geben. Also schüttelte er diese
überflüssigen Gedanken ab, machte sich in der schmalen
Nasszelle seines Bootes frisch und brach zu einem früh-
morgendlichen Ausflug auf.

Wie er von seinem ersten Tag in dieser faszinierenden
Stadt bereits wusste, hatte Carcassonne weit mehr zu bieten als die bekannte Wehranlage der *Cité*. Am Fuße des
Festungshügels breitete sich die – deutlich jüngere – Unterstadt aus, großflächiger gebaut, aber mit mindestens ebenso
viel Charme. Hier spielte sich das eigentliche Stadtleben ab;
Touristen mischten sich unter Einheimische, die ihren normalen Alltagsgeschäften nachgingen. In den Straßencafés
saßen nicht nur Shorts tragende Urlauber, sondern auch
Geschäftsleute im Anzug oder Jugendliche aus dem Ort,
die eine Orangina im Freien wohl dem Mathepauken im
Klassenzimmer vorzogen.

Keller hatte Glück: Eigentlich wollte er sich am zentral gelegenen Place Carnot nur ein Bistro suchen, in dem

er frühstücken konnte. Doch als er eintraf, bemerkte er, dass heute Markttag war. Die weite Fläche des Platzes, der von pastellfarbenen Häusern umrahmt wurde, stand voll mit diversen Verkaufswagen, von gestreiften Markisen beschatteten Ständen und hellen Zelten, in denen Händler ihre Waren anpriesen. Zu dieser frühen Stunde waren kaum Touristen unterwegs, die Einheimischen konnten ungestört ihre Einkäufe erledigen – und dabei wahrscheinlich den einen oder anderen Euro sparen. Denn wie Keller gehört hatte, setzte manch ein Anbieter seine Preise nach oben, sobald er die Urlauber in der Überzahl wähnte.

Wie für südfranzösische Märkte üblich, gab es auch hier eine Unterteilung in verschiedene Sparten. Da war die Reihe der Obst- und Gemüseverkäufer, die mit Qualität und Frische ihrer Salatköpfe, Karottenbündel und Tomatenstränge die Konkurrenz auszustechen suchten. In der Schlemmermeile daneben rotierten schon am Morgen Hähnchen am Grill, und Auberginenaufläufe wetteiferten mit Fischen und Schalentieren. Und dann gab es noch die herrlich opulenten Käsetheken, an denen Keller nur schwer vorbeigehen konnte, ohne nicht mindestens ein Probierhäppchen entgegenzunehmen. Das Angebot an regionalen Produkten aus dem Languedoc-Roussillon mit seinen Weinen, den Aprikosen aus Gard und dem Honig aus den Cevennen ließ keinen Wunsch offen.

Ein paar Schritte weiter begann das Reich der Textilhändler, ein buntes Völkchen mit einem ebenso bunten Angebot von der Jogginghose bis zum Abendkleid. Keller hatte an einem solchen Stand neulich erst einen Satz T-Shirts zum Schnäppchenpreis erstanden. Leider waren sie nach der ersten Wäsche auf Kindergröße geschrumpft. Aber das musste nichts heißen; wenn man genau hinschaute, fand man auch Qualitätswaren. Espadrilles, Schmuck, Strandtaschen und

Sonnenbrillen – die Auswahl war schier grenzenlos. Und dann war da noch der farbenprächtigste Teil des Marktes: Der *Marché aux Fleurs* bot eine kunterbunte Mischung aus Sonnenblumen, Lilien, Rosen und anderen Blumen – begehrte Fotomotive für Städtebummler. An solchen Ständen war Helga niemals vorbeigegangen, ohne einen Strauß mitzunehmen, als Tischdeko für den VW-Bus, mit dem sie viele Male unterwegs gewesen waren.

Nach dem ausgiebigen Rundgang über den Markt besann sich Keller auf sein eigentliches Vorhaben: das Frühstück. Er fand einen schönen Platz auf der Terrasse des *Café Chez Félix*, von wo aus er einen guten Blick auf das muntere Treiben auf dem Place Carnot hatte. Im Halbschatten ausladender Platanen genoss er die milde Morgenluft.

Keller schloss das Lokal spontan ins Herz. Der etwas antiquierte Charme der Einrichtung sagte ihm ebenso zu wie das Auftreten der Kellner, ganz klassisch mit schwarzen Hosen und weißen Hemden. Eine solche Uniform trug auch die Serviererin, die für seinen Tisch zuständig war: ein langbeiniges Geschöpf mit einem Wust dunkler Haare. Emsig eilte sie von einem Gast zum nächsten und strahlte dabei eine unerschütterliche Gelassenheit aus. Als sie seine Bestellung mit charmantem Lächeln aufnahm, musste er an seine Tochter Sophie denken.

Während Keller auf sein *petit déjeuner*, schwarzer Kaffee und ein Croissant, wartete, widmete er sich der Zeitung *Midi Libre*, die er sich am Hafenkiosk gekauft hatte. Es handelte sich um das lokale Provinzblatt, denn Keller zog es vor, stets die Gazetten aus der Gegend zu lesen, in der er sich gerade aufhielt. Das diente einerseits der Pflege seiner Sprachkenntnisse, er wusste aber auch gern Bescheid, was um ihn herum vorging. Heute interessierte ihn die Zeitung besonders, denn er rechnete mit einem Bericht über die Ereignisse des gestrigen Abends. Wie vermutet wurde er auf der ersten Seite des Lokalteils fündig, wo in einem mehrspaltigen Artikel über den Dreifachmord im Hause La Croix sowie die erfolgreiche Festnahme von Karim Abdelaziz berichtet wurde, der in der Zeitung feigenblattartig als Karim A. abgekürzt wurde.

Aus dem Text erfuhr Keller, dass es sich bei dem hinterbliebenen Ehemann und Vater, einem gewissen Richard La Croix, um eine bekannte Persönlichkeit handelte. La Croix war nicht nur Geschäftsführer des gleichnamigen Familienbetriebs, eines gut gehenden Zulieferers für die Autobranche, sondern auch aufstrebender Politiker mit großen Ambitionen. La Croix gehörte der Partei *La France d'abord!* an, von der Keller bereits gehört hatte und die seiner Kenntnis nach als ultrakonservativ galt. Das abgebildete Foto zeigte einen gut aussehenden Herrn Ende vierzig, mit entschlossenem Blick, korrekt gescheiteltem dunklem Haar und tadellos sitzender Krawatte.

Während Keller über dem Artikel brütete und sich fragte, ob sich der Verdacht gegen Karim Abdelaziz wohl inzwischen erhärtet hatte, servierte die freundliche Kellnerin ihm das Frühstück.

»*Merci bien*«, bedankte er sich, wobei er ihr Lächeln erwiderte.

»Wenn die Frage erlaubt ist: Woher kommen Sie?«, erkundigte sich die Kellnerin mit heller Stimme und neigte neugierig den Kopf.

»Oh, ich komme aus…«, setzte Keller zu einer Antwort an, wurde jedoch unterbrochen.

»Warten Sie!«, rief die junge Frau und führte den Zeigefinger zum Mund. »Lassen Sie mich bitte raten. Ich bin gut darin. Liege fast immer richtig.«

Keller ließ sich bereitwillig auf den Spaß ein, zumal gerade kein anderer Gast nach der Bedienung verlangte. »Also gut. Raten Sie!«, sagte er auf Französisch, wobei er sich bemühte, seinen deutschen Akzent zu unterdrücken. Vergebens.

»Deutschland!«, tippte die Dame und traf auf Anhieb ins Schwarze.

»Stimmt! Wodurch habe ich mich verraten? Ich spreche Ihre Sprache, lese eine französische Zeitung und trage weder Seppelhut noch Lederhosen. Was mache ich falsch?«

»Sie machen gar nichts falsch«, entgegnete sie kichernd. »Es ist ganz einfach Ihre Art.«

»Meine was?«

»Wie Sie sich bewegen, Ihr Ausdruck, eben die Art. Die Deutschen sind meistens etwas – nun ja.«

»Nur zu: Was sind wir?«

»Etwas steif«, rückte sie mit ihrer Meinung heraus, um sogleich nachzuschieben: »Aber das ist völlig in Ordnung. Dafür sind die Niederländer etwas laut, die Engländer verraten sich durch den Sonnenbrand und die Pariser durch ihre Hochnäsigkeit.«

»Wie schön, dass Sie auch unter Einheimischen Unterschiede ausmachen.«

»Na klar, ich erkenne auch einen Bretonen, wenn er vor mir steht.« Sie beugte sich tiefer und sagte: »Und über Sie weiß ich sogar noch mehr.«

»Offenbar bin ich für Sie ein offenes Buch.«

»Sie sind Bootstourist!«

Keller lachte. »Um das zu erraten, braucht man keine hellseherischen Fähigkeiten. Ich nehme an, dass jeder dritte Gast auf Ihrer Terrasse mit dem Hausboot unterwegs ist.«

»Ganz so viele sind es nicht. Viele kommen mit dem Flugzeug, dem Auto oder im Reisebus. Aber trotzdem bin ich mir bei Ihnen sicher.«

»Weil ich ganz dem Typ eines grimmigen Seebären entspreche?«

Erneut kicherte die Kellnerin. »Sie? Ganz gewiss nicht. Nein, es liegt mehr daran...« Lachend lüftete sie das Geheimnis, indem sie die Wasserstraßenkarte hervorzog, die halb unter Kellers Zeitung lag. »Planen Sie Ihre weitere Tour? Wohin soll es denn als Nächstes gehen?«

»Kanalabwärts«, antwortete Keller. »Wann ich wo sein werde, weiß ich noch nicht. Das ist ja das Schöne am Bootfahren: Man kann sich einfach treiben lassen. Wenn ich durch einen besonders hübschen Landstrich komme und spontan anlegen möchte – kein Problem! An Bord sind Hammer und Pflöcke, sodass ich festmachen kann, wo immer ich möchte. Auch ohne Hafen, in freier Natur. Mein Name ist übrigens Keller. Konrad Keller.«

»Konrad? Ein schöner Name. Dann nenne ich Sie Monsieur Konrad, *d'accord*?« In die Leichtigkeit ihres Gesprächs mischte sich eine ernste Note, als sie anmerkte: »Sie sind allein unterwegs, ja?«

Keller nickte, ohne sich weiter zu erklären.

»Und Sie kommen klar?«

»Komisch, dass ich das immer wieder gefragt werde. Falls Sie auf eine ausgewogene Ernährung abzielen sollten, lautet die Antwort eindeutig: Ja«, sagte er augenzwinkernd. »Ich verfüge über eine voll ausgestattete Kombüse mit Gasherd, Ofen, Kühlschrank, Töpfen, Pfanne und Geschirr. Und meine Zutaten besorge ich mir frisch und landestypisch auf dem Markt oder in Geschäften entlang meiner Route.«

Die Kellnerin setzte zu einer weiteren Frage an, doch

eine Dame mit Hund, die zwei Tische weiter Platz genommen hatte, winkte nach ihr.

Mit entschuldigender Geste beendete die junge Frau die nette Plauderei. Keller ließ sie ziehen und griff zu dem ofenwarmen Croissant, dessen betörender Duft ihm schon die ganze Zeit in die Nase gestiegen war. Gerade wollte er hineinbeißen, als sich sein Handy meldete. Keller rückte seine Gleitsichtbrille zurecht, um die angezeigte Nummer ablesen zu können: Burkhard, sein Zweitgeborener. Keller wunderte sich ein wenig über diesen Anruf, denn um diese Uhrzeit war Burkhard gewöhnlich viel zu beschäftigt, um mit seinem alten Vater zu telefonieren.

»Sind dir die Patienten ausgegangen?«, neckte Keller seinen Sohn.

»Ganz im Gegenteil!«, meldete sich der Junior mit warmer Brummbärenstimme. »Vorm Sprechzimmer warten zwei Kaninchen, drei Hunde, eine Katze und sogar ein Leguan. Nicht zu vergessen ein asthmatischer Wellensittich. Rushhour!«

»Dann erstaunt es mich umso mehr, dass du mich anrufst. Was kannst du für den Sittich tun?«

»Im Zweifelsfall stecke ich ihn ins Sauerstoffzelt.«

»So was gibt es für Vögel? Ist das nicht etwas aufwendig und übertrieben?«

»Für das Tierwohl ist den Herrchen und Frauchen nichts zu aufwendig.«

»Und nichts zu teuer.«

»Nun ja, ich kann nicht klagen.«

Nach einigem Geplänkel über Burkhards Tierarztpraxis kam sein Sohn auf den eigentlichen Grund seines Anrufs zu sprechen. Wie es dem Vater gehe, wollte er wissen, ob seine Reise nach Plan verlaufe und er gut auf sich achte.

Bei der letzten Frage kam der Mediziner in ihm durch,

dachte sich Keller schmunzelnd und antwortete brav: »Meine Kombüse ist gefüllt, inklusive reichlich Vitaminen in Form von Obst. Besonders die Honigmelonen haben es mir angetan: ein Aroma vom Feinsten. Und als Skipper bin ich unschlagbar. Ich beherrsche inzwischen sogar die gängigen Seemannsknoten.«

»Das freut mich zu hören. Ich hoffe, bei den Melonen handelt es sich nicht um Supermarktware. Denn das wäre eine Sünde bei dem frischen Angebot, das es auf den Märkten in Südfrankreich gibt.«

»Solange ich hier bin, habe ich noch keinen Fuß in einen *supermarché* gesetzt – obwohl auch diese ausgezeichnete Qualität bieten.«

»Abgesehen vom Obst, was kommt sonst auf deinen Teller? Würdigst du die lokalen Spezialitäten? *Saucisse de Toulouse*, diese köstliche Bratwurst, oder *Poulet basquaise*, Hähnchenkeule mit Estragon und viel Knoblauch. Schon probiert? Was würde ich dafür geben, jetzt bei dir sein zu können!«

»Du scheinst dich ja ausgiebig mit meinem Urlaubsland befasst zu haben.«

»Zumindest mit den lukullischen Aspekten. Du weißt ja, dass das mein großes Hobby ist.«

»Ja, wenn du nicht in deiner Praxis stehst, dann am Herd oder vorm Grill«, meinte Keller und hatte seinen gut genährten Sohn dabei bildlich vor Augen. »Wie dem auch sei, ich lasse es gemütlich angehen und habe immer einen vollen Magen. Alles in allem geht es mir gut.«

»Aber?« Burkhards kurze Nachfrage verriet Keller, dass sein Sohn ihn durchschaut hatte. Er schien es im Gespür zu haben, dass Konrad Keller sich nicht darauf beschränkte, den lieben langen Tag über Frankreichs schönste Wasserstraße zu schippern. »Da ist doch noch mehr. Die ersten

Tage hast du jeden Abend eine Nachricht geschickt – seit gestern herrscht Funkstille.«

»Na und? Du hast dich früher bei Klassenfahrten auch nicht regelmäßig bei uns gemeldet.«

»Inge meint jedenfalls, dass da was faul ist. Und dass ich besser mal bei dir anrufen sollte.«

»Was deine Frau nur immer denkt…«

»Also hat sie recht!«

Keller stieß einen tiefen Seufzer aus. Gegen den Instinkt seiner Schwiegertochter kam er nicht an. Und so erzählte er Burkhard, was am Abend zuvor vorgefallen war, woraufhin erst einmal Schweigen herrschte.

»Burkhard, bist du noch dran?«, erkundigte sich Keller.

»Ja«, kam es knapp durch den Hörer. »Es war abzusehen, dass du wieder einmal in irgendetwas Kriminelles verwickelt bist, Paps.«

»Was soll das denn heißen?«

»Genau das, was ich gesagt habe«, antwortete Burkhard mit strengem Unterton.

»Na, hör mal! Ich bin in gar nichts verwickelt. Da ist ein fremder Kerl auf mein Boot gesprungen, und ich habe etwas nachgeholfen, damit er nicht weiterkommt. Das war alles.«

»Ich hoffe, du lässt diese Sache damit auf sich beruhen.«

»Eigentlich hatte ich das vor. Andererseits interessiert es mich, wie sich diese Sache, wie du sie nennst, weiterentwickelt. Zumal es aus meiner Sicht einige Ungereimtheiten gibt.«

»Was für Ungereimtheiten?«, fragte Burkhard leicht gereizt.

»Wenn ich das richtig sehe, handelt es sich im Grunde genommen um einen Einbruch. Doch der klassische Einbrecher ist normalerweise kein Gewaltverbrecher, sondern haut ab, wenn er erwischt wird. Ein Dreifachmord passt da nicht ins Bild.«

»Kann ja sein, aber das hat dich nicht zu interessieren. Dafür ist die französische Polizei zuständig, und du bist in Rente.«

»Auch ein Pensionär darf sich so seine Gedanken machen, oder? Im Übrigen bin ich der Ansicht, dass dieser Fall nicht ganz so glasklar ist, wie es die zuständige Kommissarin gern hätte.«

Burkhard legte ihm erneut nahe, sich darüber nicht den Kopf zu zerbrechen und sich rauszuhalten. »Vergiss es, Paps. Kümmere dich nicht darum, und genieß stattdessen deinen Urlaub.«

»Das tue ich bereits. Ich sitze in einem wunderschönen Café mit lauter entspannten Leuten um mich herum und habe einen tollen Blick auf den Marktplatz. Trotzdem kann ich nicht ausschließen, dass man von offizieller Seite noch einmal auf mich zukommen wird. Immerhin war es mein Schiff, auf das Karim sich geflüchtet hat«, gab Keller zu bedenken.

»Es ist nicht dein Schiff, sondern ein gemietetes Boot. Wie du gerade selbst gesagt hast, war es Zufall, dass der Mann bei dir gelandet ist. Du musst dich zu nichts verpflichtet fühlen. Deine Aussage hast du doch schon zu Protokoll gegeben, also bist du aus dem Schneider. Außerdem …«

»Außerdem was?«

»Außerdem bist du für solche Dinge einfach zu alt.«

Keller zuckte zusammen, diese Feststellung seines Sohnes hatte ihn getroffen. Da war es wieder: das bittere Gefühl, zum alten Eisen zu gehören. Nicht mehr gebraucht zu werden. Seit dem Tag seiner Pensionierung hatte Keller damit zu kämpfen, und sämtliche Freuden eines pflichtbefreiten Rentnerlebens konnten ihn nicht über seine plötzliche Bedeutungslosigkeit hinwegtrösten.

Seine Stimmung war entsprechend gedrückt, als er das Frühstück beendete und überlegte, wie er den Rest des Tages verbringen sollte. Bisher hatte er nur wenig von der Stadt gesehen und bloß oberflächliche Eindrücke gesammelt. Über Mittag, wenn die Sonne im Zenit stand und die Luft in der Hitze flirrte, wäre ein Museumsbesuch angeraten. Er hatte sich bereits erkundigt: Es gab eine Mittelalterschau, eine Militärausstellung und das *Musée des Beaux-Arts*, das ganz den schönen Künsten gewidmet war.

Helga hätte nicht lange überlegen müssen und sich für das Kunstmuseum entschieden, aber ohne sie tendierte Keller eher zum Mittelalter. Doch ihm fehlte ganz einfach der Elan. Er verspürte wenig Lust, sich aufzuraffen und noch einmal den Hügel zur *Cité* hinaufzusteigen, wo die Ausstellung untergebracht war.

Unschlüssig, wie er momentan war, ließ er sich in dem Menschenstrom treiben, der ihn erneut ins Getümmel des Marktplatzes zog. Mittlerweile hatte sich das Bild komplett verändert. Touristen aus aller Herren Länder drängten sich in den engen Gängen zwischen den Verkaufswagen. Auch der Geräuschpegel war enorm. Keller fing Gesprächsfetzen in Englisch, Niederländisch, Spanisch und Deutsch auf, aber kaum noch Französisch.

Er schwamm im Strom der Urlauber bis zur Schlemmermeile, als ihm die Idee kam, sich Zutaten für sein Mittagessen zu besorgen. Worauf hatte er Appetit? Leicht sollte es sein, leicht und bekömmlich. Vielleicht ein Salat, zu dem er sich eine Handvoll Shrimps braten würde. Oder frischer Fisch? In Wein gedünstet mit ein paar Kräutern, das ging immer. Inzwischen beherrschte er die Zubereitung solcher einfachen Speisen recht gut. Jahrzehntelang hatte er Helga beim Kochen über die Schulter geguckt und höchstens mal beim Kartoffelschälen geholfen. Trotzdem hatte er gelernt, welche Tricks und Kniffe nötig waren, um aus gewöhnlichen Zutaten einen Gaumenschmaus zu kreieren, denn Helga hatte ihm bereitwillig immer wieder erklärt, was bei einem Rezept zu beachten war und was man tunlichst unterlassen sollte. Vielleicht hatte sie sein Interesse am Kochen ganz bewusst gefördert, weil sie in den letzten Monaten ihren viel zu frühen Tod geahnt hatte und ihn gut versorgt wissen wollte?

Dieser Gedanke machte Keller noch trübseliger. Er bemühte sich, die Mundwinkel nicht hängen zu lassen, und richtete die Aufmerksamkeit auf seine Umgebung, um sich von der guten Laune der Marktbesucher anstecken zu lassen. Vor ihm in der Schlange am Fischstand unterhielt sich eine – dem Klang nach – schwäbische Familie mit zwei heublonden Kindern darüber, ob die im Eisbett ausgelegten Doraden, Meerbarben und Seehechte denn wirklich echt seien und nicht aus Plastik. Und wie grauslich die großen Hummer und Langusten aussähen! »Igitt! Die leben ja noch!«, rief eines der Kinder entsetzt.

Dies entlockte Keller immerhin ein Schmunzeln, und er überlegte, für was er sich entscheiden sollte. Das war nicht einfach. Der Étang de Thau beherbergte die weitläufigsten Austernbänke der Welt, und über die Fischereihäfen war fangfrisch alles verfügbar, was das Mittelmeer zu bieten hatte. Auf Märkten wie diesem wurde der Fisch in einer Güte angeboten, wie es in Deutschland abseits von Nord- und Ostsee nicht möglich war – und gerade dieses enorme Angebot machte für Keller die Entscheidung nicht leicht.

Während er noch überlegte, sah er, wie eines der beiden Kinder in die Handtasche der Mutter fasste und, von dieser unbemerkt, eine kleine Kamera herausholte. Das Mädchen wollte offenbar ein Foto von den Hummern machen, stellte sich jedoch so ungeschickt an, dass der Fotoapparat auf den Boden fiel. Die Mutter fuhr erschrocken herum und sah ihre beiden Kinder vorwurfsvoll an. Ihr Verdacht fiel auf den Jungen, doch der wedelte aufgeregt mit den Armen und schrie: »Das war ich nicht! Ich bin es nicht gewesen!« Die Mutter hob die Kamera auf und stellte fest, dass sie den Sturz heil überstanden hatte, womit die Sache für sie erledigt war.

Nicht aber für Keller, denn diese kurze Episode – so unbedeutend sie für die Beteiligten gewesen sein mochte – hatte erneut die Erinnerung an das gestrige Geschehen in ihm wachgerufen. Ihm fiel ein, was Karim Abdelaziz ihm zugerufen hatte. Es waren fast die gleichen Worte gewesen, wie sie der Junge soeben verwendet hatte – und der war tatsächlich unschuldig.

Das gab Keller zu denken und stachelte gleichzeitig seinen Ehrgeiz an. Sein Mittagessen war ihm plötzlich gleichgültig. Er verließ die Warteschlange und beschloss, die Warnung seines Sohnes in den Wind zu schlagen. Statt darauf zu warten, ob sich die Polizei noch einmal bei ihm meldete, wollte er das Heft des Handelns selbst in die Hand nehmen. Als Erstes würde er *Madame le commissaire* aufsuchen, um sie persönlich nach dem Stand der Dinge zu fragen.

Er hatte den Entschluss gerade gefasst, als er noch einmal an dem netten Frühstückscafé vorbeikam und die freundliche Kellnerin erblickte. Spontan ging er auf sie zu und erkundigte sich bei ihr nach der Adresse der *Police nationale*.

Die sympathische junge Frau erklärte ihm etwas umständlich, dass seine Frage nicht so einfach zu beantworten sei: »*L'hôtel de police de Carcassonne* liegt in der Stadtmitte zwischen der *Brasserie A 4 Temps* und *la cathédrale Saint-Michel.*«

»Prima, das sind ja nur ein paar Minuten von hier.«

»Ja und nein. Dort wird nämlich gerade renoviert. Deshalb wurde die Polizei vorübergehend in einen Vorort umquartiert.«

»Auch recht. Wie komme ich dort hin?«

»Es ist außerhalb, zu Fuß schaffen Sie das nicht. Und öffentlich ist es schwer zu erreichen, zumal heute die Busfahrer streiken. Sie könnten natürlich ein Taxi nehmen, wobei es leicht passieren kann, dass man Sie übers Ohr haut.« Die Bedienung sah ihn mit bedauernder Miene an, während sie nach einer Lösung für ihren Gast suchte.

Dann hellten sich ihre Züge auf. »Wie wäre es mit einem Mietwagen? Mit dem können Sie sich auch gleich das Umland ansehen. Es ist wunderschön!« Sie griff in ihre Serviertasche und reichte ihm die Karte eines Autovermieters. »Ein Freund von mir«, erklärte sie, »sein Büro liegt nur zwei Straßen von hier entfernt. Sie können es gar nicht verfehlen.«

Keller wendete die Karte in seiner Hand. »Meinen Sie, dass das eine gute Idee ist?«

»Unbedingt!«, versicherte die Kellnerin mit leuchtenden Augen. »Sagen Sie, Yvette hat Sie geschickt, dann macht Ihnen Joey einen Sonderpreis.«

3

Mit dem spritzigen Kleinwagen, einem Peugeot 208, kam Konrad Keller gut zurecht. Auch mit der französischen Fahrweise, die gerade im innerstädtischen Verkehr um einiges forscher war als in Deutschland, hatte er sich bald angefreundet. Im Zweifelsfall drückte er einfach einmal mehr auf die Hupe, wenn ihn in einem der zahllosen Kreisverkehre jemand zu schneiden versuchte. Dass viele der anderen Autos mit Beulen und Schrammen übersät waren, beunruhigte ihn nicht im Geringsten. Denn erstens war auch sein Leihwagen nicht mehr ganz makellos, und zweitens betrachtete Keller einen Wagen nicht als Statussymbol, sondern lediglich als Fortbewegungsmittel. Solange er anstandslos von A nach B kam, war er zufrieden.

Er hatte das provisorische Quartier der *Police nationale* bald erreicht und fand einen Parkplatz unmittelbar am Eingang des dreistöckigen Bürogebäudes, vor dem die Trikolore im Wind flatterte. Keller meldete sich beim Pförtner und bat darum, zu Madame Bardot vorgelassen zu werden.

Der Wachmann ließ sich seinen Personalausweis zeigen, nickte grimmig und fragte: »Was ist Ihnen gestohlen worden? Das Portemonnaie, eine Kameraausrüstung oder der Schmuck Ihrer Frau?« Offenbar war er es gewohnt, dass Touristen wie Keller mit derartigen Anliegen bei ihm vorstellig wurden.

»Weder noch. Es geht um Mord«, antwortete Keller mit ernstem Ausdruck.

Daraufhin machte der Pförtner große Augen, winkte einen Kollegen heran und wies ihn an, den Gast unverzüglich ins Kommissariat zu bringen.

Wenig später befand sich Keller in Madame Bardots Vorzimmer, das genauso behelfsmäßig eingerichtet war wie das gesamte Gebäude. Zwar waren alle Möbel vorhanden, die zu einer Büroausstattung dazugehörten, doch stapelten sich an den Wänden halb volle Umzugskartons. Die Räume wirkten kahl, es gab weder Zimmerpflanzen noch Bilder an den Wänden. Auf Keller machte es den Eindruck, als betrachteten die Mitarbeiter das Gebäude als eine vorübergehende Bleibe, für die es sich nicht lohnte, sich häuslich einzurichten.

Ein Assistent erschien und bat ihn hölzern und ernst, einen Moment Platz zu nehmen, da *Madame le commissaire* gerade in einem Gespräch sei. Keller setzte sich auf einen Stuhl. Um sich die Zeit zu vertreiben, griff er nach einer bereitliegenden Zeitschrift, wie er es auch im Warteraum einer Arztpraxis getan hätte. Wie sich herausstellte, hatte er das Mitteilungsblatt einer Polizeigewerkschaft erwischt. Mit mäßigem Interesse blätterte er darin herum, behielt dabei jedoch die Umgebung im Auge.

Der Assistent stellte eine Wasserkaraffe und mehrere Gläser auf ein Tablett, das er in Madames Büro trug. Als er zurückkehrte, versäumte er es, die Tür hinter sich zuzuziehen, sodass Keller einen Blick hineinwerfen konnte. Er sah den zierlichen Rücken der Kommissarin und ihr gegenüber einen Mann, der Keller vage bekannt vorkam.

Keller legte die Zeitschrift beiseite und beugte sich etwas vor, um den Mann besser erkennen zu können, dann fiel es ihm ein: Es handelte sich um Richard La Croix, dessen

Foto er in der Zeitung gesehen hatte. Der Mann, der seine gesamte Familie verloren hatte. Was für ein Schicksalsschlag! Keller mochte sich nicht ausmalen, welche Qualen La Croix in diesen Tagen durchleiden musste.

Interessiert war er aber doch. Also rückte Keller ein Stückchen näher und sah genau hin. Wie erwartet wirkte La Croix gebrochen und so verzweifelt, dass er Zuspruch von einer neben ihm stehenden Frau bekam, die ihm beruhigend die Hand auf den Arm legte. Seine nicht mehr ganz junge, aber attraktive Begleiterin trug ein elegantes anthrazitfarbenes Businesskostüm und hatte ihr brünettes Haar hochgesteckt. Keller rätselte, um wen es sich bei der Frau handeln könnte. Eine Verwandte, möglicherweise die Schwester von La Croix? Vom Alter her müsste es in etwa hinkommen.

Nachdem er seine Neugier befriedigt hatte, widmete sich Keller wieder seiner Zeitschrift. Kurz darauf verließen La Croix und die Dame im Kostüm das Büro und gingen achtlos an ihm vorbei. Keller fing den teuren Duft der Frau an La Croix' Seite auf und fragte sich einmal mehr, wie es Französinnen fertigbrachten, auch im Alltagsleben so viel stilvoller aufzutreten als so manche Deutsche. Die Kellnerin aus dem Straßencafé hatte schon recht, wenn sie meinte, dass die Unterschiede zwischen den beiden Nationen augenfällig seien.

Er wartete ab, bis die Besucher verschwunden waren, dann folgte er dem Assistenten zu *Madame le commissaire*. Das Büro der Kripoleiterin war entsprechend ihrer Position groß, wurde von einer aufgeständerten Trikolore dominiert und war im Gegensatz zum Vorzimmer annähernd wohnlich eingerichtet. Zwar verrieten einige offen verlegte Kabel sowie auf dem Boden stehende Aktenordner, dass es sich auch hier nur um eine vorübergehende

Bleibe handelte, doch der Anschein eines Chefzimmers blieb gewahrt. Weibliche Nuancen wie eine Vase mit Blumen und eine Glasstatuette auf der Fensterbank gaben dem Raum eine persönliche Note.

Madame Bardot, deren Vorname laut Türschild Béatrice lautete, schien über Kellers unerwarteten Besuch ehrlich erfreut zu sein. Als sie ihn im Türrahmen stehen sah, dauerte es nur den Bruchteil einer Sekunde, bevor sie ihn erkannte. Mit herzlichem Lächeln kam sie auf ihn zu.

»Was führt Sie zu mir, Monsieur Keller?«, erkundigte sie sich, nachdem sie ihn zu einer Sitzecke mit Kunstledersesseln geführt hatte. Sie setzte sich ihm gegenüber und schlug die Beine übereinander. Heute trug sie statt ihrer Uniform ein hellgraues Kostüm, darunter eine himmelblaue Bluse. »Lassen Sie mich raten: Sie treibt die Neugierde, richtig? Ich habe gestern schon erkannt, dass Sie niemand sind, den eine solche Geschichte kaltlässt. Sie möchten wissen, wie es weitergeht. Das kann ich gut verstehen.«

»Ja«, gab Keller unumwunden zu und räumte sogleich ein, dass er ihr am gestrigen Abend eine nicht unwesentliche Information vorenthalten hatte: »Sie müssen wissen: Ich bin nicht bloß passionierter Rotweintrinker, sondern ebenfalls Polizist – Ex-Polizist. Aus beruflich bedingter Wissbegierde möchte ich gern hören, wie sich der Fall entwickelt. Und da bin ich ja nicht der Einzige.« Béatrice Bardot sah ihn verwundert an, woraufhin Keller ausführte: »Der trauernde Richard La Croix erwartet sicherlich ebenso eine schnelle Lösung des Falls. Er war es doch, der da gerade aus Ihrer Tür kam?«

»Gut beobachtet, Kollege.« Sie beugte sich vor und musterte ihn interessiert. »Darf ich fragen, in welcher Position Sie tätig waren?«

»Erster Hauptkommissar und Kommissariatsleiter beim

K1, das ist bei uns zuständig für Mord und Gewaltverbrechen.«

»Nun ja, dann sind Sie gewissermaßen ein Experte.«

Keller registrierte, wie die deutlich jüngere Ermittlerin ihn taxierte. Was *Madame le commissaire* sah, war ein mittelgroßer, schlanker Mann mit kahlem Kopf und wachen Augen. Ein Aussehen, das ihm oft Vergleiche mit Captain Jean-Luc Picard aus *Raumschiff Enterprise – Das nächste Jahrhundert* eingebrockt hatte. Auch mit seiner Drahtigkeit und Eloquenz ähnelte er angeblich dem Schauspieler Patrick Stewart. Für Keller war das Grund genug gewesen, sich eine ausdrucksstarke, schwarz geränderte Brille zuzulegen. Damit unterschied er sich wenigstens optisch von seinem prominenten Hollywood-Doppelgänger.

Béatrice Bardots Tonfall klang vertraulich, als sie sagte: »Bevor ich Ihre Frage beantworte, müssen Sie mir verraten, weshalb Sie so ein hervorragendes Französisch sprechen. Das ist ja nicht gerade üblich bei einem deutschen Touristen. Die meisten Ihrer Landsleute versuchen, mit Englisch durchzukommen.«

»Die Sprache liegt mir. Hat mir schon als Schüler gefallen. Ich habe jedes Austauschprogramm mitgemacht, das ich kriegen konnte. Aber das ist nur die halbe Wahrheit: Hauptsächlich sind dafür Sylvie und Alain verantwortlich, zwei gute alte Freunde aus Grenoble. Wir kennen uns seit den Siebzigerjahren. Haben uns oft getroffen, um in den französischen Alpen gemeinsam zu wandern.« Nachdem das geklärt war, hoffte Keller auf die versprochene Antwort.

»Ja, es war La Croix, den Sie soeben gesehen haben«, bestätigte Béatrice Bardot. »Ich musste ihn einbestellen und befragen. Keine angenehme Aufgabe, wie Sie sich vorstellen können. Ich hätte ihm das gern erspart.«

»So etwas gehört nun mal zu unserem Job«, merkte Keller mitfühlend an, denn er konnte sich sehr gut in ihre Lage hineinversetzen.

»La Croix ist verständlicherweise völlig am Boden zerstört. Die ganze Familie ausgelöscht – das haut selbst jemanden um, dem man nachsagt, in seiner politischen Arbeit über Leichen zu gehen. Im übertragenen Sinne, versteht sich. Ich nehme an, Sie sind inzwischen über La Croix' gesellschaftliche Stellung informiert?«

»Ja. Ich habe über ihn gelesen: Er ist wohl die treibende Kraft bei *La France d'abord!* und auch als Industrieller eine große Nummer. Ein harter Schicksalsschlag, ohne Frage. Aber wie mir scheint, wird er bereits getröstet. Bei seiner charmanten Begleiterin handelt es sich um ein Familienmitglied?«

»Alle Achtung. Sie haben wirklich eine bemerkenswerte Beobachtungsgabe, Kollege«, sagte Madame Bardot mit anerkennendem Schmunzeln. »Aber nein, das war keine Angehörige. Madame Bertrand ist Juristin. Sie leitet eine angesehene Kanzlei und ist seit vielen Jahren als Familienanwältin für das Haus La Croix tätig. Sie bietet bei solchen Gesprächen rechtlichen Beistand, ist ihm aber, wenn Sie so wollen, auch eine wichtige Stütze in schweren Zeiten wie diesen. Ebenso wie La Croix selbst drängt sie auf eine rasche Lösung, das haben Sie ganz richtig erkannt.«

»Ich bin gespannt, wie diese Lösung aussehen wird. Darf ich fragen: Wie ist das Ganze eigentlich abgelaufen? Sie sagten zwar, dass es sich um Raubmord handelte, und so steht es auch in der Zeitung, aber das erscheint mir nicht ganz schlüssig. Gestohlen wurde doch offenbar nichts. Oder habe ich da etwas überlesen?«

Béatrice Bardot betrachtete Keller abwägend. Wollte sie abschätzen, inwieweit sie ihn ins Vertrauen ziehen konnte?

Ob sie so weit gehen sollte, dem Besucher Einblick in die Ermittlungsarbeit zu geben? Die Sichtprüfung schien positiv ausgefallen zu sein, denn sie gab sich einen Ruck und sagte: »Wir nehmen an, dass Karim Abdelaziz einen Bruch in der Villa vorhatte. Ob spontan oder geplant, das muss noch geklärt werden. Er ging wohl davon aus, dass er das Haus leer vorfindet, denn es war allgemein bekannt, dass Monsieur La Croix an diesem Abend einen Live-Auftritt im Fernsehen hatte. Vermutlich hatte Abdelaziz daraus gefolgert, dass auch die Familie im Studio sein würde.«

»Allgemein bekannt? War dieser Fernsehauftritt angekündigt?«, hakte Keller nach.

»Ja, es stand in der Zeitung. Außerdem lief es über verschiedene Social-Media-Kanäle, und auch der Sender selbst hat dafür getrommelt, denn La Croix gilt als Quotengarant. Seine Thesen mögen reißerisch sein, aber sie finden ihr Publikum.« Béatrice Bardot räusperte sich. »Karim meinte also, freie Bahn zu haben, brach eines der hinteren Fenster auf und stieg ein. Dass die Villa verwaist sein würde, war ein Trugschluss, den Madame La Croix und ihre beiden Kinder mit dem Leben bezahlen mussten.«

»So könnte es gewesen sein«, bestätigte Keller, dem dieser Tathergang folgerichtig vorkam. »Monsieur La Croix hielt sich demnach in der Sendeanstalt auf, als es passierte, und konnte nichts tun, um seiner Familie zu helfen.«

»Nein, das konnte er nicht.«

»Ist dieser Sender weit entfernt? In einer anderen Stadt?«

»Es war der Lokalsender, hier in Carcassonne, allerdings am anderen Ende der Stadt. Monsieur La Croix fuhr nach der Übertragung zurück nach Hause und fand die Toten dort auf. Eine schreckliche Vorstellung.«

»Ja, das ist grausam«, sagte Keller. »Karim hatte die Villa zu diesem Zeitpunkt bereits wieder verlassen, nehme ich an.«

»Richtig. Er ist unmittelbar nach der Tat geflüchtet. La Croix traf kurz darauf ein, doch da war es bereits zu spät. Er konnte nichts mehr für seine Familie tun.«

Keller nickte, während er sich den Ablauf des verhängnisvollen Abends auszumalen versuchte. »Das klingt alles nachvollziehbar. Einfach und folgerichtig. Aber dass der Einbrecher überhaupt nichts mitgehen ließ…« Keller blickte Béatrice Bardot fragend an.

Diese war um eine Antwort nicht verlegen: »Wahrscheinlich hat Karim den Kopf verloren, nachdem er die Familienangehörigen niedergeschossen hatte. Er ist schlichtweg in Panik geraten. Dafür sprechen die Bilder der Überwachungskamera, die zeigen, wie er ohne Beute und völlig überstürzt in den Garten flieht, durch dasselbe Fenster, durch das er wenige Minuten zuvor eingestiegen ist.«

»Zusammenfassend kann man also sagen, dass Karim im Fernsehauftritt von La Croix seine große Chance gewittert und dessen Abwesenheit für den Einbruch durch ein rückwärtiges Fenster genutzt hat. Dann hat er – für ihn überraschend – die Frau und ihre Kinder angetroffen, woraufhin er die Nerven verlor und schoss. Anschließend türmte er durch das Fenster, flüchtete Hals über Kopf ohne Beute und hielt sich den Rest der Nacht sowie den folgenden Tag über verborgen, bis man ihn gestern Abend in der Nähe des Hafens ausfindig machte und ihn auf meinem Schiff verhaftete. So weit korrekt?«

»Ja, ein glasklarer Fall. Nicht gerade eine große Herausforderung für einen Kriminalisten«, bemerkte sie mit einem wissenden Lächeln.

»Und nicht gerade ein Ruhmesblatt für die Verbrecherzunft. Für Karim hat sich die Sache jedenfalls nicht ausgezahlt«, stellte Keller fest.

»Nicht im Geringsten. Er hat den Job völlig vermasselt. Und zwar auf ganzer Linie, denn er trug bei dem Bruch nicht mal Handschuhe und hat haufenweise Abdrücke hinterlassen.«

»Ja, aber das muss nichts heißen«, merkte Keller an. »Die Diebe bei uns verzichten oft auch auf Handschuhe, weil sie wissen, dass diese belastend für sie sein könnten, falls sie hinterher geschnappt würden. Wer trägt bei sommerlichen Temperaturen schon Handschuhe – außer einem Langfinger? Manche ziehen stattdessen ein Paar Socken über die Hände, doch damit sind sie weniger fingerfertig.«

»Wie auch immer, Karim hat sich selten dämlich angestellt. Um den Fall abzuschließen, brauchen wir eigentlich bloß noch seine Unterschrift unter der Aussage.«

»Hat er denn schon gestanden?«, wollte Keller wissen. Nach dem kurzen abendlichen Kontakt hätte er Karim eher für einen Kämpfertyp gehalten, dessen Widerstand nicht so leicht zu brechen war. Doch vielleicht hatte er sich von Oberflächlichkeiten wie großem Bizeps und martialischen Tattoos täuschen lassen.

»Noch nicht, aber es kann nicht mehr lange dauern.« Die französische Kommissarin gab sich optimistisch. »Wir stehen kurz davor, ihn zu knacken.«

Keller störte sich an der Wortwahl. »Wie darf ich das verstehen?«

»Ach, wissen Sie, ich selbst bin nicht die große Verhörexpertin, das übernimmt mein Kollege. Wahrscheinlich mangelt es mir an der nötigen Härte. Aber die scheint bei Kandidaten wie Karim Abdelaziz leider geboten zu sein.« Mit diesen Worten erhob sie sich und sagte: »Wirklich schön, dass wir uns noch einmal gesehen haben. Ich hatte bisher nie das Vergnügen, einen Kollegen aus Deutschland kennenzulernen. Gern hätte ich länger mit Ihnen geplaudert, aber leider ruft die Pflicht.«

Wie aufs Kommando öffnete sich die Tür. Ein stiernackiger Beamter mit breitem Kreuz und düsterer Miene füllte den Rahmen.

»Wenn man vom Teufel spricht«, kommentierte Béatrice Bardot den Auftritt des Uniformierten. »Darf ich vorstellen: Marc Gauthier, mein Stellvertreter. Er wird Sie zum Ausgang begleiten.« Mit diesen Worten brachte sie Keller zur Tür und reichte ihm die Hand. Ihr Händedruck war ungewöhnlich sanft für eine Frau in ihrer Position. Das mit der fehlenden Härte war offensichtlich nicht nur so dahingesagt, dachte er.

»Bringst du unseren Gast bitte zur Pforte, Marc?«, bat sie den Kollegen. »Monsieur Keller ist selbst ehemaliger Kriminaler und derjenige, der Karim für uns geschnappt hat.«

»Geschnappt ist übertrieben«, stellte Keller richtig. »Ich habe lediglich etwas nachgeholfen.«

Gauthier, dessen Bassstimme zu seinem ruppigen Äußeren passte, führte ihn durchs Vorzimmer zurück auf den Flur. »Das haben Sie gut gemacht«, lobte er Keller. »Ohne Ihre Hilfe wäre uns der Kerl vielleicht wieder entwischt. Aber jetzt kommt er uns nicht mehr aus.«

»Ich habe gehört, dass Sie ihn bald so weit haben, dass er gesteht?«, erwiderte Keller in der Hoffnung, sein bulliger Begleiter werde mehr preisgeben als die diskrete Vorgesetzte. Und tatsächlich ließ sich Gauthier nicht lange bitten.

»Ja, das dürfte nicht besonders schwierig sein. Wir haben genügend Indizien, die gegen ihn sprechen. Er tut sich keinen Gefallen, wenn er leugnet. Das wird er schon bald einsehen.«

»Wie werden Sie ihn zu dieser Einsicht bringen?«

»Unter uns Kollegen muss ich wohl kein Geheimnis daraus machen, dass wir auf effiziente Verhörmethoden setzen.«

»Das machen wir auch. Die Bandbreite psychologischer Hilfsmittel ist bekanntlich groß.«

»Psychologie überlasse ich *Madame le commissaire*, ich setze mehr auf handfeste Argumente. Damit hat man schneller Erfolg.« Mit diesen Worten schlug Gauthier mit der Faust in seine offene Hand.

Keller blieb stehen und suchte im Gesicht des anderen nach Anzeichen von Ironie. Aber da war nichts.

»Gewaltanwendung im Verhör ist ja wohl auch bei Ihnen nicht erlaubt«, bemerkte er.

»Niemand legt Hand an. Aber was soll man machen, wenn ein Tölpel wie Karim vom Stuhl fällt und sich den Kopf anschlägt?« Gauthier zuckte mit den Schultern und wollte weitergehen. Doch weil Keller ihn so bohrend ansah, sagte er noch: »Hand aufs Herz: Bei Ihnen gab es bestimmt auch Methoden, die über das Frage-und-Antwort-Spiel hinausgingen – und bei uns eben auch. Am Ende zählt das Ergebnis, nicht wahr?«

»Ich kann nicht für jeden meiner früheren Kollegen sprechen, aber für mich persönlich war so etwas tabu. Selbst wenn es einen mitunter in den Fingern gejuckt hat, galt die Devise: keine Gewalt.«

Prompt veränderte sich Gauthiers Miene, und er verschränkte die Arme vor der Brust. »Wenn Ihnen nicht gefällt, was Sie hören, lassen Sie sich eines sagen: Ich arbeite seit über dreißig Jahren als *flic* in Südfrankreich, zehn lange Jahre davon in Marseille. Wissen Sie, was das bedeutet? Nein? Sie können mir glauben: Mit dieser Klientel kann man nicht anders umgehen. Die wollen es auf die harte Tour – und die bekommen sie von uns.«

»Diese Klientel?«

»Der Migrantenanteil im Süden ist hoch. Viele meinen, zu hoch. Denen gegenüber müssen wir klare Kante zeigen, wenn wir unsere Straßen einigermaßen sauber halten wollen. Das ist auch ganz im Sinne von Richard La Croix, der sich politisch für eine Stärkung der Polizei einsetzt. Leider kommt diese Initiative für ihn selbst nun zu spät. Seine Familie ist zum Opfer der überbordenden Gewalt in dieser Stadt geworden.«

Diese Ansichten entsprachen nicht Kellers Vorstellungen von Polizeiarbeit, und er hoffte inständig, dass dies auch nicht für Béatrice Bardot galt, denn damit landete man schnell bei Vorverurteilung und ungerechter Behandlung. Andererseits war ihm bewusst, dass er aus einer behüteten Gegend in Bayern kam und es ihm nicht zustand, Gauthiers Herangehensweise offen zu kritisieren. Also schwieg er auf dem Rest des Weges bis zum Haupteingang, wünschte Gauthier viel Erfolg bei seiner Arbeit und verabschiedete sich verhalten freundlich.

Keller hatte das Polizeigebäude schon beinahe verlassen, als ihm noch etwas einfiel. »Wie steht es eigentlich mit der Tatwaffe?«, fragte er Gauthier.

Dieser kräuselte die Stirn, sah aber keinen Anlass, die Frage nicht zu beantworten: »Laut unserer Ballistik stammen die Kugeln sehr wahrscheinlich aus einer Pamas G1, neun Millimeter Parabellum. Eine halb automatische Pistole aus Altbeständen der Gendarmerie oder der Marine, des Heeres oder der Luftwaffe. Von diesem Waffentyp waren beim Militär Hunderttausende im Umlauf, einige davon haben den Weg in schwarze Kanäle gefunden. Karim hat sie entweder geklaut oder illegal beschafft. Das ist keine Kunst, wenn man die richtigen Kontakte besitzt.«

»Haben Sie die Pistole bei ihm gefunden?«, erkundigte sich Keller. Es hatte ihn gewundert, dass Karim keine Waffe in den Händen hielt, als er an Deck seines Schiffes gesprungen war.

»Nein. Er wird sie bei seiner Flucht weggeworfen haben.«

»Schade. Die Pistole wäre ein starkes Indiz gewesen. Konnten Sie denn Schmauchspuren an seiner Hand feststellen?«

»Eine Nacht und einen Tag nach dem Mord? Als wir ihn nach seiner Flucht endlich geschnappt hatten, war in dieser Hinsicht nichts mehr zu holen. Aber keine Sorge, *Monsieur commissaire à la retraite*, wir werden diese Waffe finden. Und verlassen Sie sich darauf, dass sie Karims Fingerabdrücke tragen wird.«

Für Gauthier schien es nicht den geringsten Zweifel an Karims Schuld zu geben, stellte Keller fest und trat ins Freie. Die brennende südfranzösische Sonne erinnerte ihn schlagartig daran, wie weit entfernt er von seinem eigenen früheren Zuständigkeitsbereich war.

4

Auf dem Weg zurück zu seinem Mietwagen hatte Keller eine gehörige Wut im Bauch. Selbst wenn ihm darüber eigentlich kein Urteil zustand, konnte er nicht akzeptieren, wie Gauthier die Dinge anging.

Natürlich gab es auch in den Reihen seines Präsidiums schwarze Schafe, die zu unlauteren Mitteln griffen, um ihre Fälle voranzutreiben, da machte er sich keine Illusionen. Manche Vorfälle hatten die Dienstaufsicht auf den Plan gerufen, andere waren sogar vor Gericht gelandet. Es war aber auch vorgekommen, dass ein Vorgesetzter beide Augen zudrückte oder sich der Leidtragende keinen guten Anwalt leisten konnte, und dann war das Vergehen einfach unter den Tisch gekehrt worden. Das wusste Keller nur zu gut, doch er selbst hatte eine solche Vorgehensweise stets abgelehnt – und tat dies bis heute.

Hoffentlich dachte Béatrice Bardot ebenso wie er und unterband Gauthiers Methoden. Sehr wahrscheinlich war dies jedoch nicht: Keller fürchtete, dass die sympathische *Madame le commissaire* lieber darüber hinwegsah, um einem baldigen Ermittlungserfolg nicht im Wege zu stehen.

Doch was konnte er dagegen ausrichten? Nichts, und das wurmte ihn nur noch mehr.

Nachdem er in seinen Peugeot gestiegen war, zog er die Tür mit Schwung zu und fuhr die Scheiben nach unten, um für Durchzug zu sorgen. Mit beiden Händen am Steuer blieb er noch einen Moment sitzen, ohne den Motor anzustellen. Er musste erst Dampf ablassen. Dann überlegte er, wohin er fahren sollte. Zurück zur Autovermietung, um den Wagen wieder abzugeben? Und danach aufs Boot und ab die Post?

Nein. Da er nun schon einmal über einen fahrbaren Untersatz verfügte, beschloss er, einen Abstecher ins Feine-Leute-Viertel zu unternehmen, dorthin, wo die Familie La Croix residierte. Keller wollte sich das Anwesen aus der Nähe ansehen, um sich selbst ein Bild vom Ort des Geschehens machen zu können. So etwas war ihm schon immer wichtig gewesen: In seiner aktiven Zeit als Polizist hatte er Vor-Ort-Termine stets dem Theoretisieren im Büro vorgezogen.

Auf dem Rücksitz lag noch die Zeitung von heute Morgen. Wenn es Keller richtig in Erinnerung behalten hatte, war auf einem der Fotos, die die Villa zeigten, ein Straßenschild zu sehen gewesen. Er blätterte die entsprechende Seite auf, und tatsächlich konnte er die Adresse von dem Bild ablesen. Glücklicherweise war das Auto mit einem Navigationsgerät ausgestattet, sodass Keller die Straße nur noch eingeben musste. Mit neuer Energie drehte er den Zündschlüssel und gab Gas.

Die freundliche Stimme aus dem Navi dirigierte ihn durch Straßenzüge, in denen sich die lange Geschichte der Stadt widerspiegelte. Alt und Neu standen eng beieinander und bildeten ein nicht immer stimmiges Ensemble. Anmut und mediterraner Charme lagen dicht neben Zweckmäßigkeit und Tristesse. Doch der Anblick wandelte sich vollständig, als der Wagen die unsichtbare Grenze überfuhr, wo die Wohngegend der Schönen und Reichen begann. Statt Mehrfamilienhäusern, Läden und Lokalen sah er auf einmal frei stehende Gebäude in großen Gärten, allesamt umzäunt und von beregneten Grünflächen umgeben. Durch die Gitterzäune konnte Keller den einen oder anderen Pool ausmachen. Je tiefer er in das Viertel eindrang, desto mondäner wurden die Häuser und luxuriöser die Autos, die davor parkten. Nach mehrmaligem Abbiegen sah er das Straßenschild, nach dem er gesucht hatte.

Aus alter Gewohnheit näherte sich Keller dem Anwesen der Familie La Croix im Schritttempo und parkte in gebührendem Abstand. Dann sah er sich zunächst um.

Er wunderte sich ein wenig, dass das Grundstück nicht von Journalisten belagert wurde, die versuchten, den trauernden Witwer abzufangen oder Nachbarn auszuhorchen. Aber wahrscheinlich hatten sie die Gegend längst abgegrast und jagten nun andernorts nach frischen Informationen und Fotomotiven, was Keller nur recht sein konnte.

Durch die Windschutzscheibe betrachtete er das Eckgrundstück, das von einer Mauer und dichtem Bewuchs gut gegen neugierige Blicke abgeschirmt war. Lediglich durch die Gitter eines breiten, schwenkbaren Tores konnte er einen ungefähren Eindruck von der Villa gewinnen. Das Haus sah neu aus, doch Keller war in Architekturfragen beschlagen genug, um darin ein schönes Exemplar der klassischen Moderne zu erkennen. Baujahr um 1930, tippte er. Es handelte sich um einen schlichten weißen, scheinbar schwebenden Kubus mitten auf der grünen Wiese. Das Obergeschoss verfügte über eine großzügige Dachterrasse, wo man dank geschwungener Wände vor Wind geschützt war. Zudem war direkt an das Haupthaus eine breite Garage gebaut, ausreichend für mindestens drei Autos.

Keller meinte sogar, eine besondere planerische Spielerei zu bemerken, die wohl der Nähe zum Mittelmeer geschuldet war: Der Architekt hatte sich bei der Wahl einiger Formen von der Schifffahrt inspirieren lassen. So ähnelte das

Geländer der Terrasse einer Reling, während die verkleideten Entlüftungsrohre an die Schornsteine eines Dampfers denken ließen. Das ganze Ensemble war überaus gut in Schuss. Nicht nur der Kauf dieser exklusiven Immobilie musste ein Vermögen verschlungen haben, mutmaßte Keller, auch die Instandhaltung und Pflege waren mit Sicherheit kostspielig.

Nachdem Keller das Anwesen und die unmittelbare Umgebung eine Weile auf sich hatte wirken lassen, stieg er aus und ging über den betonierten Fußweg, der von schlank aufschießenden Zypressen gesäumt war, auf die Einfahrt der La Croix' zu. Aus den Augenwinkeln musterte er dabei die wenigen am Straßenrand geparkten Autos; auch dies eine Gewohnheit aus alten Zeiten. Ein Mercedes, ein großer Citroën, ein Range Rover.

Nach etwa zwanzig Metern stutzte er. Ihm fiel auf, dass er nicht der Einzige war, der sich für das Haus interessierte: In einem der abgestellten Wagen saß ein Mann mit schwarzem Haar und Schnauzbart, er schien die Villa zu beobachten. Darauf war er dermaßen konzentriert, dass er Keller, der dicht neben dem Auto stand, nicht wahrzunehmen schien. Keller schätzte den Mann auf Mitte fünfzig. Er hatte einen dunklen Teint, ähnlich wie Karim. War das von Bedeutung? Das Auto passte nicht recht in diese noble Gegend, es war zu klein und zu schäbig. Verdächtig?

Keller verschob die Bewertung seiner Entdeckung auf später und zog sich aus dem Blickfeld des Mannes zurück. Er ging wieder zu seinem Mietwagen und wartete ab, was passieren würde.

Nach einer Weile fuhr das fragliche Auto, ein zerbeulter himmelblauer Renault, davon. Keller sah ihm nach und bemühte sich, das Nummernschild zu lesen. Doch es war dermaßen verrostet und verdreckt, dass er bloß Bruchteile des Kennzeichens entziffern konnte. Nun schaltete er ebenfalls den Motor an und legte den Gang ein. Einem Impuls folgend, hängte er sich mit seinem Peugeot hinter den anderen Wagen.

Die Tour führte ihn auf direktem Wege hinaus aus der Villengegend. Während der Fahrt warf Keller immer wieder einen Blick auf sein Navigationsgerät, um die Route zu verfolgen und sich einigermaßen zurechtzufinden. Sie umrundeten in weitem Bogen die Innenstadt und gelangten in ein wenig ansehnliches Viertel mit hässlichen Wohnblocks und drittklassigem Kleingewerbe. Laut Navi hieß diese heruntergekommene Vorstadt Ozanam. Von Touristen war hier weit und breit nichts zu sehen.

Der Verkehr wurde dichter, und Keller hatte zunehmend Schwierigkeiten, den himmelblauen Renault nicht aus den Augen zu verlieren. Der Versuch, den anderen Wagen zu verfolgen, war ohnehin ein abenteuerliches Unterfangen. Als Profi wusste Keller nur zu gut, dass man für solche Beschattungen wenigstens zwei Wagen benötigte. Erstens fiel man dann weniger auf, falls der Verfolgte in den Rückspiegel sah, und zweitens hatte man viel bessere Chancen, nicht abgehängt zu werden. Aber was sollte er machen? Kellers Zeit als hauptberuflicher Ermittler war vorbei. Nun war er Privatmann und musste mit den Mitteln auskommen, die ihm zur Verfügung standen.

An einer Kreuzung, an der sich ein Spielsalon, ein Pfandleiher und eine Schnellwäscherei befanden, mussten sie bei Rot anhalten. Zwischen Kellers Auto und dem Renault standen zwei Pkw. Als die Ampel auf Grün schaltete, drängte sich hupend ein weiteres Fahrzeug zwischen sie, ein Kleinlaster, auf dessen Pritsche sich Kisten und Kartons stapelten. Bis sich die Schlange neu sortiert hatte, war die Ampel wieder auf Rot gesprungen. Keller fluchte, stieg aus dem Auto und reckte den Hals. Von dem Renault war nichts mehr zu sehen.

Verärgert über die Umstände und über sich selbst, setzte Keller sich wieder hinters Steuer. Wenn er doch wenigstens die Autonummer erkannt hätte! Kaum war es Grün geworden, bog er aufs Geratewohl links ab. Er fuhr so langsam, dass er die an beiden Straßenseiten parkenden Autos gleichzeitig im Blick hatte, fand aber keinen blauen Renault.

Inzwischen stand die Sonne im Zenit und ließ ihre Strahlen gnadenlos aufs Dach seines Peugeots knallen. Die Klimaanlage tat ihr Bestes, dennoch wurde es in dem Kleinwagen unerträglich heiß. Keller hatte nichts zu trinken eingepackt, daher sah er sich nach einem Supermarkt um, wo er sich mit ein oder zwei Flaschen Wasser eindecken konnte. Doch er fand keinen. So fuhr er nach der nächsten Abzweigung auf eine Eckkneipe zu, denn seine Kehle war inzwischen wie ausgedörrt. Vor dem Lokal saßen mehrere Männer an kleinen Tischen und tranken Tee. Besser als nichts, dachte sich Keller. Hier könnte er versuchen, seinen Durst zu stillen.

Als er den Wagen abgestellt hatte und ausstieg, wurde ihm bewusst, dass er in dieser Gegend der einzige Nordeuropäer unter lauter Südländern war. Doch er verdrängte das etwas mulmige Gefühl, das in ihm aufstieg, und ging entschlossen auf die teetrinkenden Männer zu.

Sie sahen kurz von ihren Backgammon-Brettspielen auf, um ihn zu taxieren. Keller nickte ihnen höflich zu und öffnete die Tür zum Innenraum.

Dort herrschte ein diffuses Halbdunkel, in der schweren Luft hingen die süßlichen Aromen von Tee und Wasserpfeife. Keller nahm orientalisch klingende Musik und ein ihm unverständliches Getuschel wahr, es dauerte einen

Moment, bis er sich orientieren konnte. Auch hier bestand das Publikum ausschließlich aus Männern. Junge und alte, die meisten mit zweifellos nordafrikanischen Wurzeln. Nachdem Keller sich gründlich umgesehen hatte, nahm er an einer lang gezogenen Bar aus dunklem, blank geputztem Holz Platz.

»Ein großes Glas Wasser, bitte«, sagte er auf Französisch. »Oder lieber noch eine ganze Flasche.«

Daraufhin beäugten ihn seine Sitznachbarn ebenso, wie es die Männer draußen an den Tischen getan hatten. Doch ihr Interesse hielt nur kurz an. Dann widmeten sie sich wieder ihren jeweiligen Beschäftigungen, redeten miteinander, spielten Karten oder hantierten mit Gebetsketten. Auch der Barmann, ein Muskelpaket mit Baseballkappe, zögerte lediglich zwei oder drei Sekunden, bevor er die Bestellung des ungewohnten Gastes aufnahm.

Offenbar hatte Keller die Stammgäste mit seinem selbstbewussten Auftreten beeindruckt. Sie zollten dem älteren Herrn mit weißer Haut und Intellektuellenbrille Respekt, indem sie ihn in ihren Reihen akzeptierten, ohne ihm weitere Aufmerksamkeit zu schenken, stellte er fest.

Keller trank das erste Glas Wasser mit wenigen großen Schlucken aus und schenkte sich ein zweites ein. Dabei ließ er seine Blicke suchend über die anderen Gäste schweifen. Ob sich vielleicht doch der Fahrer des verbeulten Renaults unter ihnen befand? Doch wie sollte er ihn erkennen? Er hatte den Mann hinterm Lenkrad ja nur sehr kurz von der Seite gesehen, und Männer mit dunklem Teint und Bart gab es hier mehrere.

Sein Durst war immer noch groß, und Keller orderte eine weitere Halbliterflasche. Während er sich nachgoss, lauschte er beiläufig dem Gerede der Männer. Dabei schnappte er ein Wort auf, das ihn aufhorchen ließ. Hatte er richtig verstanden? Hatte da jemand den Namen Abdelaziz genannt?

Keller sah sich erneut im Halbdunkel des Raumes um. Sein Blick blieb an einer Gruppe Männer hängen, die sich um einen Tisch in seiner Nähe geschart hatten, auf dem eine Zeitung ausgebreitet war, wohl die aktuelle Ausgabe des Boulevardblatts *France Soir*. Keller wusste nun, dass er sich nicht verhört hatte, denn die Zeitung war genau auf der Seite aufgeschlagen, auf der groß und breit über den Dreifachmord berichtet wurde. Mittendrin prangte ein verschwommenes Bild von Karim Abdelaziz, das so aussah, als hätten es die Reporter aus irgendeinem Ausweis abfotografiert und vergrößert. Auf eine Augenblende hatten die Zeitungsleute verzichtet, was nach Kellers Ansicht einer Vorverurteilung gleichkam. Und auch der Name war offensichtlich nicht abgekürzt, sonst hätten die Männer ihn nicht nennen können.

Die Tischrunde schien sich sehr für den Artikel zu interessieren und debattierte kontrovers darüber, mit lebhaften Gesten und in immer lauterem Ton. Zwar konnte Keller nicht alles verstehen, denn die Männer redeten viel zu schnell und benutzten teilweise Wörter, die er nie zuvor gehört hatte. Trotzdem gelang es ihm, Zusammenhänge zu erkennen und weitere Namen herauszuhören: nämlich die von Richard La Croix und seinen Kindern.

Keller nippte an seinem Wasser und bemühte sich, so unauffällig wie möglich zu sein. Unterdessen lauschte er gebannt dem, was er von der Unterhaltung verstehen konnte: Während einige der meist älteren Männer aus der Runde über La Croix und dessen Politik schimpften, im Tod seiner Familie so etwas wie einen Denkzettel sahen und Karim Abdelaziz als eine Art Held feiern wollten, redete ein etwa Vierzehn- oder Fünfzehnjähriger mit dunklen Bartstoppeln an Hals und Kinn fortwährend dazwischen. Er war mitten im Stimmbruch, daher kamen ihm die Worte nur kieksend über die Lippen. Dennoch gelang es ihm schließlich, sich Gehör zu verschaffen, indem er den anderen widersprach: Der Mord an den Kindern und der Mutter habe nichts mit Rache für La Croix' Fremdenhass zu tun, behauptete er. Stattdessen sei es um die Kinder selbst gegangen.

Zunächst ignorierten ihn die Erwachsenen, schnitten ihm das Wort ab und schoben ihn sogar beiseite. Doch der junge Mann war hartnäckig und dachte gar nicht daran, mit seiner Meinung hinterm Berg zu halten. Immer wieder drängte er nach vorn und übertönte mit seiner krächzenden Stimme das Brummen der anderen.

»Ihr glaubt immer, dass ihr schon alles wisst«, hielt der junge Heißsporn den Umstehenden vor und handelte sich damit wenige wohlwollende, dafür umso mehr feindselige Blicke ein. »Diese Morde, die haben wirklich nichts mit eurer Politik zu tun!«

»Alles hat mit Politik zu tun«, entgegnete ein Weißbärtiger aus dem Hintergrund, der sich bislang aus der Diskussion herausgehalten hatte. »Es ist immer das gleiche Spiel, und eine Versöhnung zwischen ihnen und uns wird es niemals geben. Wer das behauptet, macht sich nur Illusionen.«

Der Jugendliche schien das Wort des Alten zu achten, denn er senkte den Kopf und blieb für eine Weile still. Zu Kellers Freude jedoch nicht lange: Kaum hatte die Debatte wieder Fahrt aufgenommen, mischte er erneut mit. »La Croix, das mag ja ein bekannter Name sein. Aber viel ist nicht dahinter!«, rief er in die Runde. »Mehr Schein als Sein!«

Keller machte mit seinem Barhocker eine halbe Drehung, um bloß nichts zu versäumen, und erfuhr, dass La Croix zwar stets den Politiker mit der weißen Weste her-

55

auskehre, bei ihm zu Hause aber längst nicht alles so gelaufen sei, wie es den Anschein gemacht habe. Der Junge deutete an, dass La Croix' Kinder Claire und Clément häufig im Ozanam-Viertel gesichtet worden seien.

»Die beiden hingen im *Bazar* und in anderen Nachtklubs herum. Und das, was die rauchten, waren keine Gauloises oder Gitanes.«

Keller nahm diesen Hinweis zur Kenntnis, fand es aber nicht ungewöhnlich, dass Jugendliche in diesem Alter über die Stränge schlugen – gerade dann, wenn der Vater so strenge Maßstäbe setzte.

Doch der Halbwüchsige war noch nicht fertig: »Ich habe gehört, dass Clément sich hier im Viertel krassen Ärger eingehandelt hat. Eine echt üble Geschichte. Würde mich nicht wundern, wenn das die Quittung dafür war.«

Spätestens jetzt war Kellers volle Aufmerksamkeit geweckt. Er wollte mehr wissen! Doch daraus wurde nichts. Auf einen Wink des Weißbärtigen hin sprang der Barkeeper vor, packte den Jungen an der Schulter und herrschte ihn an: »Genug gequatscht, Rajiv! Mach mal halblang, und halt dich raus!«

Keller kribbelte es in den Fingern. Zu gern hätte er erfahren, auf was der Jugendliche angespielt hatte. Er ahnte, dass er womöglich auf etwas Bedeutendes gestoßen war. Doch er hatte die Gastfreundschaft des Wirts lange genug in Anspruch genommen, die Atmosphäre war inzwischen gefährlich aufgeladen. Um keinen Ärger heraufzubeschwören, entschied er sich für den diskreten Rückzug, hinterließ ein anständiges Trinkgeld und ging.

5

Die Euphorie, die das Ermitteln auf eigene Faust in ihm ausgelöst hatte, wirkte Wunder: Als Keller aus der Kneipe trat und in die Sonne blinzelte, fühlte er sich plötzlich jünger, lebendiger. Er hatte das Gefühl, etwas bewegen zu können und gebraucht zu werden. Das beflügelte ihn. So sehr im Gleichgewicht und zufrieden mit sich selbst war er lange nicht mehr gewesen, zuletzt vor gut einem Jahr, als er noch als Hauptkommissar tätig gewesen war und einen besonders heimtückischen Mörder überführt hatte. Einen Chefarzt, der, wie ihm jetzt einfiel, ähnlich einflussreich und gut vernetzt gewesen war wie Richard La Croix.

In die Aufbruchsstimmung, die Keller erfasst hatte, mischte sich jedoch auch eine bittere Note: Ein Anflug von Wehmut berührte ihn, als er an seine Frau Helga denken musste. Zwar hatte er privat nie offen über seine laufenden Verfahren gesprochen, vieles davon war ja streng vertraulich. Dennoch hatte er sich mit Helga ausgetauscht, hatte sich von ihrer zupackenden Art motivieren und inspirieren lassen. Sie hatte ihm Denkanstöße gegeben, wenn er mal nicht weitergekommen war, oder ihn auf Ideen gebracht, die er allein nicht gehabt hätte. Dieser Austausch fehlte ihm nun. Da war niemand mehr, mit dem er seine Empfindungen teilen oder an dem man sich reiben konnte. Niemand, der ihm zuhörte, ihn bestätigte oder ihm widersprach.

Innerlich hatte er sich längst noch nicht von Helga

gelöst, das war Keller schmerzlich bewusst. Dennoch kam ihm der Gedanke, dass – zumindest für diesen Mordfall – *Madame le commissaire* eine solche Gesprächspartnerin werden könnte. Er hätte zu gern gewusst, ob sie in einer Partnerschaft lebte oder gar eine Familie hatte.

Was nun?, fragte er sich, als er wieder in seinem Peugeot saß. Was sollte er mit seinem Wissen oder vielmehr Halbwissen anfangen, das ihm die in der Bar belauschten Gespräche eingebracht hatten? Für ihn selbst wäre es schwierig, einer so dünnen neuen Spur nachzugehen. Wie sollte er denn mit seinen bescheidenen Möglichkeiten das Privatleben der La-Croix-Kinder durchleuchten? Dafür fehlten ihm schlicht die notwendigen Gegebenheiten. Er hatte kein Team, das er für Nachforschungen einsetzen konnte, und kannte sich kaum aus mit Facebook, Instagram und Co, wo er vielleicht etwas mehr über die jungen Leute in Erfahrung bringen könnte.

Kurz überlegte er, seine Tochter Sophie einzuspannen. Sie war so jung, dass sie zur sogenannten Digital-Native-Generation zählte, die mit dem Internet aufgewachsen war. Wenn sie die sozialen Netzwerke nach den Aktivitäten von Claire und Clément abgrasen würde, könnte sie vielleicht auf etwas Verdächtiges stoßen. Doch dieser Plan war schon deshalb zum Scheitern verurteilt, weil Sophie kaum Französisch sprach. Im Übrigen wusste er ohnehin schon, wie sie auf eine solche Bitte reagieren würde: mit einer Absage. Denn genau wie ihren Brüdern lag ihr daran, dass ihr Vater seinen Ruhestand fernab von allem verbrachte, was in irgendeiner Weise mit Mord und Totschlag zu tun hatte.

Nein, so würde er nicht weiterkommen, entschied Keller, während er den Mietwagen durch dichten Verkehr aus dem Ozanam-Viertel im Osten der Stadt herauslenkte.

Das einzig Sinnvolle, was er mit seinen neu gewonnenen Erkenntnissen anfangen konnte, bestand darin, die Informationen an die hiesigen Ermittlungsbehörden weiterzugeben. Dazu musste er noch einmal Béatrice Bardots improvisierte Dienststelle aufsuchen, selbst auf die Gefahr hin, seiner französischen Kollegin auf die Nerven zu gehen. Aber schließlich wollte er ihr diesen Hinweis nicht schuldig bleiben. Also wechselte Keller die Spur und bog in Richtung der Polizeistation ab.

Diesmal wurde er an der Pforte durchgelassen, ohne lange Erklärungen abgeben zu müssen. Der Sekretär von *Madame le commissaire* musterte Keller zwar ziemlich kühl, doch auch er hielt ihn nicht auf. Kurz darauf stand Keller das zweite Mal an diesem Tag im Büro der Chefermittlerin.

Béatrice Bardot saß an ihrem Schreibtisch und wirkte deutlich reservierter als am Vormittag. Wahrscheinlich fürchtete sie, den Rentner aus Deutschland nun nicht mehr loszuwerden, vermutete Keller. Umso törichter erschienen ihm seine Gedankenspiele von vorhin, sie könnte ihn vielleicht über den Verlust seiner Helga hinwegtrösten.

Diesmal bat sie ihn nicht in die gemütliche Sitzecke, sondern wies ihm einen Stuhl ihr gegenüber zu. Sie legte die Hände auf den Tisch, faltete sie und sah ihren Besucher frostig an. »Was kann ich für Sie tun, Monsieur Keller? Falls Sie sich nach dem Stand der Dinge erkundigen möchten: Es gibt nichts Neues. Und wenn sich das ändern sollte, erfahren Sie es spätestens am nächsten Morgen aus der Zeitung. Sie kennen unsere Lokalblätter *L'Indépendant* und *Midi Libre*? Bekommen Sie in jedem Tabakladen oder am Kiosk direkt bei Ihnen am Hafen.«

»Nein, ich komme nicht, um Sie weiter mit meinen Fragen zu löchern, Madame. Ich möchte Ihnen etwas erzählen.« Keller bemühte sich um ein Lächeln, um die Stimmung zu heben.

»Erzählen?« Béatrice Bardot schloss sich seinem Lächeln an und ließ ein gewisses Interesse erkennen. »Sie machen mich neugierig. Aber bitte halten Sie Ihre Geschichte kurz, ich habe einen Haufen Arbeit zu erledigen.«

»Keine Sorge, ich möchte Ihnen nur von einem sehr aufschlussreichen Ausflug ins Ozanam-Viertel berichten.«

Das schmale Lächeln auf den Lippen der Kommissarin verflüchtigte sich augenblicklich. »Sie wissen, dass es nicht ungefährlich ist, sich als Fremder in dieser Gegend aufzuhalten? Vor allem für einen Ausländer wie Sie, der sich nicht auskennt.« Sie erwähnte die hohe Kriminalitätsrate und auch, dass sich selbst hartgesottene *flics* nach Anbruch der Dunkelheit kaum mehr dorthin trauten. »Die Amis nennen so etwas eine No-go-Area. Das ist Ihnen sicherlich ein Begriff.«

»Keine Sorge, ich bin heute Morgen dort gewesen, da war es schon hell.«

Sie ließ das nicht gelten und wollte wissen, was er im Ozanam zu suchen gehabt hätte. Ob es da einen Zusammenhang mit dem Fall La Croix gebe?

Keller nickte und schilderte ausführlich, was er in den letzten Stunden erlebt hatte, angefangen bei der Entdeckung des verdächtigen Fahrzeugs vor der Villa über die Verfolgung quer durch die Stadt bis hin zu seinem Aufenthalt in der Bar und den belauschten Gesprächen.

»Und? Was halten Sie davon?«, fragte er und sah Béatrice Bardot erwartungsvoll an.

Diese machte ein nachdenkliches Gesicht. Dann aber sagte sie: »Nichts.«

»Nichts?«

»Es tut mir leid, wenn ich das so offen aussprechen

muss, aber das ist viel zu vage und nicht belastbar.« Davon abgesehen könne sie auch mit dem Hinweis auf Cléments angebliche Schwierigkeiten wenig anfangen, weil Kellers Angaben auch hier zu unkonkret seien. »Bedaure, aber Ihre Hinweise führen leider zu nichts.«

Es wurmte Keller, dass er nicht mehr zu bieten hatte. Als selbst erklärter Hobbydetektiv ohne polizeiliche Befugnisse konnte er eben zwangsläufig nur an der Oberfläche kratzen. Doch er mochte noch nicht klein beigeben. »Was ist mit dem Mann im Auto?«, fragte er. »Der, der die Villa beschattet hat?«

»Möglicherweise ein Kleinkrimineller, der das Objekt auskundschaften wollte. Die Villa wird ja seit Tagen immer wieder in der Presse gezeigt«, lautete Béatrice Bardots pragmatische Erklärung. »Ohne Nummernschild können wir da nichts machen.«

Keller merkte, dass er mit seinem Engagement auf wenig Gegenliebe stieß. Dennoch wollte er nicht gänzlich unverrichteter Dinge abziehen. Er zog seinen Stuhl näher heran und sagte so freundlich wie möglich: »Es ist nicht meine Absicht, mich in Ihre Arbeit einzumischen. Umgekehrt hätte ich das auch nicht akzeptiert. Andererseits wollte ich Ihnen nichts vorenthalten. Meiner Meinung nach könnte diese Verbindung ins Ozanam-Viertel durchaus von Belang sein. Selbst wenn sich bestätigen sollte, dass Karim der Täter ist, finden Sie dort womöglich weitere Indizien, die Sie im Prozess gegen ihn gut gebrauchen können.«

Béatrice Bardot lächelte unverbindlich. »Netter Versuch, Kollege«, sagte sie und stand auf. »Ich werde Ihre Informationen im Kopf behalten. Doch Ihre Hilfsbereitschaft in Ehren: An diesem Punkt ist für Sie Schluss. Ab sofort halten Sie sich aus meinen Ermittlungen raus. *Compris?*«

Auch Keller erhob sich und bemerkte einmal mehr, wie

attraktiv *Madame le commissaire* war. Er hätte sie wirklich gern näher kennengelernt. Selbst wenn ihre Meinungen im Fall La Croix auseinanderstrebten, fühlte er sich zu ihr hingezogen. »Vollkommen klar. Ich werde mich danach richten.«

»Gut«, sagte Béatrice Bardot und wirkte zufrieden. »Ich gehe davon aus, dass Sie mit Ihrem Hausboot bald weiterreisen? Der Canal du Midi ist zweihundertvierzig Kilometer lang. Es gibt vieles zu entdecken zwischen Toulouse und Sète. Lassen Sie sich nicht länger aufhalten!«

Recht hatte sie, das sah Keller ein. »Ich werde Ihrem Ratschlag folgen. Hat mich sehr gefreut, Sie kennenzulernen«, sagte er und verabschiedete sich zum zweiten Mal an diesem Tag.

»Ganz meinerseits«, sagte sie. Nun schien sie ihre schroffe Abweisung von eben zu bereuen. Deutlich freundlicher gab sie ihm zu verstehen: »Ich bin Ihnen wirklich dankbar für Ihre Hilfe und Ihre Tipps. Auch wenn es sich eben nicht so angehört hat: Ich weiß das durchaus zu schätzen.«

»Danke, das freut mich«, sagte Keller, glücklich über den harmonischen Ausklang.

6

Oft war er in den vier Jahrzehnten bei der Kripo für seine hohe Aufklärungsquote gelobt worden, für sein besonderes Gespür und den untrüglichen Instinkt. Keller bildete sich ein, über beides immer noch zu verfügen, aber wie er nun feststellen musste, nutzte ihm das ohne die Unterstützung eines Polizeiapparats nicht mehr viel. Er musste einsehen: Was die Verbrechensbekämpfung anbelangte, waren inzwischen andere am Zug.

Béatrice Bardot hatte vollkommen recht, wenn sie ihm auf ihre ebenso charmante wie unmissverständliche Art zu verstehen gab, dass er sich fortan um seine eigenen Belange kümmern sollte. Seiner neuen Aufgabe. Und die war, das Rentnerleben genießen. Das wollte er ab sofort tun.

Er brachte seinen Mietwagen zurück, bezahlte einen mehr als fairen Freundschaftspreis und entschied sich für einen letzten Besuch der Festungsstadt. Zu Fuß machte er sich auf den Weg zur Wehranlage, die alles hatte, was man sich von einer Ritterburg wünschen konnte. So, wie sie war, hätte *La Cité* nach Disneyland exportiert werden können, fand Keller. Nur dass das Gemäuer nicht aus Pappmaschee, sondern ganz solide aus Stein, Holz und Ziegeln bestand. Ein wenig kitschig vielleicht, aber ungemein imposant und vor allem echt.

Noch einmal ließ er sich im Strom der Touristen treiben, entdeckte zwischen drei Kilometern doppelter Ringmauer und zweiundfünfzig Wehrtürmen einige liebevoll renovierte Wohnhäuschen, versteckte Feinschmeckerlokale und urige Tavernen. Er staunte über die nicht enden wollende Reihe der Kitschläden, Boutiquen und Werkstätten, wo man alle nur denkbaren Arten von Souvenirs, Antiquitäten und lokalem Kunsthandwerk erstehen konnte: Töpferwaren, Schmuck, handgeflochtene Körbe, Stoffe mit traditionellen provenzalischen oder katalanischen Mustern. Dazu Schwerter, Schilde und andere mittelalterliche Waffen, oft auch aus Plastik zum Ritterspielen für Kinder.

Spontan hängte er sich an eine Reisegruppe, deren Leiter berichtete, dass die Festung über dem Aude-Tal schon im 17. Jahrhundert ihre strategische Bedeutung eingebüßt hatte. Jahrzehntelang sei die Anlage dem Verfall preisgegeben gewesen, und es sei einer frühen Bürgerinitiative zu verdanken, dass *La Cité de Carcassonne* vor dem Abriss gerettet und zwischen 1844 und 1911 restauriert werden konnte. Interessant, fand Keller, löste sich von der Gruppe und folgte der Promenade Cour du Midi zur Basilika, die in erhabener Höhe thronte. Er genoss den atemberaubenden Blick auf die in der Ferne aufragenden Pyrenäen und die am Kanal gelegene Unterstadt, die sein nächstes Ziel war.

Er verließ die Festung durch einen gewaltigen Torbogen, ging die Rue Trivalle hinab, überquerte über die Pont Vieux die smaragdgrüne Aude und folgte dem Wegweiser »Centre ville« bis zum Square Gambetta. Auch hier war Keller von Urlaubern umgeben, und er ließ sich von der entspannten Atmosphäre anstecken. Seine Gedanken waren bald weit weg vom Fall La Croix und der ebenso bezaubernden wie abweisenden *Madame le commissaire*.

Mit Genuss und großer Aufmerksamkeit für Details schlenderte Keller durch den Ort. Er stellte fest, dass die auch Bastide Saint-Louis genannte Unterstadt im Prinzip wie ein riesiges Schachbrett aufgebaut war. Schnurgerade Straßen wurden von herrlichen Stadtvillen aus früheren Jahrhunderten gesäumt. Zwar hatten die meisten Fassaden reichlich Patina angesetzt, und der Erhaltungszustand der Häuser ließ zu wünschen übrig, aber gerade diese romantische Schäbigkeit machte doch den Reiz südfranzösischer Städte aus, dachte Keller. Auch Helga hatte den Charme von bröckelndem Putz, verblassenden Wandfarben und Rissen in den Fassaden geliebt, sie hatte zudem einen Blick dafür gehabt, mit wie viel Hingabe und Liebe die betagten Häuser durch geschicktes Dekor und Blumenschmuck zur Augenweide gemacht wurden. Ganz abgesehen davon, dass viele dieser äußerlich heruntergekommenen Gebäude in ihrem Inneren oft sehr elegant ausgestattet waren.

Während Keller den Spaziergang in vollen Zügen auskostete und in stille Zwiegespräche über die Schönheit der maroden Stadtarchitektur versunken war, fühlte es sich für ihn beinahe so an, als wäre Helga an seiner Seite. Fast konnte er ihre schlauen, mitunter bissigen, meistens jedoch wohlwollenden Kommentare hören.

Er fand kein Ende beim Erkunden dieses Labyrinths aus Straßen und Gassen. Als die Sonne sich über den Hügel der *Cité* senkte, entdeckte er, versteckt in einer Seitenstraße, eine kleine Weinbar. Urgemütlich und voller Flair war sie vor allem von Einheimischen frequentiert. Genau das Richtige für Keller, der sich dazusetzte und sich einen tiefroten Tropfen aus dem Languedoc servieren ließ.

Ein würdiger Abschluss dieses Aufenthalts, dachte er und schmeckte die samtigen Aromen des schweren Weins an seinem Gaumen. Er wollte die Sache mit Karim und der

65

ermordeten Familie nun wirklich auf sich beruhen lassen, um sich ausschließlich den Freuden seiner Reise hinzuge-ben.

Wären da nur nicht diese Zweifel, die unablässig an ihm nagten...

7

Aus dem einen Glas Wein waren am Ende drei geworden. Auf der kurzen Strecke bis zum Hafen merkte Keller, wie unsicher er ging, und als er von der Kaimauer aufs Deck der *Bonheur* kletterte, musste er darauf achten, dass er keinen Fehltritt machte. Dort öffnete er die Kabinentür, knipste das Licht an und stieg die kleine, steile Treppe ins Unterdeck hinab. Die in hellen Holztönen mit marineblauen Sitzpolstern ausgestattete Kajüte war nicht größer als der Innenraum eines Wohnwagens, bot jedoch allen notwendigen Komfort. Es gab einen Tisch, an dem Keller gut und gern vier Gäste bewirten konnte. Dusche und WC waren im Gang zur Galley untergebracht, wo sich Innensteuerstand und Kombüse einen Raum am Bug teilten. Die Küchenzeile mit Gasherd und Ofen, Mikrowelle und Spülbecken reichte für seine Bedürfnisse völlig aus. Der Kühlschrank nahm die Einkäufe vom Markt auf und fasste sogar noch ein paar Flaschen Heineken-Bier. Auch der separate Schlafraum mit Doppelbett ließ kaum Wünsche offen. Alles sehr übersichtlich und für den Alleinreisenden groß genug.

Dank diverser Schränke und Fächer würde Keller nicht lange brauchen, um seine Siebensachen für die Weiterreise zu verstauen. Daher beschloss er, dieses Vorhaben noch aufzuschieben und erst am nächsten Morgen klar Schiff zu machen. Lieber ließ er den heutigen Tag gemütlich ausklingen, die Packerei konnte warten.

Er machte es sich in der Sitzecke bequem, legte die Beine hoch und überlegte, was er zu Abend essen sollte. Im Kühlschrank stand *Cassoulet*, ein traditionelles Eintopfgericht, das er bei einem Feinkosthändler auf dem Wochenmarkt erworben hatte. Der Hauptbestandteil waren weiße Bohnen, die in der Umgebung wuchsen, sie waren fleischig, cremig und mit einer so feinen Haut, dass die Aromen der diversen Zutaten gut eindringen konnten. Sollte er sich den Eintopf aufwärmen? Ganz in der Nähe des Hafens gab es aber auch ein Fischlokal, das einen hervorragenden Eindruck auf ihn gemacht hatte. Dort wurde fangfrischer Meeresfisch wie Rotbrasse und Seezunge auf Holzkohle gegrillt, außerdem gab es Muscheln und Krustentiere. Wenn er sich also noch einmal aufraffen könnte…

Mitten in seine Überlegungen hinein meldete sich das Handy. Keller zog es aus der Tasche und sah auf die angezeigte Nummer. Schon wieder Burkhard! Allmählich wurde ihm die Fürsorglichkeit seines Sohnes etwas lästig. Am liebsten hätte Keller den Anruf ignoriert. Doch wenn er das täte, würde Burkhard sich Sorgen machen und den Rest der Familie informieren, womit der Stress für Keller erst richtig losginge. Also schnaufte er tief durch und nahm das Gespräch entgegen.

»Habe ich dich geweckt, oder warum bist du erst so spät drangegangen, Paps?«, erkundigte sich Burkhard.

»Von wegen geweckt! Der Abend ist noch jung. Ich stehe gerade vor der schweren Entscheidung, was ich mir zum *dîner* gönne. Die französische Küche stellt einen täglich neu vor die Qual der Wahl.«

»Die französische Küche…« Das war Burkhards Stichwort. »Versuch's mal mit *Canard aux olives*, dem Feinkostgericht des einfachen Mannes. Ohne großen Aufwand zu kochen. Alles, was du brauchst, sind zwei Entenkeulen, die du halbierst und mit Öl in der Pfanne anbrätst. Dann mit Salz und Pfeffer würzen, schwarze und grüne Oliven mit einem halben Glas Wasser dazugeben, Deckel drauf und dreißig oder besser vierzig Minuten schmoren lassen.«

»Das war's schon?«, fragte Keller mit leiser Ironie, denn er hatte nicht vor, heute noch zu einem Großeinkauf aufzubrechen.

»Ja, aber vielleicht solltest du einen Schuss Rotwein dazugeben. Anschließend bindest du den Bratensaft mit einem Esslöffel Mehl, dann bekommst du eine sämige Soße. Als Beilage nimmst du *petites pommes de terre*, das sind die kleinen Kartoffeln, die du auch mit Schale essen kannst. Die gibt es in Südfrankreich an jeder Ecke.«

»Ich überleg's mir«, sagte Keller, der vermeiden wollte, dass sein Sohn ihn mit weiteren Rezeptvorschlägen bedachte.

»Wo steckst du eigentlich?«, wollte dieser wissen. »Schon am nächsten Etappenziel, oder hast du einen Zwischenhalt eingelegt und deine Taue um eine Platane am Treidelweg geschlungen?«

»Nein, keine Platane am Treidelweg. Ich bin nach wie vor in Carcassonne.«

Burkhard schwieg einen Moment, dann sagte er: »Aber wolltest du nicht längst weiter sein?«

Keller nahm den Vorwurf, der in Burkhards Stimme mitschwang, sehr wohl wahr. Daher machte er deutlich: »Ich habe das Boot mit unbegrenzter Laufzeit gemietet. Wann ich die Schleusentreppe von Fonsérannes, den Tunnel de Malpas oder die Sandstrände von Cassafières erreiche, bleibt mir überlassen, solange ich die *Bonheur* vor Saisonende wieder abgebe. Also dräng mich nicht, Sohnemann!«

»Es geht nicht darum, dass du deine Tour im Rekordtempo schaffen sollst, das weißt du genau. Uns liegt einzig und allein daran, dich aus dieser Mordsache herauszuhalten.«

»Uns?«

»Ja. Sophie und Jochen wissen Bescheid und sind der gleichen Meinung wie ich.«

»Soso. Schön, wenn ihr euch einig seid. Das war ja nicht immer der Fall. Trotzdem lasse ich mir von euch nichts vorschreiben. Im Übrigen wäre es mehr als schade, sich dieser wunderbaren Stadt nicht gebührend zu widmen.«

»Paps! Du spielst noch immer Polizist, richtig?«

Keller lehnte sich in der Sitzecke zurück, ließ seine Blicke durch das schmale Fensterband über die funkelnden Lichter gleiten, die sich im Hafenbecken spiegelten, und sagte ruhig: »Keine Bange. Heute gab es ein abschließendes Gespräch mit der Kommissarin, womit von meiner Seite aus alles geklärt wäre. Morgen früh lichte ich den Anker beziehungsweise löse die Taue. Das ist mein letzter Abend hier, und ich beabsichtige, ihn voll und ganz auszukosten.«

Einen Moment herrschte Schweigen. Als sich Burkhard wieder meldete, klang er besänftigt. »Freut mich zu hören, dass du so vernünftig bist. Demnach hat sich dein Verdacht, dass die Polizei hinter einem Unschuldigen her war, nicht erhärtet?«

»Das kann ich so nicht bestätigen. Es bleiben Zweifel. Aber ich habe eingesehen, dass ich nichts ausrichten kann. Das ist Angelegenheit der zuständigen Ermittlerin, übrigens eine sehr eloquente Person. Ich habe ihr alles gesagt, was ich weiß. Sie hat sich bedankt und mir eine gute Weiterreise gewünscht. Kurz gesagt: Ich bin raus.«

Keller hörte, wie sein Sohn aufatmete. Sie unterhielten sich noch über Burkhards Frau Inge und die Kinder, bevor das Gespräch schneller als befürchtet beendet war. Keller gab seinen gemütlichen Sitzplatz auf, ging in die Küche hinüber und machte sich daran, den *Cassoulet* aufzuwärmen. Denn auf einen Spaziergang zum Fischlokal hatte er nun keine Lust mehr.

Um den köstlich duftenden Bohneneintopf mit Fleischstücken, würziger Soße und einen ordentlichen Schuss Wein zu genießen, verließ er noch einmal die Kabine und deckte den Tisch auf dem Sonnendeck. Es war kühler geworden, aber noch mild genug, um sich draußen aufzuhalten.

Keller entzündete eine Gaslampe, die ein gelbliches, leicht unstetes Licht spendete, stellte den Topf mit dem dampfenden Eintopf auf einer Unterlage in der Tischmitte ab und schöpfte mit einer Kelle eine große Portion auf seinen Teller. Das Aroma mediterraner Gewürze vermischte sich mit anderen Gerüchen, die der Wind von den nahen Blumenwiesen und Feldern herantrug. Keller meinte sogar, einen Hauch von Lavendel zu erahnen. Das Wasser, das mit sanften Wellen an den Schiffsrumpf klatschte, untermalte die Szenerie auf angenehme Weise.

Um das Schwelgen perfekt zu machen, fehlte ihm nur noch ein guter Tropfen. Keller hatte eine bereits geöffnete Flasche sowie ein Glas neben sich auf den Boden gestellt. Als er die Weinflasche anhob, stieß er in der Dunkelheit das Glas um. Zwar blieb es intakt, doch da der Untergrund ein leichtes Gefälle aufwies, rollte es in Richtung Bordwand.

Kellers Bewegungen waren schon schwer von dem zuvor genossenen Wein. Umständlich erhob er sich, ging mit drei wackligen Schritten zur Reling und bückte sich nach dem Glas. Doch er bekam es nicht zu fassen. Entlang einer schmalen Rinne, einem Ablauf für Regen- und Spritzwasser, rollte es weiter bis zur Bugspitze, wo Keller es in einer dunklen Nische verschwinden sah. Immerhin, er hatte es bislang nicht splittern hören. Ächzend ging er in die Knie, um den schwer einsehbaren Vorsprung abzutasten. Seine Finger glitten suchend über den glatten Boden, aber statt des kühlen Weinglases fühlte er etwas anderes: etwas, was nachgab und weich wie Leder war. Ein alter Putzlappen? Eine tote Maus? Nein, offenbar eine Art Sack, in dem sich möglicherweise etwas befand.

Beherzt zog er daran und beförderte seinen Fund ans Licht der flackernden Tischlampe. Mit seiner Vermutung hatte er richtiggelegen, tatsächlich hielt er einen kleinen schwarzen Beutel in der Hand, genauer gesagt eine Bauchtasche zum Umschnallen. Gehörte dieses Teil zur Bordausstattung? Wohl kaum. Wie war der Beutel wohl in die Ecke unter der Reling gerutscht? Und wem gehörte er? Möglicherweise demjenigen, der die *Bonheur* vor ihm gechartert hatte, mutmaßte Keller.

Er drapierte die Bauchtasche auf dem Tisch, wo der Bohneneintopf verführerisch vor sich hin dampfte. Ans Essen konnte Keller nun allerdings nicht denken, er war viel zu neugierig, zu erfahren, was sich in dem Beutel befand und ob der Inhalt auf den Eigentümer schließen ließ. Keller zog den Reißverschluss auf und schüttete die Tasche aus.

Schon während er das tat, stieg ein Verdacht in ihm auf. Auf der Tischplatte landeten etwas Geld, Schlüssel, Kondome und ein Ausweis. Kellers Vermutung bestätigte sich, als er nach dem Ausweis griff und ihn unters Licht hielt. Das Dokument war auf den Namen Karim Abdelaziz ausgestellt.

Keller stieß einen Pfiff aus. Vorsichtig legte er den Ausweis zurück auf den Tisch zu den anderen Dingen und sah die Gegenstände nachdenklich an. Er rief sich die Nacht von Karims Verhaftung ins Gedächtnis. Wie der junge Mann mit einem gewagten Sprung auf dem Deck gelandet war. Die Vermutung lag nahe, dass Karim die Tasche dabei verloren hatte. Klar, so musste es gewesen sein.

Eilig stieg Keller hinunter in die Kajüte, um sich dort nach Einmalhandschuhen umzusehen, solchen aus Latex, wie er sie bei erkennungsdienstlichen Tätigkeiten so oft verwendet hatte. Aber natürlich verfügte die Schiffsausstattung nicht über das Handwerkszeug eines Kriminalbeamten. Nicht einmal Spülhandschuhe gab es.

Schließlich fiel ihm der Erste-Hilfe-Kasten ein. Und tatsächlich fand er dort ein Paar dünne und glücklicherweise puderfreie Handschuhe, die verhindern würden, dass er den Fund mit seinen Fingerabdrücken noch mehr verunreinigte, als er es ohnehin schon getan hatte. Bei der Gelegenheit nahm er auch gleich ein Ersatzglas mit, für den Wein, der noch immer auf ihn wartete.

Zurück an Deck schob er jedes einzelne Stück auf dem Tisch behutsam hin und her, als wollte er den Gegenständen weitere Geheimnisse entlocken. Schließlich nahm er sich noch einmal den Beutel selbst vor, zog die Öffnung weit auf und sah hinein in der Hoffnung, etwas übersehen zu haben. Tatsächlich klemmte am Saum des Reißverschlusses ein Kärtchen. Keller nahm es heraus und betrachtete es unter der Gaslampe.

Eine Visitenkarte. Zerknittert und abgenutzt, als hätte sie sich schon eine Weile in der Tasche befunden. Auf gelblichem Untergrund war eine Schale mit Orangen, Trauben und Bananen abgebildet, daneben waren mehrere Zeilen aufgedruckt, erst auf Französisch und darunter mit arabischen Schriftzeichen. Djamal Mansouri, offensichtlich ein Obst- und Gemüsehändler. Auch eine Adresse war angegeben. Keller wusste nicht recht, was er damit anfangen sollte. Ob die Visitenkarte für den Mordfall eine Bedeutung hatte? Sicherheitshalber fotografierte er sie mit seinem Handy, ebenso wie den Rest des Beutelinhalts. Dann packte er alles zurück in die Tasche und zog den Reißverschluss zu.

Für ihn stand fest, dass er diesen Fund bei *Madame le commissaire* melden musste. Aber erst am nächsten Tag, das musste reichen. Denn heute war er zu müde, um irgendetwas anderes zu tun, als sich endlich seinem Abendessen zu widmen und danach ins Bett zu fallen.

Außerdem wollte er nicht den Eindruck erwecken, sich Béatrice Bardot erneut aufzudrängen, um nicht das letzte bisschen Sympathie zu verspielen, das sie vielleicht noch für ihn hegte. Am besten wäre es wohl, wenn er das morgen telefonisch erledigte: Ein kurzer Anruf bei ihr oder ihrem Stellvertreter Marc Gauthier, und er hatte seine Schuldigkeit getan. Wenn dann die Gürteltasche abgeholt war, konnte er sein Boot klarmachen, sodass er noch am Vormittag durch die ersten Schleusen fahren konnte, bevor der Kanal nachmittags zu belebt war. Ja, so würde er es machen, nahm sich Keller vor und ließ sich das Essen schmecken.

8

Ein sonores Brummen weckte ihn. Keller blinzelte in die Morgensonne, die durch das schmale Fenster der Kajüte schien. Er hörte, wie Wellen gegen den Rumpf schlugen. Die *Bonheur* begann zu schaukeln, das Geschirr schepperte, und einer von Kellers Reiseführern fiel aus dem Regal. Da fuhr wohl ein Freizeitschiffer mit zu viel Schwung im Hafen ein, vermutete er und richtete sich auf.

Er reckte sich und gähnte ausgiebig. Das auf dem Boden liegende Buch ließ ihn an seinen Traum denken – einen Albtraum. Darin war er mit seinem Schiff auf dem Kanal unterwegs gewesen und in eine Schleuse eingefahren. Und dann war es passiert: Eines der alten Tore hielt dem Druck nicht stand und barst. Das Wasser umströmte die *Bonheur*, alles begann wie wild zu schaukeln. Das Boot wurde von den ausströmenden Wassermassen mitgerissen und, wie ein Spielball der Gischt, gegen die Schleusenwand gedrückt. Dermaßen heftig, dass Teller und Tassen zu Bruch gingen.

Was für ein wildes Abenteuer! Die Realität sah Gott sei Dank anders aus, dachte sich Keller. Alles war friedlich. Die *Bonheur* lag noch immer im Hafen von Carcassonne und bot ihm ein sicheres Zuhause. Und doch war ihm in seinem Traum alles so authentisch vorgekommen, so wirklichkeitsnah. Er konnte nur hoffen, dass dies kein böses Vorzeichen war.

Keller stand auf und schüttelte das Bettlaken aus. Von

draußen drang das leiser werdende Brummen des anderen Bootes an sein Ohr, dann das Rufen einer Möwe – und abermals ein Scheppern!

Das Geräusch war laut und deutlich gewesen, also sicher keine Einbildung. Die Bugwelle des davonfahrenden Schiffes hatte nichts damit zu tun, dafür war es schon zu weit weg. Nein, diesmal war es ganz aus der Nähe gekommen, von Bord seines Schiffes. Jemand musste an Deck sein!

Keller warf einen hastigen Blick auf seinen Wecker. Kurz vor acht. Wer mochte das sein? Jemand von der Hafenverwaltung, der *capitainerie*? Aber diese Leute durften doch nicht ungefragt an Deck kommen!

Plötzlich nahm er draußen einen Schatten wahr, und gleich darauf tauchten zwei Beine am Fenster auf. Sie steckten in sandfarbenen Hosen. Also war es ganz sicher keiner der Hafenangestellten, denn die hatte Keller bislang nur im Blaumann oder in Shorts gesehen.

Wer war das? Siedend heiß fiel ihm sein Fund von gestern Abend ein, und er bereute, dass er ihn nicht umgehend bei der Polizei gemeldet hatte. Womöglich war der Eindringling ein Komplize von Karim, der dessen Sachen suchen wollte, ging es ihm durch den Kopf.

Keller griff nach der nächstbesten Waffe, einem kleinen Küchenmesser, das im Spülbecken lag. Mit ein paar schnellen Schritten sprang er die Stiege hinauf und stieß entschlossen die Kajütentür auf, die Faust um das Messer geballt.

Dann die Ernüchterung: Vor ihm stand ein harmlos wirkender dürrer Mann in einem nicht besonders gut sitzenden Anzug. Sein Haar war mit viel Gel zurückgekämmt, auf der Nase trug er eine dicke Brille.

Keller, ebenfalls nicht gerade ein Riese, baute sich vor ihm auf. »*Qu'est-ce que vous voulez ici?*«, herrschte er den Eindringling an. »Was wollen Sie hier?«

Der Besucher entschuldigte sich so wortreich wie ungeschickt für den unbefugten Zutritt, aber ein Schiff verfüge nun mal über keine Klingel oder dergleichen. »Ich wusste nicht, wie ich mich bemerkbar machen sollte.«

»Sie hätten rufen können«, hielt Keller ihm vor.

»Ja, das hätte ich wohl.«

Der Mann hieß Hugo Cocoon und stellte sich als *avocat nommé d'office* vor. Er war der Pflichtverteidiger von Karim. Als Beleg zeigte er dem nach wie vor skeptischen Keller eine amtlich anmutende Legitimation und behauptete, dass er gerade dabei sei, die Angaben seines Mandanten zu überprüfen.

»Normalerweise vereinbart meine Kanzlei telefonisch einen Termin, bevor ich persönlich vorbeikomme«, erklärte der Anwalt. »Doch das hat sich diesmal als schwierig erwiesen, weil wir von Ihnen keine Nummer hatten.«

»Schon gut, nun sind Sie ja da«, sagte Keller. »Sie möchten also die Angaben überprüfen.«

»Ganz recht. Dazu gehört eben auch, mir ein Bild von den betreffenden Örtlichkeiten zu machen«, erklärte Cocoon mit gewichtiger Miene. Bei diesen Worten setzte er den schweinsledernen Koffer, den er bei sich trug, auf dem Tisch des Sonnendecks ab und ließ die Verschlüsse aufschnappen. Umständlich kramte er darin nach einem Schnellhefter, den er schließlich herauszog und aufschlug. Dann brauchte er abermals lange, bis er die richtige Seite gefunden hatte. »Ich habe hier einen Auszug des polizeilichen Protokolls. Den würde ich gern mit Ihnen durchgehen, *d'accord?*«

Keller hatte nichts dagegen.

Daraufhin legte Cocoon los: »Demzufolge wurde Karim Abdelaziz an Bord Ihres Bootes gestellt, korrekt?«

»Das ist richtig«, bestätigte Keller. »Er tauchte plötzlich am Ufer auf, sah die *Bonheur* und sprang an Deck.«

»Warum gerade auf Ihr Schiff?«

»Das kann ich Ihnen nicht sagen. Ich nehme an, weil es direkt am Pier vertäut ist und nicht an einem der Stege. Die *Bonheur* war für ihn am schnellsten zu erreichen.«

Der Anwalt machte sich Notizen, bevor er Keller erneut durch seine dicken Brillengläser ansah. »Sind Sie mit Monsieur Abdelaziz bekannt? Das könnte ein triftiger Grund dafür sein, weshalb er sich auf Ihr Schiff geflüchtet hat.«

»Nein, ich habe den Mann nie zuvor gesehen. Ich bin auf der Durchreise, ein Tourist aus Deutschland ohne jede Verbindung zu dieser Stadt.«

»Das mag sein. Doch aus dem Protokoll geht auch hervor, dass Monsieur Abdelaziz sich mit Ihnen unterhalten hat. Warum sollte er das tun, wenn er Sie nicht kannte?«

»Das habe ich mich auch gefragt. Ich glaube, er hat mit mir gesprochen, weil ich die letzte Person war, mit der er vor seiner Festnahme Kontakt aufnehmen konnte. Es war ja sonst niemand anderes in der Nähe, als die Polizei ihm auf den Leib rückte.«

Anwalt Cocoon schob sich das Ende seines Kugelschreibers in den Mund, nickte und wandte sich wieder der Akte zu. »Er hat Ihnen gegenüber seine Unschuld beteuert, ist das hier wahrheitsgemäß wiedergegeben?«

»Ja. Er hat gesagt, dass er es nicht gewesen ist. Wobei ich zu diesem Zeitpunkt noch keinerlei Vorstellung von dem hatte, worum es sich dabei handelte. Ich hielt ihn im ersten Moment für einen flüchtigen Räuber, einen Schläger vielleicht, nicht aber für einen potenziellen Mörder.«

»Nun gut«, sagte Cocoon und hakte den Punkt auf seiner Liste ab. »Kommen wir zum Schluss noch darauf zu sprechen, dass Sie Monsieur Abdelaziz daran gehindert haben, seine Flucht fortzusetzen.«

»Ich sah es als meine Pflicht an, die hiesige Polizei bei

ihrer Amtsausübung zu unterstützen«, antwortete Keller wie aus der Pistole geschossen. Er merkte selbst, dass sich das wie eine Rechtfertigung anhörte, die sein schlechtes Gewissen nur unzureichend überspielen konnte.

»Sie haben meinem Klienten ein Bein gestellt, trifft das zu?«

»Ich habe mein rechtes Bein nach vorn gesetzt, weil ich ahnte, dass er über Bord springen wollte.«

Cocoon nahm dieses Eingeständnis ohne jede Gemütsregung zur Kenntnis. »Gut, dann wäre dieser Punkt ebenfalls geklärt«, sagte er, klappte den Hefter zu und verstaute ihn wieder in der Aktentasche. »Vielen Dank für Ihre Kooperation.« Er nickte Keller mit einem unverbindlichen Lächeln zu und machte Anstalten, die *Bonheur* zu verlassen.

»Einen Moment, Maître Cocoon!«, hielt Keller ihn auf. Er wollte diesen seltsamen Anwalt nicht einfach ziehen lassen. »Möchten Sie denn gar nicht wissen, was ich als Zeuge der Verhaftung sonst zu sagen habe? Wie ich den Polizeieinsatz erlebt und welche Beobachtungen ich gemacht habe?«

Cocoon sah ihn verwundert an. Dann blieb sein Blick auf dem kurzen Messer haften, das Keller noch immer in der Hand hielt.

»Schon gut«, sagte Keller. »Ich lege das Messer beiseite. Ihnen kann nichts passieren. Aber Sie müssen verstehen, dass ich nach dem, was geschehen ist, etwas nervös bin.«

Damit schien Cocoon beruhigt zu sein. Interesse an einem ausführlicheren Gespräch mit Keller hatte er trotzdem nicht: »Ihre Zeugenaussage kenne ich bereits aus den polizeilichen Unterlagen, deren Korrektheit Sie mir soeben bestätigt haben. Weitere Details haben für meine Arbeit keine Relevanz.«

»Wie darf ich das verstehen?«

Der Pflichtverteidiger ließ durchblicken, dass er seinem Mandanten zu einem Geständnis geraten habe. Denn nur dadurch lasse sich das Strafmaß reduzieren. An der Schuldfrage sei ja kaum zu rütteln.

»Wenn für Sie schon alles sonnenklar ist, frage ich mich, weshalb Sie sich überhaupt die Mühe gemacht haben, mich auf meinem Boot aufzusuchen«, bemerkte Keller verwundert.

»Wie bereits gesagt: Ich mache mir gern ein Bild, statt mich einzig und allein auf die Aktenlage zu stützen. Doch das ändert nichts an der Tatsache, dass es für meinen Klienten nur einen Weg gibt, um der Höchststrafe zu entgehen: Reue und absolute Kooperation, sprich: ein vollumfängliches Geständnis. Und wenn er uns auch den Namen seines Hehlers nennt, zieht ihm der Richter noch ein paar Jahre ab.«

»Aber er hat doch gesagt, dass er es nicht gewesen ist«, entgegnete Keller.

»Behaupten das nicht alle? Glauben Sie mir: Das ist nicht mein erstes Mandat als Pflichtverteidiger, und ich weiß, wie ich das Bestmögliche für meine Schützlinge heraushole.«

Keller konnte den Anwalt angesichts der erdrückenden Beweislast gegen Karim zwar verstehen, appellierte jedoch an dessen Pflichtgefühl: »Verleiten Sie Monsieur Abdelaziz nicht dazu, eine Tat zu gestehen, die er möglicherweise nicht begangen hat? Meiner Ansicht nach hat die Polizei bislang nicht sämtliche Alternativen geprüft. Es gibt gewisse Aspekte, die Zweifel am Ablauf aufkommen lassen.«

Cocoon quittierte Kellers Hinweis mit einem leicht verächtlichen Lächeln. »Danke für Ihren Ratschlag. Aber ich verstehe mein Handwerk und komme zurecht.«

»So war es nicht gemeint. Wie käme ich dazu, Ihnen Ihren Job zu erklären? Ich möchte nur helfen.«

»Das ehrt Sie.« Nun kam er doch noch einmal näher. »Stimmt es, dass Sie selbst als Polizist gearbeitet haben?«, erkundigte er sich. »Madame Bardot hat etwas in dieser Richtung angedeutet.«

»Ja, das trifft zu und ist auch ein Grund dafür, dass ich mit meiner Meinung nicht hinterm Berg halte. Da kann ich nicht aus meiner Haut.«

Cocoon nahm dies mit einem kurzen Nicken zur Kenntnis. »Dennoch… Ich bin davon überzeugt, die beste Vorgehensweise für meinen Mandanten wäre, dass er seinen Widerstand aufgibt und die Tat einräumt.« Mit diesen Worten trat der Anwalt auf die kleine Stiege und bugsierte seinen steifen Körper auf die Kaimauer. »*Adieu*, Monsieur Keller«, sagte er, hielt dann jedoch erneut inne. Er griff in die Innentasche seines Jacketts, zog ein silbernes Etui hervor und entnahm ihm eine Visitenkarte. Er beugte sich zu Keller herunter und reichte sie ihm.

»Danke«, sagte Keller, als er das Kärtchen entgegennahm.

»Für den Fall, dass Ihnen noch etwas einfällt.«

Keller sah ihn verblüfft an. »Ich dachte, Sie legen keinen Wert auf meinen Rat?«

»So habe ich das nicht gesagt. Man weiß nie, wie sich die Dinge entwickeln«, antwortete Cocoon salomonisch, bevor er sich umwandte und über den Kai in Richtung Innenstadt davonstolzierte.

Keller sah ihm nach und schüttelte den Kopf. Aus dem Mann war er nicht richtig schlau geworden. Machte der Pflichtverteidiger bloß Dienst nach Vorschrift, oder war er doch bereit, sich für seinen Klienten ins Zeug zu legen? Seinen Worten nach zu urteilen, war Cocoon keine große

Leuchte, die Geste am Schluss jedoch, das Hinterlassen seiner Visitenkarte, ließ Keller hoffen. Möglicherweise würde der Anwalt dafür sorgen, dass die Ermittlungen doch noch einmal intensiviert wurden und Karim eine echte Chance bekam.

Zurück in der Kabine, griff er zum Handy und wählte die Nummer der Polizei, um den Fund der Gürteltasche zu melden. Sein Anruf wurde von der Zentrale entgegengenommen. Als er darum bat, zu *Madame le commissaire* durchgestellt zu werden, bekam er eine Absage. Madame Bardot sei noch nicht im Haus, worum es denn gehe? Keller berichtete in groben Zügen, wie er an die Bauchtasche von Karim Abdelaziz gekommen war, und betonte, dass er den Fund für wichtig halte. Viel brachte es allerdings nicht, denn sein Gesprächspartner sah trotzdem keine Veranlassung, Béatrice Bardot zu dieser frühen Stunde privat zu stören. Ob man stattdessen eine Streife schicken könnte, um die Gürteltasche abzuholen, erkundigte sich Keller. Ja, das wäre möglich, aber nicht sofort. Wann dann?, wollte Keller wissen. Nicht vor Mittag, lautete die Antwort, alle verfügbaren Wagen seien gerade unterwegs.

Das sprach nicht für effiziente Polizeiarbeit, fand Keller. Erst am Nachmittag – das würde ja noch Stunden dauern. Damit waren seine Pläne, früh aufzubrechen, durchkreuzt. Außerdem fragte er sich, wie er diese Zeit sinnvoll ausfüllen sollte.

Während er darüber nachdachte, ging er zur Küchenzeile, um das Obstmesser in die Schublade zurückzulegen. Dabei kam ihm die Karte des Gemüsehändlers in den Sinn, die in Karims Beutel verklemmt gewesen war, und auf einmal hatte er einen Geistesblitz: Anwalt Cocoon hatte doch beiläufig von einem Hehler gesprochen. War das die Verbindung zwischen Karim und diesem Mansouri? Könnte es sich bei dem vermeintlichen Obstverkäufer um ebendiesen Hehler und Auftraggeber handeln? Denjenigen, der Karim auf den Raubzug in die La-Croix-Villa geschickt hatte? Diese Schlussfolgerung war vielleicht weit hergeholt, doch aus Kellers Sicht musste es einen Grund dafür geben, weshalb Karim dieses Kärtchen mit sich herumgetragen hatte. Irgendeine Beziehung zu Obsthändler Mansouri musste bestehen.

Keller wusch und rasierte sich, schlüpfte in leichte Sommerkleidung und kramte anschließend in einem Schränkchen nach dem Stadtplan, den er sich kurz nach der Ankunft im Tourismusbüro besorgt hatte. Er breitete ihn auf dem Tisch aus und suchte nach der angegebenen Adresse: Wie er bereits vermutet hatte, befand sich die Straße im Ozanam-Viertel. Zufall? Wohl kaum, dachte sich Keller.

Sein Ehrgeiz war geweckt, die Zurückweisungen durch Béatrice Bardot und Anwalt Cocoon fühlten sich nicht mehr ganz so schmerzlich an. Wäre doch gelacht, wenn er nicht ein bisschen Schwung in die Sache bringen könnte!

Keller wollte herausfinden, ob an seiner Vermutung etwas dran war. Sollte Karim tatsächlich im Auftrag eines anderen gehandelt haben, bestand eine gewisse Wahrscheinlichkeit, dass dieser Hintermann etwas über die Morde zu sagen hatte. Keller war entschlossen, diesem Verdacht unverzüglich nachzugehen. Da Karims Beutel ohnehin erst nach Mittag abgeholt werden sollte, blieben ihm für seine Nachforschungen noch ein paar Stunden Zeit.

9

Auf ein Frühstück in der Kühle des Morgens verzichtete er, stattdessen suchte er erneut den freundlichen Autovermieter auf, den Kellnerin Yvette ihm empfohlen hatte. Der Laden war eigentlich noch geschlossen, doch als der Angestellte Kellers charakteristisches Profil mit Kahlkopf und markanter Brille am Schaufenster erkannte, sperrte er für ihn auf.

»Sie sind noch nicht abgereist? Wie schön!« Die Freude des jungen Mannes in Bluejeans und ausgewaschenem T-Shirt wirkte echt. »Was darf es denn sein? Wieder ein Kleinwagen? Gute Wahl, damit kommen Sie in jede Parklücke. Ich mache Ihnen einen Freundschaftspreis. Einen noch besseren diesmal!« Keller bekam die Schlüssel für einen Renault Clio in die Hand gedrückt. »Nehmen Sie den Wagen, und behalten Sie ihn, solange Sie wollen. Das mit der Abrechnung hat keine Eile. Freunde von Yvette bekommen von mir immer einen Bonus.«

Keller zeigte sich für die Zuvorkommenheit erkenntlich, indem er dem netten Kerl einen Zehneuroschein in die Hand drückte. Er setzte sich hinters Steuer des lindgrünen Mietautos und wollte den Zündschlüssel drehen, als er merkte, wie sein Handy in der Hosentasche vibrierte.

Keller las die Nummer ab und war wenig angetan. »Was, du schon wieder? Du entwickelst dich zu einer richtigen Landplage. Hast du wohl ein neues Rezept für mich?«

85

Sein Sohn Burkhard sprang sofort darauf an: »Etwas Superschnelles und Supereinfaches: *Pizza à la française.*«

»Ist das nicht eher Italienisch?«

»International und gerade in warmen Gegenden genau das Richtige, zum Beispiel als leichte Mittagskost: Für den Teig brauchst du bloß Wasser, Salz, Mehl und Hefe. Du belegst ihn mit Ringen aus süßen Zwiebeln, Sardellenfilets und in Scheiben geschnittenem Ziegenkäse. Dann träufelst du einige Tropfen Olivenöl darüber. Etwas Origano dazu, und ab damit in den Ofen. Ein Gedicht!«

»Klingt lecker. Aber erzähl mir nicht, dass das der wahre Grund deines Anrufs ist. Schon gar nicht so früh am Vormittag.«

»Na ja«, druckste Burkhard herum. »Wollte nur lauschen, ob ich im Hintergrund deinen Schiffsmotor hören kann. Hast du abgelegt, wie wir es vereinbart haben?«

Als Keller das hörte, reagierte er verärgert: »Damit das klar ist, wir haben gar nichts vereinbart.« Er machte deutlich, dass ihm das Drängen seines Sohnes allmählich auf die Nerven ging. Dann sagte er: Ja, er werde seine Reise in Kürze fortsetzen. Vorher habe er aber noch etwas zu erledigen. Nähere Details nannte er nicht, denn er sah keine Veranlassung dafür.

Doch Burkhard durchschaute ihn sofort. »Ich kann mir gut vorstellen, worum es sich dabei handelt. Dir ist bewusst, wie unvernünftig das ist, oder? Warum tust du das, weshalb lässt du nicht die Finger davon?«

Keller stöhnte auf. »Ich dachte, das hätte ich hinlänglich erklärt. Mir geht es um die Aufklärung eines Mordfalls.«

Auch Burkhard gab ein Stöhnen von sich. »Ich verstehe dich nicht, Paps. Mal mischst du mit, dann wieder nicht. Hast du nicht gerade erst erzählt, dass du dich von der Kommissarin verabschiedet und die Sache hinter dir gelassen hast? Und jetzt soll das schon wieder nicht mehr gelten?«

Das konnte Keller nicht von der Hand weisen. »Ich gebe zu, dass ich meine neue Rolle noch nicht gefunden habe«, sagte er nachdenklich.

»Sprichst du von deiner Rolle als Ruheständler?«

»Richtig. Ich kann mich nicht damit abfinden, einfach nur in den Tag hinein zu leben und so zu tun, als würden mich die Geschehnisse um mich herum nichts angehen.«

»Aber diese Morde gehen dich nichts an. Das ist Fakt.«

»Fakt ist auch, dass ich womöglich dazu beigetragen habe, einen Unschuldigen hinter Gitter zu bringen. Ich muss zumindest versuchen, das wiedergutzumachen.«

»Klingt sozial, aber du bist kein Robin Hood und kannst nicht die Probleme anderer Leute lösen, schon gar nicht in einem fremden Land. Und, ich wiederhole, es ist auch nicht deine Aufgabe.«

»Nicht meine Aufgabe...«, sinnierte Keller. »Damit wären wir wieder beim Thema: Welche Aufgaben habe ich denn sonst?«

»Deinen Ruhestand genießen, auf deine Gesundheit achten, Stress vermeiden.«

»Hört sich nicht so an, als könnte man damit den Tag ausfüllen.«

»Ich kenne viele, die liebend gern mit dir tauschen würden. Einen Gang herunterschalten, alles etwas langsamer angehen lassen – ist es nicht genau das, was einen Hausbooturlaub ausmacht? Mit Schneckentempo über den Kanal tuckern, links und rechts die Sonnenblumenfelder und Weinberge des Languedoc an sich vorbeiziehen lassen...«

»Ja, es ist schön hier, Burkhard. Das brauchst du mir nicht zu sagen, denn ich habe es selbst vor Augen.«

»Dennoch befasst du dich lieber mit Mord und Tot-schlag.«

»Wir drehen uns im Kreis. Ich habe dir meine Gründe genannt.«

»Ja, aber das ist doch längst nicht alles, Paps, und das weißt du ganz genau. Du bist auf der Flucht. Auf der Flucht vor der Trauer um Mama und vor der Einsamkeit.«

Nun riss Keller der Geduldsfaden. »Mein lieber Sohne-mann, wenn mich nicht alles täuscht, haben deine Mutter und ich dich Tiermedizin studieren lassen und nicht See-lenkunde. Spar dir also bitte die Versuche einer Psychoana-lyse, denn das geht daneben.«

»Um zu erkennen, was mit dir los ist, brauche ich kein Studium. Sophie, Jochen und ich wissen, wie sehr du Helga vermisst. Uns geht es doch genauso.«

Keller spürte ein Ziehen im Brustkorb, Burkhard hatte den wunden Punkt getroffen. Diese Reise, sein Interesse am Mordfall La Croix, seine Versuche, sich vor *Madame le commissaire* zu beweisen – diente all das wirklich bloß dazu, ihn auf andere Gedanken zu bringen, um sich nicht in Selbstmitleid zu verlieren? Wahrscheinlich ja. Denn Kel-ler wusste, sobald er sich der Untätigkeit hingäbe, würde der Schmerz des Verlusts ihn überwältigen.

Doch so weit durfte es nicht kommen. Lieber würde er den Unmut seiner Kinder in Kauf nehmen und weiterhin das tun, was er für richtig hielt.

Abrupt wechselte er das Thema: »Wie war das noch mal mit dem Teig?«

»Teig?«

»Der für die Pizza. Was gehört da rein?«

10

Kellers Renault rollte durch die erwachende Stadt. Fensterläden wurden aufgeklappt, Menschen traten vor ihre Häuser. Auf den Balkonen der mehrstöckigen Wohnblocks erschienen Raucher in Unterhemden oder ausgewaschenen T-Shirts und sogen gierig an ihren Zigaretten. Die Tristesse der grauen Betonklötze, die das Ozanam-Viertel dominierten, wurde durch Graffiti durchbrochen, die allgegenwärtig waren wie der Schrott an vielen Straßenecken. Aus dem Wagenfenster sah Keller vom Rost zerfressene Autowracks, Fahrräder ohne Reifen, Sofas mit herausgesprungenen Federn.

Es kam ihm durchaus gelegen, dass sein Mietwagen nicht mehr ganz neu war, denn mit der Sicherheit schien es in dieser Gegend wirklich nicht zum Besten zu stehen. Trotz der guten Erfahrungen, die er bei seinem letzten Besuch hier gesammelt hatte, blieb er auf der Hut.

Er fand einen Parkplatz nahe der gesuchten Adresse, gut sichtbar an der Hauptstraße, wo niemand sich ungesehen an dem Clio zu schaffen machen konnte. Der Obstladen war leicht zu erkennen, unter einer tief heruntergelassenen weinroten Markise türmten sich Südfrüchte aller Art. Daneben standen prall gefüllte Kisten mit Auberginen, Zucchini, Strauchtomaten und Paprika. Außerdem gab es Nüsse und Süßwaren wie daumendicke Riegel türkischen Honigs. Die Ware sah frisch und einladend aus. Keller, der immer noch nichts gegessen hatte, war versucht, sich zu bedienen.

Er wollte den Laden betreten, da wurde er auf ein abgestelltes Auto aufmerksam und stutzte: ein blauer Renault-Kastenwagen, die gleiche Marke und Farbe wie der Wagen, den er in der Nähe des La-Croix-Anwesens gesehen und dann hier im Viertel aus den Augen verloren hatte! Keller legte die Handkanten auf die Scheibe und spähte hinein. Im Laderaum standen Gemüsekisten und Paletten. Gehörte das Auto also dem Obsthändler? Sehr wahrscheinlich ja, schlussfolgerte Keller und sah sich in seiner Theorie bestätigt.

Nun betrat er den Laden und stand in einem winzigen, nahezu quadratischen Verkaufsraum, in dem Regale und Auslagen so eng beieinanderstanden, dass ein übergewichtiger Kunde kaum hindurchgepasst hätte. Es roch nach orientalischen Gewürzen wie Kardamom, Muskat und Curry. Hinter einer gläsernen Theke, in der Käselaibe diverser Größen und Formen lagerten, stand ein untersetzter Mann im weißen Kittel. Sein lichtes schwarzes Haar hatte er streng zurückgekämmt, das rundliche Gesicht zierte ein kräftiger Schnauzbart. War dies der Mann, der die Villa beschattet hatte? Keller bemühte sich, die Erinnerung an den Fahrer heraufzubeschwören, war sich jedoch nicht sicher. Der Ladenbesitzer taxierte Keller sekundenschnell, wunderte sich wahrscheinlich über den untypischen Kunden, lächelte ihm dann jedoch höflich zu.

Keller war aufgefallen, dass die Ware in den Regalen ausschließlich mit arabischen Artikelbezeichnungen versehen war, dennoch sprach ihn der Gemüsehändler auf Französisch an. Er erkundigte sich, womit er Keller dienen könne, und kam emsig hinter seinem Tresen hervor. Dann begann er, den unbekannten Kunden zu umgarnen, er pries seine Ware an wie auf einem Basar. Da er offenbar meinte, einen Touristen auf Abwegen vor sich zu haben, dessen Portemonnaie locker saß, dirigierte er ihn zu einer Spezialitätenecke, wo er Keller ansprechend hergerichtete Feinkost schmackhaft zu machen versuchte. Es gab gefüllte Peperoni, eingelegte Oliven mit Knoblauch, groß wie Haselnusssplitter, und üppige Portionen Couscous, wahlweise mit Hühnchen, Meeresfrüchten oder vegetarisch.

»Unsere Spezialität ist Tapenade mit Anchovis und Kapern, die wir mit Kräutern der Provence würzen. Dazu Zitronensaft und ein Schuss Weinbrand«, erklärte der Händler eifrig, bestrich ein Stück Weißbrot damit und reichte es Keller zum Probieren.

Keller nahm dankend an, kostete und nickte zustimmend. »*Très bien*«, lobte er und bat darum, eine Portion für ihn abzufüllen.

»Versuchen Sie auch unser Aioli, das darf in keiner südfranzösischen Küche fehlen. Eigentlich heißt es ›Allioli‹, das ist Okzitanisch und bedeutet Knoblauch mit Öl. Neben dem Knoblauch und dem Öl kommen aber auch Peperonispitzen, Eigelb und Zitronensaft dazu. Die Creme passt hervorragend als Beilage zu Fleisch- oder Fischgerichten, man kann aber auch ganz einfach das Baguette hineindippen.«

Keller kostete und staunte über die Geschmacksexplosion, die sich in seinem Mund entfaltete. Die intensive Knoblauchnote wurde von der Schärfe der Peperoni befeuert, während das samtige Öl mit dem Ei mild und ausgleichend wirkte. »Fantastisch! Bitte auch davon.« Außerdem wollte er eine Schale mit getrockneten Tomaten sowie ein Fläschchen Trüffelöl mitnehmen, was den Verkäufer sichtlich freute. Als es ans Zahlen ging, ließ Keller beiläufig den

Namen Karim fallen: »Er soll hier ab und zu einkaufen. Ein Kunde von Ihnen, richtig?«

Der Händler sah von seiner Kasse auf. Er wirkte erst überrascht, dann argwöhnisch. »Von wem sprechen Sie?«

»Karim«, wiederholte Keller den Namen. »Karim Abdelaziz.«

Die Miene des Mannes verfinsterte sich. Mit den hängenden Mundwinkeln senkten sich auch die Spitzen seines Schnauzers, was ihn geradezu feindselig aussehen ließ.

»Warum fragen Sie ausgerechnet nach Karim?«, wollte er wissen.

»Das ist eine lange Geschichte. Ihnen alles zu erklären, würde zu weit führen. Aber es stimmt, dass Sie ihn kennen, sehe ich das richtig?«

»Hören Sie mal…« Die Haltung des Obsthändlers hatte jetzt etwas Drohendes.

»Lassen Sie mich erklären, bitte«, lenkte Keller ein. »Durch einen Zufall bin ich an Karims Bauchtasche gekommen, darin fand sich eine Visitenkarte Ihres Geschäfts. Sie sind doch Monsieur Mansouri, der Inhaber?«

Der Ladenbesitzer beruhigte sich etwas, blieb jedoch auf der Hut. »Ja. Djamal Mansouri«, antwortete er knapp.

»Nun, wenn es nicht zu viel verlangt ist, würde ich gern wissen, in welchem Verhältnis Sie zu Karim stehen.«

»Ich wüsste nicht, was Sie das angeht.«

»Wie gesagt: Ihre Karte lag in Karims Tasche. An wen sonst könnte ich mich also wenden?«

»Meine Karte? Ich habe fünfhundert Stück davon drucken lassen. Jeder, der an meine Kasse kommt, kann sich eine mitnehmen.«

Er weicht mir aus, dachte Keller und fragte weiter: »Ihnen sagt dieser Name also nichts? Karim Abdelaziz – nie gehört?«

Mansouri stieß ein unwilliges Knurren aus. »Na schön, warum soll ich es verheimlichen? Karim ist mein Vetter.«

»Ihr ... Vetter?« Keller war erstaunt.

»Er geht mir hin und wieder zur Hand, übernimmt die eine oder andere Fuhre vom Großmarkt und liefert für Kunden aus, die nicht mehr so gut zu Fuß sind.« Mehr war er nicht bereit zu sagen. Mansouri stopfte Kellers Einkäufe in eine Plastiktüte und reichte sie ihm herüber. »Zahlen Sie bar oder mit Karte?«

»Bar«, antwortete Keller, der damit beschäftigt war, die neue Information mit seiner Theorie zu verknüpfen. Hatte er es mit einer kriminellen Familie zu tun, der das Obstgeschäft bloß als Tarnung diente? Einer Familie, in der ein Mitglied Verbrechen plante, die ein anderes ausführte? Oder bedeutete die Visitenkarte des Gemüseverkäufers nichts weiter, als dass Karim mit ihm verwandt war und hin und wieder im Laden aushalf? Das wäre eine ebenso logische wie harmlose Erklärung. Während Keller zahlte, kam ihm der Wagen wieder in den Sinn, der vor dem Geschäft abgestellt war. Nun wollte er es genau wissen und fragte: »Das Auto draußen, das mit den Obstkisten: Gehört das Ihnen?«

Erneut stand Mansouri das Misstrauen ins Gesicht geschrieben. »Ja. Was dagegen?«

»Ich bin neulich zufällig in der Nähe der La-Croix-Villa gewesen. Wenn mich nicht alles täuscht, hat dort ein Wagen geparkt, der Ihrem zum Verwechseln ähnlich sah.«

Diese Bemerkung brachte das Fass zum Überlaufen. Der kleine Mann schoss mit einem Satz auf ihn zu, packte ihn am Kragen und schimpfte: »Was stecken Sie Ihre Nase in fremde Angelegenheiten? Das alles hat Sie nicht zu interessieren!« Dem Wutausbruch folgten viele weitere Worte, die Keller so schnell nicht übersetzen konnte, so laut, dass

eine junge Frau auf die Auseinandersetzung aufmerksam
wurde.

Sie kam aus einem Hinterzimmer, trug genau wie
Mansouri einen weißen Kittel und sah die beiden Streit-
hähne fragend an. Ihr intelligentes Gesicht und die selbst-
bewusste Haltung beeindruckten Keller sofort. Die Tochter des Hauses, vermutete Keller, dem nicht entging,
dass die Frau schwanger war. In einer fremd klingenden
Sprache, vermutlich Arabisch, redete sie auf Mansouri ein
und veranlasste ihn dazu, Keller loszulassen. Dann trak-
tierte sie ihn mit Fragen, die Keller nicht verstand.

Mansouri reagierte darauf, indem er sie anherrschte und
am Unterarm packte. Sehr energisch schob er sie hinter den
Vorhang zurück, der den Ladenraum vom Hinterzimmer
trennte.

Kurz darauf war er wieder da, baute sich erneut vor Kel-
ler auf, behielt aber diesmal seine Hände bei sich. Seine
Augen glühten vor Zorn, als er Keller aufforderte: »Gehen
Sie jetzt. Verlassen Sie mein Geschäft, und verschwinden
Sie!«

11

»Puh! Was für ein Temperament!«

Keller verstaute die Einkäufe, setzte sich hinters Steuer des Renaults und dachte über das soeben Erlebte nach.

Mansouris Verhalten gab ihm Rätsel auf. Zuerst seine Herzlichkeit, das schmeichelnde Umgarnen. Dann die komplette Kehrtwende, der Griff nach dem Kragen und der Rausschmiss. Was war der tiefere Grund für diese überschießende Aggressivität?

Anfangs hatte der Obsthändler in ihm wohl nur einen neuen Kunden gesehen. Einen, dem man mit Freundlichkeit begegnete, weil man sich ein gutes Geschäft versprach. Kaum hatte Keller durchblicken lassen, warum er wirklich da war, kam der wahre Mansouri zum Vorschein – und der hatte ganz offensichtlich etwas zu verbergen. Bloß was?

War er Keller so heftig angegangen, weil er um Karims Lage wusste und nicht selbst in diese Sache hineingezogen werden wollte? Oder aber gab es andere Gründe für die harsche Reaktion? Hatte es am Ende gar mit der jungen Frau zu tun, die wahrscheinlich seine Tochter war und die er ganz offensichtlich von Keller hatte fernhalten wollen?

Er trommelte mit seinen Fingern auf das Armaturenbrett. Was hatte es mit der Frau für eine Bewandtnis? Weshalb hatte es ihr Vater so eilig gehabt, sie aus dem Verkaufsraum zu scheuchen? Wollte er sie schützen, weil sie schwanger war und sich nicht aufregen sollte? Nein, diese einfache Lösung widerstrebte Keller. Er spürte, dass da mehr sein musste, dass Mansouri tatsächlich etwas zu verheimlichen hatte. Doch je länger Keller nachdachte, desto unsicherer wurde er. Wie konnte er auf Mansouris Beweggründe schließen oder sie auch nur erahnen, wenn er das Gespräch zwischen ihm und seiner Tochter nicht verstanden hatte? Was wusste er schon von der Lebenswirklichkeit einer maghrebinischen Obsthändlerfamilie in Frankreich? Und zeigten die köstlichen Speisen, die er gerade gekauft hatte, nicht auch, dass es der Händler mit seiner Arbeit ernst meinte und nicht in erster Linie dubiose Nebengeschäfte mit seinem Vetter betrieb? Oder war dies alles Bestandteil einer perfekten Tarnung? Er wusste es nicht!

Die Sonne brannte auf das Dach des Renaults und verwandelte den Innenraum in einen Backofen. Keller kurbelte das Fenster herunter und fächelte sich Luft zu. Da kam ihm eine Idee, wie er vielleicht doch mehr über Mansouri und dessen Beziehung zu Karim erfahren konnte.

Mit einem Griff in seine Hemdtasche förderte er das Kärtchen zutage, das ihm Anwalt Cocoon zugesteckt hatte. Darauf waren zwei Telefonnummern abgedruckt, eine Festnetznummer, wahrscheinlich die der Kanzlei, sowie eine Mobilfunknummer. Keller wählte das Handy des Anwalts an und hatte Glück.

»*Société Cocoon, bonjour*, was kann ich für Sie tun?«, meldete sich der Anwalt persönlich.

»Konrad Keller am Apparat. Maître Cocoon, Sie waren vorhin auf meinem Boot, der *Bonheur*.«

»*Oui. Eh bien?*« Die Verwunderung war Cocoon anzuhören. »Weshalb rufen Sie mich an, Monsieur Keller?«

»Als Sie mich auf meinem Boot aufsuchten, haben Sie mir eine Menge Fragen gestellt. Zur Abwechslung habe diesmal ich eine Frage.«

»Ach ja? Was möchten Sie von mir wissen?«

»In Ihren Gesprächen mit dem Mandanten – hat er dabei den Namen seines Vetters Djamal erwähnt? Djamal Mansouri?«

Cocoon schwieg, als müsste er nachdenken. »Ja«, sagte er dann, »aber in keinem bestimmten Zusammenhang.« Karims Angaben seien bedauerlicherweise allesamt ziemlich konfus, und er selbst äußerst sprunghaft. Mal gebe er den Einbruch zu, nicht aber die Morde, mal streite er sämtliche Vorwürfe ab und rede Wirres von einer angeblichen Falle, die man ihm gestellt habe, ohne jedoch Ross und Reiter nennen zu können. Das Beste für alle Beteiligten wäre ein vollständiges Geständnis und das Erkennenlassen von Reue, wiederholte Cocoon das, was er bereits an Bord der *Bonheur* geäußert hatte. »Karims einzige Chance«, schloss er.

Keller bat ihn, trotzdem noch einmal das Gespräch mit dem Klienten zu suchen und ihn eingehend nach seinem Verhältnis zu seinem Vetter Djamal zu fragen.

»Ich weiß nicht, was das bewirken soll, aber meinetwegen, ich mache es. Ich bin ohnehin gerade auf dem Weg zu ihm.«

»Danke vielmals, *Maître*.«

»Ja, ja, schon gut. *Au revoir*, Monsieur Keller.«

Nachdem das kurze Gespräch beendet war, empfand Keller wieder einen Hauch von Optimismus. Obwohl sich Cocoon genauso reserviert gegeben hatte wie schon bei seinem Besuch am frühen Morgen, meinte Keller, in der Stimme des Anwalts aufkeimendes Interesse gehört zu haben. Er hoffte darauf, am Ende doch noch den Ehrgeiz des Pflichtverteidigers geweckt zu haben. Das würde Kellers Position deutlich stärken. Denn auf sich allein gestellt konnte er bei *Madame le commissaire* ganz sicher nichts bewirken.

Keller steuerte seinen Renault durch die inzwischen

überaus belebte Stadt. Auf den Straßen herrschte dichter Verkehr. Einheimische konkurrierten mit Auswärtigen um die letzten Parklücken vor den Geschäften und Supermärkten. Je näher er der Altstadt kam, desto häufiger sah er Touristen, klar erkennbar an Bermudashorts, auffällig bedruckten T-Shirts und Kopfbedeckungen wie Baseballcap oder Strohhut. Engländer meinte Keller an ihrer sonnengeröteten Haut zu identifizieren, während deutsche Männer mitunter Socken in den Sandalen trugen.

Zurück am Kanalhafen fiel Kellers Blick sofort auf einen Polizeiwagen, der in Piernähe stand. Am Kotflügel lehnte ein gelangweilt wirkender *flic*, der seine Uniformjacke lässig über die Schulter gelegt hatte. Keller war spät dran und konnte froh sein, dass der Polizist auf ihn gewartet hatte.

»Sie wurden sicherlich wegen der Bauchtasche geschickt«, sprach Keller ihn an, nachdem er seinen Clio abgestellt hatte und zu ihm geeilt war.

Der Polizist, um die vierzig, leicht übergewichtig und mit stoischer Miene, nickte stumm. Dann löste er sich von seinem Wagen und ging wortlos auf das Hafenbecken zu.

Keller folgte ihm und zeigte auf den schneeweißen Rumpf der *Bonheur*, die friedlich im papierplanen Wasser lag. »Kommen Sie bitte an Bord. Ich hole den Beutel aus der Kabine.«

Der *flic* kam der Aufforderung kommentarlos nach. Kaum an Deck, veränderte sich seine Mimik. Er zog die Brauen hoch und deutete mit dem Zeigefinger auf die Kabinentür. »Haben Sie sie aufgelassen?«, fragte er mit tiefer Stimme und beugte sich im nächsten Moment über das Schloss.

»Aufgebrochen«, stellte er fest. »Wie es aussieht, mit einem Schraubenzieher oder ähnlichem Werkzeug. Sehen Sie die Kratzer ringsherum?«

Keller sah sie und war auf Schlimmes gefasst. Er schob sich an dem Polizisten vorbei und nahm mit zwei schnellen Schritten die Stufen der kleinen Treppe unter Deck. Wie befürchtet erwartete ihn in der Kajüte das reine Chaos. Alles war verwüstet! Sämtliche Schränke und Schubladen aufgerissen, der Inhalt wahllos über Tisch und Boden verstreut. Hier hatte sich jemand ausgetobt und bei seiner Suche nach Wertsachen keinerlei Rücksicht auf Schäden genommen.

Keller zuckte zusammen, als er seine Digitalkamera in einer Ecke liegen sah. Ein teures Modell, das Helga ihm zum letzten gemeinsamen Weihnachtsfest geschenkt hatte. Keller hoffte inständig, dass sie nichts abbekommen hatte.

Der Polizist trat neben ihn und wartete ab, bis Keller die Funktionstüchtigkeit des Fotoapparats überprüft hatte. Er war unverändert ruhig und wirkte wenig überrascht, woraus Keller schloss, dass er nicht der erste Tourist war, bei dem eingebrochen worden war.

Dennoch schien dem Polizisten etwas aufzufallen, denn er sagte: »Sieht neu aus, die Kamera. Wundert mich, dass der Dieb sie nicht eingesteckt hat. Gibt es sonstige Wertgegenstände an Bord?«

Keller dachte an seine Papiere und an seine Armbanduhr, die er in der Eile des Morgens nicht angelegt hatte. Er klappte einen kleinen Stauraum unter der Sitzbank auf, in dem er Ausweise und weitere Reisedokumente versteckt hatte. Sie waren unberührt an Ort und Stelle. Dann eilte er ins Bad, wo er die Uhr auf dem Waschbeckenrand liegen gelassen hatte. Auch sie war noch da. Seltsam, dachte er. Wie konnte der Einbrecher sie bloß übersehen haben? Immerhin eine Markenuhr, tipptopp gepflegt und in Ordnung.

Nun dämmerte Keller, dass der Dieb nicht willkürlich auf Wertsachen aus gewesen war, sondern nach etwas

Bestimmtem gesucht hatte. Er ahnte, um was es sich dabei handelte, und sah in einem der leer geräumten Hängeschränke über der Fensterreihe nach. Dort hatte er am Abend zuvor Karims Gürteltasche deponiert. Sie war fort.

Keller war augenblicklich klar: Es konnte sich nicht um einen Zufall handeln, dass der Dieb ausgerechnet Karims Bauchtasche mitgenommen hatte, sonst jedoch nichts. Er wandte sich an den Polizisten: »Die Tasche ist verschwunden. Die, die Sie abholen und bei Madame Bardot abliefern sollten.«

Den Polizisten schien das wenig zu kratzen. Er zog die Schultern hoch und sagte mit einem Blick, aus dem die Erfahrung vieler, vieler Dienstjahre sprach: »Da kann man nichts machen.« Fast im gleichen Atemzug fragte er: »Möchten Sie Anzeige erstatten? Ich kann Ihnen allerdings keine großen Hoffnungen machen, dass wir den Täter erwischen. Gerade jetzt, zu Beginn der Hochsaison, kommen wir bei Delikten dieser Art kaum hinterher.« Nur ein Bruchteil der Kleinkriminellen könne überführt werden, ergänzte er, riet aber trotzdem, Anzeige zu erstatten, da Keller sie als Nachweis für seine Versicherung brauchen könnte.

Keller war drauf und dran, dem Polizisten zu erklären, dass es hier nicht um einen persönlichen Schaden gehe, sondern dass womöglich ein Beweisstück in einem Mordfall abhandengekommen sei und das Ganze eine völlig andere Dimension habe als ein läppischer Einbruch, wie er in Südfrankreich wohl hundertmal am Tag vorkam. Doch beim Blick in das Gesicht des abgeklärten Ordnungshüters kapitulierte er. Keller würde sich für das, was er zu sagen hatte, einen anderen Ansprechpartner suchen müssen.

12

Indem er die ausgebrochenen Schrauben nachzog und die Fassung mit Klebeband fixierte, gelang es Keller, das Türschloss behelfsmäßig zu reparieren. Natürlich war das nur eine Notlösung, er musste baldmöglichst den Bootsverleih kontaktieren. Man würde ihm sicher unverzüglich einen Servicemitarbeiter schicken, der den Schaden behob.

Während er noch an dem ramponierten Schloss herumbastelte, erschien der nächste Besucher auf der Bildfläche – vielmehr eine Besucherin: Im Gegenlicht der Mittagssonne bemerkte Keller nur die Silhouette einer aufrechten Gestalt mit nussbraunem Haar und einer hellen Bluse, deren Ärmel umgeschlagen waren. Um den rechten Arm baumelte ein Handtäschchen. Unter einem eng fallenden Rock lugten zwei schlanke Beine hervor, die Füße steckten in schmalen, klassischen Ballerinas.

Keller beschattete seine Augen mit dem Handrücken, um seine Besucherin besser sehen zu können, und erhob sich mit etwas Mühe. Doch erst als ihm die Frau unmittelbar gegenüberstand, erkannte er sie – und war sehr verwundert über ihr Erscheinen: Es war Geneviève Bertrand, die Anwältin der Familie La Croix, die er an der Seite des trauernden Richard La Croix im Kommissariat gesehen hatte.

Geneviève Bertrand verkörperte klassische französische Eleganz. Ihr Erscheinungsbild war perfekt, sowohl die Kleidung – teure Marken, wie Keller vermutete – als auch die Frisur, die saß, als käme die Rechtsanwältin geradewegs vom Friseur. Das Gesicht, aus dem ihn zwei intelligente Augen anblickten, war ebenso gekonnt wie geschickt geschminkt, was Geneviève Bertrand um Jahre jünger wirken ließ, als sie wahrscheinlich war. Flüchtig betrachtet ging sie als Anfang bis Mitte dreißig durch, dachte Keller. In Wahrheit musste sie die vierzig längst überschritten haben, das schloss er aus den Fältchen um ihre Augen und auf den Händen. In etwa die gleiche Generation wie La Croix und dessen verstorbene Frau, stellte er fest, was seinen ersten Eindruck bestätigte.

»Was verschafft mir die Ehre?«, fragte Keller und stellte beschämt fest, dass er Madame Bertrand im durchgeschwitzten Hemd und mit Schmutz an den Knien gegenüberstand. Er sah sich um und wollte der Besucherin eine Sitzgelegenheit anbieten, doch die Unordnung in seiner Kabine mochte er ihr nicht zumuten, und auf dem Tisch des Sonnendecks befanden sich noch Teller und Besteck vom Vorabend.

Geneviève Bertrand winkte mit jovialer Geste ab. »Lassen Sie nur, Monsieur Keller. Keine Mühe meinetwegen, ich bleibe nicht lang.« Sie rückte die große Sonnenbrille zurecht, die in ihrem Haar steckte, und reichte ihm dann eine schlanke, kühle Hand, um sich als offizielle Vertreterin und Bevollmächtigte von Richard La Croix vorzustellen. »Wir haben erfahren, dass Sie in das schreckliche Unglück, das über die Familie La Croix hereingebrochen ist, verwickelt wurden. Wir bedauern das sehr, möchten Ihnen aber auch unseren Dank aussprechen. Denn nicht zuletzt durch Ihren Einsatz ist es gelungen, den Täter so schnell zu fassen. Durch Ihren Mut.« Bei dem Wort »Mut« fasste sie nach seinem Unterarm und drückte ihn. Gleichzeitig sah sie ihn gewinnend an. »Monsieur La Croix möchte Ihnen ausdrücklich danken für das, was Sie getan haben. Es ist nicht selbstverständlich heutzutage, dass jemand Zivilcourage zeigt.«

Sie ließ Kellers Arm wieder los und machte sich an ihrer Handtasche zu schaffen. »Ich bin berechtigt, Ihnen als Wiedergutmachung für Ihre Mühen und als Kompensation für den Ärger, den Sie unseretwegen hatten, eine angemessene Summe ...«

»Sie brauchen mir nicht zu danken«, unterbrach Keller sie. »Und bitte, ich möchte kein Geld von Ihnen. Ich habe nichts getan, was die Polizei nicht auch allein geschafft hätte.«

Daraufhin ließ die Anwältin ihre Tasche geschlossen und nickte verständnisvoll. »Wie Sie wünschen, Monsieur Keller«, sagte sie in schmeichlerischem Ton, und Keller ahnte, dass ihr Besuch damit nicht beendet war. Und tatsächlich war da noch etwas, wohl der wesentliche Anlass für ihr Kommen.

»Sie haben Madame Bardot aufgesucht«, stellte sie fest, wobei ihr Ton eine Nuance kühler ausfiel. »Es ist nachvollziehbar, dass Sie sich nach all dem, was Ihnen widerfahren ist, für den Fortgang der Ermittlungen interessieren. Dennoch muss ich Sie bitten, die Sache den zuständigen Stellen zu überlassen.« Noch immer lächelte die Anwältin, doch ihr Blick war jetzt eisig. »Vor allem von der Familie La Croix halten Sie sich bitte fern.«

Keller lag es auf der Zunge zu sagen, dass von der Familie ja nicht viel übrig geblieben sei. Doch er schwieg taktvoll, wusste er doch, wessen Interessen diese sich zwar charmant gebende, aber doch knallharte Juristin vertrat: die des stadtbekannten Unternehmers und aufstrebenden Politikers Richard La Croix. Wie sich jetzt zeigte, war ihm

Kellers Interesse an dem Mord nicht verborgen geblieben. Denn einen neugierigen Ex-Polizisten, der sich in seine Privatangelegenheiten mischte, konnte er sicher nicht gebrauchen. Schon gar nicht, wenn auf diese Weise womöglich unschöne Details aus seinem Familienleben an die Öffentlichkeit gelangten.

Madame Bertrand hatte also gar keine andere Wahl, als Keller die Pistole auf die Brust zu setzen, auch wenn sie es mit Schmeichelei und einem lukrativen Angebot zu verschleiern versuchte.

»Wir können also davon ausgehen, dass Sie sich aus dieser Angelegenheit von jetzt an heraushalten werden?«, wollte die Familienanwältin nun unmissverständlich wissen.

»Ich will Monsieur La Croix keine Schwierigkeiten machen«, erwiderte Keller und vermied damit eine klare Antwort.

Madame Bertrand hakte diesen Punkt mit einem Nicken ab und gab Keller einen Rat: »Wir stehen kurz vor der Hauptsaison, den *grandes vacances*. Ganz Frankreich macht dann Urlaub, dazu kommen die vielen Gäste aus dem Ausland. Auf dem Kanal werden sich bald die Boote drängen, und gerade hier bei uns in Carcassonne kann es dann sehr ungemütlich werden.«

Dabei beließ sie es, doch Keller wusste natürlich, was unausgesprochen im Raum stand: Er sollte verduften und Carcassonne noch vor der großen Reisewelle verlassen haben.

Schon wieder jemand, der mich drängt, dachte er ärgerlich und merkte, wie sein Trotz immer stärker wurde. Dennoch rang er sich durch zu sagen: »Richten Sie Monsieur La Croix bitte mein aufrichtiges Beileid aus.«

Geneviève Bertrand nahm auch dies zur Kenntnis,

wirkte jedoch nicht vollends überzeugt. »Und Sie möchten die Belohnung wirklich nicht annehmen?«, erkundigte sie sich, während ihre Finger über die Handtasche glitten.

»Nein, das möchte ich nicht«, erklärte Keller bestimmt. »Lassen wir es einfach dabei bewenden, dass Sie sich im Namen von Monsieur La Croix bei mir bedankt haben.« Den Zusatz »Ihr Auftrag ist damit erfüllt« behielt er für sich.

Beim Bootsverleih, wo er unmittelbar nach dem – zugegebenermaßen eleganten – Abgang von Geneviève Bertrand anrief, sicherte man ihm zu, dass gleich am nächsten Morgen ein Servicemitarbeiter bei ihm vorbeischauen werde. Das Schloss zu reparieren sei kein großer Aufwand und innerhalb kurzer Zeit erledigt.

Morgen früh also, dachte Keller und war nicht böse darum, dass er nun einen Grund hatte, seinen Aufenthalt in Carcassonne um einen weiteren Tag zu verlängern. Denn so viel stand für ihn fest: Vertreiben lassen würde er sich nicht!

Der Rest des Nachmittags verlief ohne besondere Vorkommnisse. Zwar hatte Keller fest damit gerechnet, dass Béatrice Bardot sich wegen der gestohlenen Gürteltasche bei ihm melden würde, doch sein Handy blieb still. Er nutzte die Zeit für einige Recherchen auf seinem Notebook – auch das hatte der Einbrecher verschmäht, obwohl es in einer unverschlossenen Schublade gelegen hatte. Dazu machte er es sich in einer schattigen Ecke auf dem Deck gemütlich, neben sich einen Teller mit einer Auswahl der Leckereien, die er in Mansouris Geschäft erworben hatte.

Keller wollte mehr über *La France d'abord!* erfahren, die rechtsgerichtete Partei, der Richard La Croix angehörte. Er hielt es nämlich nicht für ausgeschlossen, dass es zwischen

La Croix' politischem Engagement und der Bluttat einen Zusammenhang geben könnte, was möglicherweise auch die Spur erklären würde, die ins Ozanam-Viertel führte. La Croix' ausländerfeindliche Grundhaltung könnte bei den Leuten aus dem Problemviertel Hass gegen ihn geschürt und die Gewalttat provoziert haben. Den Beleg dafür, dass das im Bereich des Möglichen lag, hatte Keller ja bereits vor Augen gehabt: Die hitzige Debatte, die er in der Shisha-Bar miterlebt hatte, war ein Zeichen gewesen für die Unbeliebtheit von La Croix in diesen Kreisen.

Er erzielte auf Anhieb etliche Treffer im Internet. Keller studierte verschiedene Beiträge, wobei schnell deutlich wurde, wie rigoros La Croix als Kopf von *La France d'abord!* auftrat. Unverhohlen machte er gegen Zuwanderer aus Nordafrika Stimmung und stellte Zusammenhänge zwischen erhöhter Kriminalitätsrate und dem Anteil der Migranten an der Gesamtbevölkerung her. Auch wurde klar, auf was La Croix abzielte: Während er Hilfs- und Förderprojekte in den sozialen Brennpunkten für reine Geldverschwendung hielt, machte er sich für strengere Gesetze und konsequente Abschiebung selbst bei geringen Vergehen stark.

Vor allem auf Algerier wie Karim hatte es La Croix abgesehen. Keller wusste durchaus um die besondere Bedeutung von Algerien für Frankreich: Schon Napoleon hätte das nordafrikanische Land gern seinem Reich einverleibt. 1830 folgte die Invasion der Franzosen, die an Rohstoffen und billigen Arbeitskräften interessiert waren.

Nach dem Zweiten Weltkrieg formierte sich dann eine schlagkräftige Unabhängigkeitsbewegung in der Kolonie, es kam zu Aufständen. Bei Unruhen in den Provinzen Sétif und Guelma wurden Zehntausende Algerier von der französischen Armee getötet. Doch der Widerstand wurde dadurch nur noch stärker. Das Mutterland versuchte es daraufhin mit Zugeständnissen, so wurde 1947 allen Algeriern die französische Staatsbürgerschaft zuerkannt. Aber auch das bewirkte nur einen Aufschub. Die Proteste hielten an, der Konflikt mündete in den Algerienkrieg. 1962 verabschiedete sich die Kolonie endgültig in die Freiheit.

Unabhängigkeit hin oder her: Die in Frankreich lebenden Algerier waren La Croix und seinen Anhängern ein Dorn im Auge, genossen sie doch bis heute das gesetzlich verankerte Privileg der doppelten Staatsangehörigkeit, der algerischen und der französischen. Entschlossen sie sich, in Frankreich zu leben, konnten sie alle Sozialleistungen in Anspruch nehmen, wie sie auch den Inlandsfranzosen zustanden. La Croix wetterte gegen diese aus De-Gaulle-Zeiten stammende Praxis und bezeichnete die Nutznießer als Sozialschmarotzer. Schon bei kleinsten Vergehen sollte man ihnen den Status aberkennen, forderte La Croix, und Zuzüge aus der ehemaligen Kolonie gar nicht mehr zulassen. Geschähe das nicht, würde die französische Bevölkerung mehr und mehr von Zuwanderern unterwandert und schließlich verdrängt werden.

Immer wieder das alte Lied, dachte sich Keller und rief ein YouTube-Video auf, das La Croix bei einem seiner Wahlkampfauftritte zeigte. Darin kam der Frontmann von *La France d'abord!* ebenso kämpferisch rüber, wie es seine Veröffentlichungen vermuten ließen. Ein Agitator, fand Keller und konnte sich gut vorstellen, dass der charismatisch wirkende La Croix sogar von solchen Bürgern Stimmen bekam, die noch nie im Leben ein Problem mit einem Ausländer gehabt hatten. La Croix verstand es, Feindbilder zu erzeugen und sich selbst als Verteidiger der Französischen Republik darzustellen, der die angeblichen Feinde der *Grande Nation* persönlich zurückschlug.

Keller sah sich das Video bis zum Schluss an und wartete darauf, dass der Redner mit Fakten aufwartete, die seine Forderungen untermauerten. Die aber blieb La Croix weitgehend schuldig, wie er sich auch sonst sehr vage äußerte, wenn es um Zahlen, Daten oder belastbare Informationen ging.

Die typische Masche populistischer Parteien, dachte Keller: Stimmung gegen eine bestimmte Bevölkerungsgruppe machen und Schuld zuweisen, ohne echte Lösungsansätze für die aufgezeigten Probleme zu liefern. Was beim Zuschauer hängen blieb, war ein dumpfes Gefühl der Bedrohung – und diese Bedrohung ging angeblich von Menschen wie Karim und seinen Landsleuten aus.

Das führte Keller zu der Frage: Hatte Karim die Tat etwa doch verübt? War er ein politischer Fanatiker und hatte La Croix' Familie aus Rache für dessen Schmähreden getötet? Das könnte erklären, warum er bei dem Einbruch in der Villa nichts gestohlen hatte. Keller suchte online nach Reaktionen auf La Croix' radikale Thesen, um diese Möglichkeit zu überprüfen. Es gab tatsächlich einschlägige Kommentare auf einigen Nachrichtenportalen, ein muslimischer Verband bezeichnete La Croix' Äußerungen gar als Brandreden, die nach Vergeltung riefen. Das war ein Ansatz, fand Keller und forschte nun gezielt nach Aufrufen, die sich gegen La Croix und dessen Partei richteten. Auch da wurde er fündig, allerdings handelte es sich lediglich um die üblichen, meist anonymen Hassbotschaften auf Social-Media-Plattformen, wie sie auch in Deutschland an der Tagesordnung waren.

Keller schaute von seinem Notebook auf, rieb sich die Augen und ließ den Blick über das Hafenbecken gleiten. Er beobachtete einen Schwarm Mücken, der dicht über dem Wasser kreiste. Die Insekten umschwirrten sich gegenseitig, schienen sich zu jagen, um Momente später einvernehmliche Gruppen zu bilden. Während er das Naturschauspiel verfolgte, konstruierte Keller eine Verschwörergruppe gegen La Croix, bestehend aus Gemüsehändler Djamal Mansouri als muslimischem Extremisten und Karim als seinem willigen Werkzeug. Nach diesem Szenario hätte Mansouri Karim den Befehl erteilt, La Croix' weitere politische Karriere dadurch zu vereiteln, dass er dessen Familie tötete.

Doch hätte Mansouri, so fragte sich Keller dann, nicht ahnen müssen, dass er mit einem solchen Schritt wahrscheinlich das genaue Gegenteil erreichen würde? Denn La Croix' Fremdenfeindlichkeit dürfte durch diese Tat eher noch mehr befeuert werden. Mansouri hätte seinem Erzfeind also politisch in die Hände gespielt, statt ihm zu schaden, was wohl kaum Zweck der Sache gewesen sein dürfte.

Nein, nein, nein, dieses Konstrukt führte in eine Sackgasse. Es sei denn, Mansouri wäre darauf aus, die Lage vollkommen eskalieren zu lassen. Möglich, aber Keller mochte nicht daran glauben, da er keine sinnvolle Strategie dahinter erkannte.

Wenn es also doch keinen politisch-religiösen Hintergrund gab und man einen profanen Raubmord ebenfalls ausschloss – was blieb dann übrig?

Er ging die Alternativen durch, die ihm aus seinem früheren Berufsleben geläufig waren. Wie er sehr wohl wusste, hatten die meisten Gewaltdelikte einen persönlichen Hintergrund. Handelte es sich folglich auch in diesem Fall um etwas Persönliches, eine private Angelegenheit? Aber wenn ja, um welche? Fest stand: Er hatte das Problem noch nicht bis zum Ende durchdrungen.

Noch einmal tauchte er ein in die verzweigte Welt des Internets, studierte Fotos von La Croix und seinen Gefolgsleuten. Er sah sich auch dessen Publikum an und war erschrocken, wie viele junge Menschen sich darunter befanden und welch hingebungsvolle Begeisterung sich auf ihren Gesichtern zeigte. Unter anderem sah er eine werdende Mutter, deren T-Shirt sich über dem Babybauch spannte. Keller verweilte bei dieser Aufnahme – und plötzlich kam ihm eine Idee, die ihn erneut ins Grübeln brachte…

Als die Sonne tief im Westen stand und den Himmel in ein zartes Rosa tauchte, fand er es an der Zeit, sich noch einmal unter Menschen zu begeben. Weil er dem notdürftig geflickten Türschloss nicht traute, nahm er sicherheitshalber seine wichtigsten Papiere und die Fotokamera mit, versteckte das Notebook und machte sich ohne festes Ziel auf den Weg.

Zunächst bummelte er über den nach wie vor belebten Place Carnot in der *ville basse*, der Unterstadt. In der warmen, weichen Luft verwoben sich die Stimmen der Passanten mit dem Klirren von Tellern und Tassen aus den umliegenden Cafés, Bistros und Restaurants und den Melodien von Straßenmusikern zu einem betörenden Klangteppich. Keller erfreute sich am quirligen Treiben einer Gruppe Kinder, die zwischen den großen Bäumen Verstecken spielten, bewunderte die Grazie einiger junger Damen, die sich um einen braun gebrannten Schönling vor einem Motorroller scharten, und beobachtete mit einem Funken Neid und Wehmut ein altes Ehepaar, das Händchen haltend über das Pflaster trottete.

Sein Magen begann zu knurren, als sich in die Abendluft feinwürzige Gerüche aus den diversen Küchen mischten, die mit ihren Köstlichkeiten um Kunden buhlten. Als bekennender Fleischliebhaber war er neugierig auf *Bœuf à la gardianne*, eine Spezialität der Region, die sein Sohn

Burkhard ganz bestimmt auch schon probiert hatte. Das Rindfleisch wurde mehrere Stunden in eine Marinade mit Kräutern gelegt und dann geschmort, was es besonders zart und aromatisch machte.

Tatsächlich aber entschied er sich nach ausgiebiger Suche und dem langwierigen Vergleich von Speisekarten auf halber Strecke zwischen *ville basse* und der *Cité* für das *L'Atelier de la Truffe* mit seiner auffällig lilafarbenen Fassade. Das kleine Restaurant in der Rue Triviale schien seinem Namen alle Ehre zu machen, schon beim Eintreten strömte Keller der betörende Duft der sündhaft teuren schwarzen Knollen entgegen. Dargeboten wurden sie als *Œufs cocotte à la truffe*, eine formidable Eierspeise, oder in hauchdünne Scheiben gehobelt zur Gänseleberpastete *Foie gras*. Der hausgemachte *Fromage truffe*, eine Käsespezialität, lachte Keller besonders an. Zu einer dicken Scheibe davon ließ er sich einen passenden Wein servieren, der vollmundig und schwer war wie die meisten in dieser sonnenverwöhnten Gegend.

Während Keller den überaus harmonischen Ausklang eines aufreibenden Tages in vollen Zügen genoss, versöhnte er sich wieder mit dieser liebenswerten und facettenreichen Stadt – trotz des Ärgers, den er mit dem einen oder anderen Einwohner haben mochte. Sein Wohlfühlbarometer war beim zweiten Glas Wein auf Höchstwerte gestiegen, als das Klingeln seines Handys den Frieden störte.

Meldete sich Béatrice Bardot vielleicht doch noch?, ging es Keller durch den Kopf. Er ertappte sich dabei, dass er freudig an *Madame le commissaire* dachte. Trotz ihrer Zwistigkeiten konnte er sie gut leiden. Aber es war unwahrscheinlich, dass sie ihn sprechen wollte, nicht um diese Zeit. Nein, es musste sich um jemand anderes handeln – und Keller erriet den Anrufer, noch ehe er die Stimme vernahm.

Burkhard! Gerade eben hatte er an ihn gedacht – war das etwa Gedankenübertragung? »Es ist nicht dein Ernst, dass du dich schon wieder meldest. Bist du jetzt mein Babysitter?«, begrüßte Keller ihn ärgerlich. Das ging nun wirklich zu weit!

»Wohl eher Daddysitter«, konterte sein Sohn schlagfertig.

»Was willst du?«, fragte Keller und drehte sich von seinen dicht neben ihm platzierten Nachbarn weg.

»Immer das Gleiche.«

»Mein Bedarf an Menüvorschlägen ist gedeckt.«

»Ich meine das andere Gleiche.«

»Dann können wir es kurz machen: Ich bin immer noch in Carcassonne, und dieses Kleinod einer mittelalterlich geprägten Stadt wächst mir mehr und mehr ans Herz.«

Pause.

»Burkhard? Bist du noch dran?«

»Ja, Paps. – Sag mal, hast du getrunken?«

»Nein. Das heißt: Ja! Ich bin gerade munter dabei. Und dazu lasse ich mir einen Trüffelkäse vom Feinsten schmecken. Ich sage dir, so was Köstliches hast du noch nicht gegessen. Du hast doch gesagt, ich soll es mir gut gehen lassen, oder etwa nicht?«

»Doch, ja.«

»Aber?«

»Ähm…« Burkhard lachte gekünstelt, und Keller beschloss, den Sohn nicht länger hinzuhalten.

»Also schön: Es gibt gute Gründe dafür, dass ich geblieben bin. Die Sache nimmt Fahrt auf. Auf der *Bonheur* ist eingebrochen worden. Jemand hat die Bauchtasche von Karim gestohlen, noch bevor ich sie der Polizei übergeben konnte.«

»Hört sich nicht gut an.«

»Finde ich auch. Irgendetwas ist faul an der Sache, und ich wüsste zu gern, was.«

»Meine Meinung darüber kennst du.«

»Ja, und du bist offenbar nicht der Einzige, der findet, dass ich mich nicht darum kümmern sollte.«

»Worauf spielst du an?«

»*Madame le commissaire* scheint der Diebstahl nicht weiter zu stören, zumindest hat sie es nicht für nötig gehalten, sich bei mir zu melden.«

»Hast du es denn für nötig gehalten?«

»Bitte?« Keller wunderte sich über die Frage. »Was meinst du?«

»Ob du dich bei ihr gemeldet hast? Es gehören ja immer zwei dazu, wenn es darum geht, ein Gespräch zu führen.«

»Äh, nein. Nachdem ich nicht zu ihr durchgestellt worden bin, habe ich es nicht noch einmal versucht.«

»Da haben sich ja zwei Sturköpfe gefunden …«

»Das ist aber nicht alles«, fuhr Keller fort, der sich von seinem Sohn ertappt fühlte. »Mich hat eine echte *grande dame* aufgesucht, die Familienanwältin des Hauses La Croix. Sie hat mir mehr oder weniger deutlich zu verstehen gegeben, dass ich mich nicht einmischen soll.«

»Diese Frau ist mir auf Anhieb sympathisch! Dasselbe rate ich dir ja auch, Paps.«

Keller schob den Teller mit Trüffelkäse beiseite und antwortete grimmig: »Ich kann jetzt unmöglich die Segel streichen.«

»Brauchst du nicht. Bei der *Bonheur* reicht es völlig aus, die Leinen zu lösen.«

»Du weißt, was ich meine«, knurrte Keller.

»Ja, ich weiß genau, was du meinst. Deshalb spiele ich ernsthaft mit dem Gedanken, mir ein Flugticket zu kaufen und mal bei dir nach dem Rechten zu sehen.«

»Das kannst du ohnehin nicht. Deine tierischen Patienten und mehr noch ihre menschlichen Herrchen und Frauchen werden dich nicht von heute auf morgen entbehren wollen.«

Burkhard grummelte etwas Unverständliches, dann gab er zu: »Ja, das stimmt schon, ich kann meine Praxis nicht einfach im Stich lassen.«

»Na also …«

»Aber ich kann ersatzweise Sophie schicken.«

»Halt deine kleine Schwester da raus!«, erwiderte Keller drohend.

Burkhard ließ sich davon nicht schrecken. »Sophie hat derzeit kein festes Engagement. Es sind Theaterferien, da haben Schauspielerinnen viel Zeit. Ich frage sie, ob sie den Trip für mich übernimmt. Meinetwegen zahle ich ihr den Flug, denn sie ist ja immer knapp bei Kasse. Auf jeden Fall wird sie Erfolg haben, denn wie du sehr wohl weißt, hat sie einen noch größeren Dickkopf als du.«

Keller ließ seine Faust auf die Tischplatte sausen, was ihm einige verwunderte Blicke bescherte. »Lass es gut sein, Burkhard. Ich kann selbst auf mich aufpassen, klar? Du hast mein Wort, dass ich keine unnötigen Risiken eingehen werde. Aber ich muss wissen, was hier gespielt wird. Wenn ich jetzt meine Reise fortsetzen würde, wäre ich mit den Gedanken ohnehin ständig beim Fall La Croix.«

»Du willst es also wirklich durchziehen«, stellte Burkhard fest und klang resigniert. »Konrad Keller, der Unbestechliche. Zielstrebig und unerschütterlich, ganz wie früher …«

Keller ging über diese Anspielung hinweg und versuchte es mit Argumenten: »Es mag hin und wieder so sein, dass die einfachste Lösung die richtige ist. Aber meine Erfahrung hat mir gezeigt, wie oft der Schein trügt. Ich habe nichts Konkretes in der Hand. Doch so viel ist für mich klar: Für die Raubmordtheorie gibt es zu viele Ungereimtheiten. Ich glaube nicht, dass Karim den Finger am Abzug hatte. Schon eher, dass er ein Bauernopfer ist.«

»Bauernopfer?«

»Ja! Ich habe keinen Schimmer, wer ihn für seine Zwecke eingespannt hat. Möglicherweise ist es etwas Politisches, eher noch eine persönliche Angelegenheit, aber ganz bestimmt kein missglückter Diebstahlseinbruch. Hier sollte etwas vertuscht werden. Unter den Teppich gekehrt. Ich weiß nicht, weshalb, aber ich bin ganz sicher, dass weit mehr hinter alldem steckt, als sich bisher erahnen lässt.«

»Welche Spur willst du verfolgen?«, erkundigte sich Burkhard nach einer Denkpause.

»Es gibt vorerst nur eine: Die Lösung muss in Ozanam zu finden sein, dem Armenviertel von Carcassonne und Hassobjekt von Richard La Croix, seiner Auffassung nach Quell allen Übels. Außerdem soll sich sein Sprössling Clément dort herumgetrieben und etwas Unverzeihliches getan haben.«

»Etwas Unverzeihliches? Was soll ich mir darunter vorstellen?«

»Ich glaube mehr und mehr daran, dass das Motiv im privaten Bereich zu finden ist.« Keller dachte an Obsthändler Mansouri – und an dessen schwangere Tochter. »Bisher kann ich darüber nur spekulieren. Aber wenn ich mit meiner Ahnung recht behalte, hat Clément sich jemanden zum Feind gemacht, dem er nicht gewachsen war. Das war sein Todesurteil – und leider auch das seiner Schwester und Mutter.«

Burkhard schluckte hörbar. »Der wahre Mörder müsste also noch auf freiem Fuß sein«, folgerte er mit banger Stimme.

»Ich fürchte, ja. Und er tut alles dafür, um nicht erkannt zu werden.«

»Ich kann nicht behaupten, dass mich das beruhigt. Willst du mir verraten, wie deine Ahnung lautet?«

Keller ging nicht darauf ein, sondern sagte nur, dass es für Details zu früh sei. »Du weißt doch, wie ich es hasse, unausgegorene Ideen preiszugeben.«

»Das habe ich befürchtet. Dann verrate mir wenigstens, was es mit dieser Tasche auf sich hat. Weshalb hat man sie deiner Meinung nach von deinem Boot gestohlen?«

»Möglicherweise ist Karims Tasche verschwunden, weil sie einen Hinweis auf unseren großen Unbekannten enthielt und dieser verhindern wollte, dass er entdeckt wird.«

»Deshalb soll der Beutel gestohlen worden sein? Das hieße, dass der Mörder von dir und deinem Interesse an dem Fall weiß. Wenn das zutrifft, schwebst du in Gefahr, Paps. In Lebensgefahr!«

»Das sehe ich anders: Jeder außer mir hält Karim für den Täter, sämtliche Begleitumstände weisen auf ihn hin. Man wird ihn zu einem Geständnis bringen und aburteilen, das ist so sicher wie das Amen in der Kirche. Wenn der wahre Drahtzieher gerade jetzt etwas gegen mich unternähme, würde er seine eigene, gründlich geplante Inszenierung torpedieren. Denn dann würde Béatrice Bardot sofort begreifen, dass sie etwas oder jemanden übersehen hat.«

Burkhard schwieg. Dann fragte er skeptisch: »Du wähnst dich in Sicherheit, weil du dich für klüger hältst als den Mörder?«

»Nein, nein. Ich bin davon überzeugt, dass ich es mit einem ausgesprochen cleveren Gegner zu tun habe. Einem, der den nahezu perfekten Mord entworfen hat. Wie es aussieht, bin ich die einzige Schwachstelle in seinem Konstrukt. Und gerade das schützt mich.«

»Ich kann nur hoffen, dass du weißt, was du tust.«

»Ja, das weiß ich. Habe ich all die Jahre als Dezernatsleiter ja auch gewusst.«

»Du versprichst, vorsichtig zu sein?«, vergewisserte sich Burkhard nach erneutem nachdenklichen Schweigen.

»Ich verspreche es!«

Als Keller das Telefonat beendet hatte und sich wieder dem Essen widmete, fühlte er sich tatsächlich siegessicher. Im Gespräch mit seinem Sohn hatten sich seine Gedanken wie von selbst neu sortiert. Er war nun überzeugt davon, auf der richtigen Fährte zu sein.

Es erfüllte ihn mit Stolz, dass er imstande war, auch ohne einen Stab von Mitarbeitern an seiner Seite die richtigen Schlüsse zu ziehen. Er hatte es eben doch noch drauf, freute er sich und bestellte das nächste Glas Wein.

13

Der perfekte Mord? In der kühlen Morgenluft, die Keller am Tisch seines Sonnendecks um die Nase wehte, kamen ihm Zweifel an den vollmundigen Behauptungen, die er am Vorabend weinselig geäußert hatte. Hatte er sich vor wenigen Stunden noch wie ein Überflieger gefühlt, holte ihn nun die Realität wieder ein. Von wegen erfolgreicher Einzelkämpfer! Mangels jeglicher Beweise konnte er bislang eben doch nur Mutmaßungen anstellen und sich – was er als Profi äußerst ungern tat – auf sein Gefühl verlassen.

Ja, es gab diese dünne Spur, die zum Gemüseladen von Djamal Mansouri führte, rekapitulierte er, während er in ein Stück Baguette biss, das er sich am Hafenkiosk besorgt hatte. Der Obsthändler war ein Verwandter des potenziellen Täters Karim, er hatte sich in der Nähe des Tatorts aufgehalten und sich Keller gegenüber verdächtig verhalten. Doch reichten diese drei Anhaltspunkte wirklich aus, um ihn mit dem Mordfall in Verbindung zu bringen? Nein. Und hatte Mansouri auf Keller den Eindruck eines Mannes gemacht, der einen komplexen Tathergang austüftelte, bei dem er seinen eigenen Vetter ans Messer lieferte? Wohl kaum. Vor allem sah Keller bei ihm keinerlei Motiv.

Bis auf eines. Ein sehr naheliegendes sogar, das Keller bei seiner Visite in Mansouris Geschäft förmlich ins Auge gesprungen war und an das er sich durch die Internetrecherche wieder erinnert hatte. Doch sollte die Lösung wirklich so einfach sein?

Mit bloßen Gedankenspielen kam er nicht weiter, erkannte Keller, ließ den Rest seines Stangenweißbrots für die Vögel liegen und stürzte stattdessen eine Tasse Kaffee hinunter. Wenn er Antworten auf seine vielen Fragen haben wollte, musste er sie sich holen!

Er wartete die Ankunft der Servicekraft von *Le Boat* ab, die das defekte Schloss ruck, zuck reparierte, dann konnte ihn nichts mehr halten. Mit seinem Dauerleihwagen fuhr er abermals in den Vorort, an dessen verwahrlosten Anblick er sich allmählich gewöhnte. Hatte er sich bei seinen beiden ersten Fahrten auf heruntergekommene Häuser, Zeichen der Zerstörungswut und den allgegenwärtigen Müll konzentriert, achtete er nun eher auf die Menschen. Und er sah, dass auch hier die Kinder lachten, die Alten tratschten und die Hundebesitzer mit ihren Vierbeinern Gassi gingen, ganz so, wie sie es überall taten. Alles wirkte schäbiger als im Nobelviertel der La Croix', aber hier wie dort lagen Freud und Leid dicht beieinander.

Diesmal fand er keinen nahe gelegenen Parkplatz für seinen Renault und musste ein ganzes Stück zu Fuß gehen, bevor er Mansouris Laden erreichte. Beim Näherkommen betrachtete er die üppigen Auslagen vor dem Geschäft. Prall und marktfrisch leuchtete das Obst in der Morgensonne. Keller legte sich im Kopf die Worte zurecht, mit denen er Mansouri entgegentreten wollte, da öffnete sich die Tür des Gemüseladens, und eine Frau kam heraus.

Keller blieb abrupt stehen, denn er hatte sie sofort erkannt: Es war die junge Frau, die bei seinem ersten Besuch von Mansouri so rigoros ins Hinterzimmer geschoben worden war. Wie gestern trug sie einen weißen Kittel, der sich über ihrem Babybauch wölbte. Sie hatte Keller nicht bemerkt, sondern machte sich daran, die Auslage um eine Kiste voller Feigen zu ergänzen.

Keller ergriff seine Chance. Zielstrebig ging er auf sie zu, stellte sich neben sie und sprach sie an: »*Bonjour Madame.*«

Die Frau fuhr herum und zuckte zusammen, als sie ihn erkannte. »*Bonjour...*«

»Darf ich Sie etwas fragen?« Keller blickte sie offen an.

»Ich glaube nicht, dass Vater das möchte«, sagte sie und sah unsicher zur Tür.

»Kommen Sie: Stellen wir uns ein Stück an die Seite, dann kann man uns von innen nicht sehen.« Keller nickte ihr aufmunternd zu.

Zögernd kam sie seiner Aufforderung nach. Neben einer Stellage mit Avocados blieb sie im Sichtschatten eines Werbeaufstellers stehen und sah ihn mit nervösem Blick an. »Wer sind Sie, und was wollen Sie von uns?«

Keller hob seine Hände. »Keine Bange, ich komme nicht von der Polizei. Ich bin Privatmann. Ein Tourist, der zufällig in diese Sache hineingeraten ist.«

»Hineingeraten? Wovon reden Sie?«, fragte sie und wirkte äußerst beunruhigt.

»Ich denke, das wissen Sie genauso gut wie ich«, sagte Keller. Ein Trick, um sie zum Sprechen zu bringen.

Mit Erfolg. Tränen sammelten sich in ihren dunklen Augen, sie zog die Schultern zusammen und schluchzte.

Keller war versucht, sie zu trösten. Doch als Ermittler musste er ihre Schwäche nutzen, um mehr von ihr zu erfahren. In sanftem Ton fragte er: »Mir ist aufgefallen, wie Sie gestern reagiert haben, als ich Ihrem Vater gegenüber den Namen La Croix erwähnt habe. Sie kennen diesen Namen, die Familie?«

Das Schluchzen wurde stärker.

»Wie gesagt, es war ein Zufall, der mich mit den Mord-fällen im Hause La Croix in Verbindung gebracht hat«, wiederholte Keller. »Seitdem lässt mir die Sache keine Ruhe, ich suche nach Antworten. Können Sie mir helfen?«

Die Frau rieb sich die Tränen aus dem Gesicht und streckte ihm die Hand entgegen. »Selena Mansouri ist mein Name. Und Sie heißen?«

»Keller. Konrad Keller.« Er musterte sein Gegenüber mit freundlichem Blick. Dann rang er sich zu einer sehr direkten Frage durch: »Das Kind, das Sie erwarten – ist der Vater vielleicht Clément La Croix?«

Zunächst starrte Selena Mansouri ihn aus großen Augen an. Gleich darauf begann sie abermals zu weinen. »Ja«, antwortete sie wimmernd und legte schützend ihre flache Hand auf den Bauch. »Es ist Cléments Baby. Unser gemein-sames Kind.«

Also doch so einfach! Keller fühlte sich bestätigt; seine Kombinationsgabe war noch nicht vollends eingerostet. Gleichwohl erkannte er die Verzweiflung im Gesicht der jungen Frau. Sie plagten Zukunftsangst und die Trauer um den Verlust des Geliebten.

Selena tat ihm leid. Er senkte den Ton, als er mit ernster Miene fragte: »Ihr Vater war gegen diese Verbindung, habe ich recht?«

»Ja«, kam es ohne jedes Zögern. »Papa hat unsere Liebe nicht geachtet. Er meinte, Clément nutzt mich aus.« Der strenge Vater habe ihr vorgehalten, dass Clément aus einer anderen gesellschaftlichen Schicht stamme und noch dazu einer anderen Religion angehöre – aus Sicht von Mansouri konnte das nicht zusammenpassen. Er habe ihr weisma-chen wollen, Cléments schlechter Einfluss stürze sie ins Verderben. Nun redete sie wie ein Wasserfall: »Das erste Mal richtig gekracht hat es, als ich Clément zuliebe aufgehört habe, das Kopftuch zu tragen. Papa ist schier ausgerastet. Als dann herauskam, dass ich von Clément schwanger bin, war es völlig vorbei. Papa hat mir jeden Umgang mit ihm verboten.« Sie schwieg.

»Wir konnten uns nur noch heimlich treffen«, platzte es dann aus ihr heraus. »Und nun ist er …« Sie unterbrach sich, bevor sie mit gebrochener Stimme endete: » … nun ist er tot!«

Keller hoffte inständig, dass Mansouri sie nicht bemerkte und dem Gespräch ein Ende setzte. Behutsam tastete er sich vor: »Offenbar war Ihr Vater nicht der Einzige, der etwas gegen Ihren Freund hatte.« Er wartete, bis Selena sich wieder etwas gefangen hatte, ehe er eine provokante These aufstellte. »Auch Ihr Onkel, Karim Abdelaziz, sah offenbar Ihre Familienehre in Gefahr. Wie sonst erklären Sie sich das, was er getan hat?«

Selena fuhr zusammen, in ihren zarten Gesichtszügen zuckte es. Unruhe schien sie zu erfassen, sie zwinkerte nervös und sah aus, als hätte sie einen solchen Zusammenhang bisher selbst noch nicht hergestellt.

Dann jedoch schüttelte sie energisch den Kopf. »Karim soll meine Ehre verteidigt haben? Niemals!« Die Antwort klang dermaßen entschieden, dass sie keinen Zweifel aufkommen ließ.

Keller hatte mit einer solchen Reaktion gerechnet, sie sogar herbeigesehnt. Denn sie bestätigte seine Skepsis hinsichtlich Karims Schuld. Dennoch wollte er mehr wissen.

»Karim wurde wegen dringenden Mordverdachts an Clément, dessen Schwester und dessen Mutter festgenommen«, zählte er auf. »Die Polizei nimmt an, dass er auf Geld, Schmuck und sonstige Wertgegenstände aus war. Ich bin überzeugt, sie irrt sich. Aber wäre es denn wirklich so abwegig, dass er Ihretwegen so gehandelt hat?«

Selena sah Keller an wie einen Außerirdischen. Das, was er da sagte, schien für sie völlig absurd zu sein. »Karim ist ein Nichtsnutz, ein Faulenzer und Herumtreiber. Das schwarze Schaf der Familie. Wenn er etwas macht, dann nur zu seinem eigenen Nutzen. Ganz sicher nicht für mich.«

»Es muss aber einen Zusammenhang geben«, beharrte Keller. »Das wäre einfach zu viel des Zufalls. Warum sonst könnte Karim in der Villa Ihres Freundes eingestiegen sein?«

Selena musste nicht lange nachdenken. »Ich fürchte, die Polizei liegt ganz richtig: Natürlich musste er davon ausgehen, dass Cléments Eltern in Geld schwimmen. Das ist der Grund, warum er diesen Bruch gemacht hat. Das und nichts anderes.«

»Dann hat er also doch aus Habgier gehandelt, als er auf die Familie Ihres Freundes schoss?«

Doch Selena verneinte erneut. »Karim ist kein Mörder. Er ist ein Mann ohne Ehre und Moral, aber bei Gewalt hört selbst für ihn der Spaß auf. Zumindest würde er nicht so weit gehen, jemanden ernstlich zu verletzen oder gar zu töten.«

»Aber wer sonst soll es getan haben? Wer hat die tödlichen Schüsse Ihrer Meinung nach abgegeben?«, bohrte Keller weiter, der endlich einen Namen hören wollte.

Doch seine letzten Fragen waren zu viel für Selena, die sich inzwischen sichtbar ängstigte. Immer wieder blickte sie sich furchtsam um. »Ich muss zurück ins Geschäft«, sagte sie.

»Bitte warten Sie noch. Wenn Sie davon überzeugt sind, dass Karim die Morde nicht begangen hat, müssen Sie ihm helfen«, appellierte Keller an sie. »Es ist Ihre Pflicht!«

»Ich ihm helfen?« Selena wurde blass. »Nein, das geht nicht.«

»Sie können nicht zulassen, dass ein Unschuldiger verurteilt wird!«

Selena entfernte sich rückwärtsgehend von Keller. »Unschuldig? Vielleicht hat er ja doch geschossen. Die Polizei wird schon wissen, was sie tut.« Sie hatte die Tür erreicht und legte ihre Hand auf die Klinke.

Jetzt musste Keller retten, was noch zu retten war. Er appellierte an Selena: »Wenn Sie es sich anders überlegen, erreichen Sie mich auf einem Hausboot im Kanalhafen. Mein Schiff heißt *Bonheur*.«

Selena nickte verhuscht, im nächsten Moment war sie im Laden verschwunden.

Keller wollte ihr nicht noch mehr zusetzen und verzichtete darauf, ihr zu folgen. Während er zu seinem Wagen zurückging, verfestigte sich seine Überzeugung, dass er mit dem Mordmotiv der Rache richtiglag, Karim jedoch nicht der ausführende Täter gewesen war.

Sollte am Ende tatsächlich Selenas Vater Djamal den Mord begangen haben, um die Familienehre wiederherzustellen? Und wenn ja, wie? Laut Béatrice Bardot hatten die Überwachungskameras zur fraglichen Zeit nur einen Besucher erfasst: Karim.

Was also hatten sowohl die Polizei wie auch Keller bisher übersehen?

14

Ganz mechanisch, ohne seine Umgebung wirklich wahrzunehmen, fuhr Keller durch die Straßen Carcassonnes. In Gedanken war er immer noch bei der geheimnisvollen Selena Mansouri.

Die Sache blieb für ihn undurchsichtig. Das Gespräch mit Selena war aufschlussreich gewesen, gleichzeitig jedoch voller Widersprüche. Einerseits hatte sie Karim geschützt, andererseits klar zu erkennen gegeben, wie wenig sie von ihm hielt. Würde Keller allein mit diesen Informationen bei Béatrice Bardot aufkreuzen, wäre nichts gewonnen. Zwar könnte sich *Madame le commissaire* unter Umständen dazu hinreißen lassen, die Motivlage neu zu prüfen. Angesichts der bereits vorliegenden Beweise bliebe Karim jedoch trotzdem in Haft. Denn um ihn freizulassen und stattdessen Djamal Mansouri zu verhaften, gab es keinerlei Grundlage. Nein, Keller brauchte weitaus mehr, wenn er seine französische Amtskollegin überzeugen wollte.

Er entschloss sich, einen Spaziergang zu machen, um seine Gedanken zu ordnen. Diese Idee kam nicht von ungefähr, denn als Kommissar hatte er es oft so gehalten. Statt mit krummem Rücken vor dem PC am Schreibtisch zu hocken und in der stickigen Luft eines Büros über einem Fall zu brüten, hatte er lieber eine straffe Runde durch den präsidiumsnahen Stadtpark gedreht. Die frische Luft, der Sauerstoff, hatte den Denkprozess angeregt und geistige

Blockaden gelöst. Auf dieses bewährte Verfahren wollte er nun wieder zurückgreifen.

Er folgte einem Hinweisschild, verließ die Straße und bog auf einen Seitenweg ein. Dornige Stauden kratzten am Lack, in der drückenden Hitze stiegen Staubwolken auf. Kein Grün weit und breit, nur verdorrte Grasbüschel. Noch konnte man sich kaum vorstellen, dass sich in dieser trostlosen Einöde eine Oase befand. Doch plötzlich änderte sich das Bild, als das Glitzern des Wassers in Sichtweite kam. Keller parkte seinen Wagen nahe dem Ufer der Aude, einem malerischen Flusslauf, der von einer saftig grünen Böschung gesäumt und von uralten Viadukten überspannt wurde. Er startete seinen Ausflug an der Pont Vieux, einer in kühnen Bögen gemauerten Brücke, und folgte dem friedlich dahingleitenden Strom. Dabei kam er an Gärten und verwilderten Wiesen vorbei, es duftete nach süßen Tomaten und nach den Kräutern, die überall wild am Straßenrand wuchsen. Keller setzte seinen Weg bis zu einer Reihe prächtiger Weinstöcke fort, wo er sich auf einer Steinbank niederließ und gedankenverloren den wenigen Spaziergängern hinterherblickte. Mal kamen einige Rentner vorbei, dann eine Familie mit Kinderwagen und ein Mann mit Hund, gefolgt von einer Gruppe Jogger.

Während er so dasaß und allmählich zur Ruhe kam, bemerkte er, dass keiner der Passanten von ihm Notiz nahm. Das machte ihm wieder einmal bewusst, wie einsam er war. Seit Helgas Tod war Keller auf sich allein gestellt, lediglich seine Kinder meldeten sich regelmäßig bei ihm. Was war mit seinen Freunden, den Bekannten, den ehemaligen Kollegen?

Es könnte sich schon einmal jemand aus dem alten Leben melden, ihn anrufen, sich nach ihm erkundigen, dachte er enttäuscht. Seine Mobilfunknummer war den meisten ja bekannt. Aber seine früheren Bekannten hielten sich auffällig zurück. Hatten sie Angst, ihn in seiner Trauer zu stören?

Dass es sich so entwickelt hatte, lag wohl auch an ihm selbst, überlegte er selbstkritisch. An der schroffen Art, mit der er nach Helgas Tod auf Anrufe und Besuche reagiert und viele verschreckt hatte. Vielleicht war es nun an ihm, den ersten Schritt zu machen? Er könnte zum Beispiel ein paar Postkarten schreiben…

Hier und jetzt halfen ihm diese Vorsätze aber wenig, denn die alten Freunde, die einstigen Kollegen waren weit weg. Es gab niemanden, mit dem er sich austauschen oder besprechen konnte. Er musste wohl lernen, damit zu leben und ohne fremde Hilfe klarzukommen.

Es sei denn, er würde etwas an seiner Situation ändern. Denn wenn er in Sachen La Croix weiterkommen wollte, brauchte er Unterstützung.

Aber von wem?

Zunächst dachte er an seine Familie: Sophie, Jochen und Burkhard hatten ihm in seinem Berufsleben ein ums andere Mal mit Ratschlägen, manchmal auch mit praktischer Hilfe unter die Arme gegriffen und ihn auf Ideen gebracht, auf die er von allein nicht gekommen wäre. Möglicherweise, so dachte er, war Burkhards als Drohung gedachter Vorschlag, Sophie als Aufpasserin zu schicken, gar kein so schlechter Einfall. Ihren wachen Geist und ihr treffsicheres Urteilsvermögen könnte er ebenso gut gebrauchen wie ihre Fähigkeit, als ambitionierte Schauspielerin in verschiedene Rollen zu schlüpfen und auf diese Weise diskrete Nachforschungen anzustellen.

Doch bald verwarf Keller diese Überlegung wieder, denn er wollte seine Kinder nicht in diesen Fall hineinziehen. Es hatte bereits drei Tote gegeben – das Risiko für Sophie oder einen der Söhne wäre schlichtweg zu groß.

Also musste er auf die Hilfe hiesiger Bekannter zurückgreifen, und da war die Auswahl bescheiden. Am liebsten
hätte er mit Béatrice Bardot zusammengearbeitet, aber da
herrschte zurzeit Funkstille, und er war nicht bereit, sie
von sich aus zu beenden. Jedenfalls nicht so bald. Wer blieb
sonst noch?

Mit einem Seufzen nahm Keller sein Smartphone zur
Hand und tippte abermals die Telefonnummer von der Visitenkarte ein, die Pflichtverteidiger Hugo Cocoon ihm überlassen hatte.

Der Anwalt war gerade im Auto unterwegs, wie Keller
aus den Fahrgeräuschen schloss. In kurzen Worten berichtete er ihm, was sich zugetragen hatte, und verriet, dass
Clément La Croix eine Verwandte von Karim in andere
Umstände gebracht habe.

Daraufhin räusperte sich Cocoon hörbar. Das Räuspern
ging in ein Husten über. Schließlich kam es kehlig durch
den Hörer: »Einen Augenblick. Ich fahre rechts ran.«

Keller wartete, bis das Motorengeräusch verstummt war
und sich der Anwalt wieder meldete. Dann wiederholte er,
was ihm von Selena bestätigt worden war.

»Alle Achtung«, meinte Cocoon und klang beeindruckt.
»Das erklärt einiges. Ich habe mich schon etwas darüber
gewundert, weshalb La Croix so sehr auf eine schnelle Pro-
zesseröffnung gegen meinen Mandanten drängt, statt sich
Zeit für seine Trauer zu nehmen.«

»Tut er das?«

»Aber ja. Er hat seine Anwältin auf mich angesetzt, die
mich unter Druck zu setzen versucht. Jetzt ist mir klar,
warum sie das Ganze möglichst bald vom Tisch haben
wollen. Nicht etwa, damit La Croix schnell Genugtuung
für den Verlust seiner Lieben bekommt, sondern weil kein
Staub aufgewirbelt werden soll.«

Keller meinte so etwas wie ein Kichern zu hören. Oder bildete er sich das nur ein?

Nein, Cocoon klang tatsächlich belustigt, als er fortfuhr: »Der Sohn des ultrakonservativen Vorzeigepolitikers La Croix schwängert ausgerechnet die Tochter eines algerischen Gemüsehändlers. Wenn die Presse davon Wind bekommt, ist die Vorbildrolle dieser Musterfamilie ein für alle Mal dahin. Das kann La Croix unmöglich zulassen. Darum möchte er Karim hinter Schloss und Riegel bringen, ehe der Fall höhere Wellen schlägt und das pikante Geheimnis seines Sohnes publik wird. Aber da hat sich der werte Monsieur La Croix verrechnet. Nicht mit mir!«

Auch Keller musste nun schmunzeln, war es ihm doch gelungen, den Ehrgeiz des etwas trägen Anwalts zu wecken. An diesen Erfolg wollte er anknüpfen und bat darum, sich an den nächsten Schritten beteiligen zu dürfen.

»Wie stellen Sie sich das vor?«, fragte Cocoon.

»Aber Maître Cocoon, Sie wissen ja, dass ich vom Fach bin, doch mir sind die Hände gebunden. Ich bekomme nicht mehr Informationen als jeder gewöhnliche Zivilist, was es für mich verdammt schwer macht, kriminalistisch aktiv zu werden.«

»Na schön. Ich denke, ich bin Ihnen einen Gefallen schuldig. Was genau wollen Sie?«

»Ich möchte Einsicht in die Ermittlungsunterlagen nehmen, um den Tatverlauf nachvollziehen zu können.«

»Das habe ich bereits in aller Ausführlichkeit getan: Mir ist nichts aufgefallen, was der Nachfrage wert gewesen wäre. Was also versprechen Sie sich davon?«

»Ich bin es leid, spekulieren zu müssen wie ein Amateur. Aber ohne konkrete Fakten kann ich nun mal keine sinnvollen Rückschlüsse ziehen.«

»Was schwebt Ihnen denn da vor?«

»Speziell interessiere ich mich für den rekonstruierten Zeitablauf und für die Überwachungsanlage der Villa. Oft steckt der Teufel ja im Detail.«

»Hm«, machte Cocoon. »Warum eigentlich nicht. Ein wenig Hilfe von außerhalb kann nicht schaden. Ich gewähre Ihnen Einblick. Aber nicht offiziell und nicht in meiner Kanzlei.«

»Was schlagen Sie stattdessen vor?«

»Haben Sie heute Mittag schon etwas vor? Was halten Sie von einem gemeinsamen *déjeuner?* Ich kenne ein formidables Restaurant, in dem wir eine verschwiegene Ecke für unser konspiratives Treffen finden.« Cocoon nannte ihm Namen und Adresse des Lokals.

15

La Brasserie A 4 Temps lag in der *ville basse* unmittelbar neben einem prächtigen Torbogen. Die Inneneinrichtung bot einen unerwarteten Kontrast zu der aus Muschelkalkquadern errichteten Vorderseite des Hauses und war ganz in modernem Stil gehalten: helle Farben, viel Licht, Sitzecken mit bordeauxroten Polsterbänken. Die stilvolle Eleganz der anderen Mittagsgäste ließ Keller folgern, dass Cocoon nicht gerade die preisgünstigste Wahl getroffen hatte.

Der Anwalt erwartete ihn bereits. Keller entdeckte ihn an einem Tisch in einer Nische und gesellte sich zu ihm. Cocoon nickte ihm kurz zu, um sich sogleich in die Menükarte zu vertiefen.

»Nehmen Sie die Meeresfrüchte«, empfahl er und spitzte die Lippen. »Wasserschnecken, Kalmare, Hummer – alles, was aus dem Meer kommt, ist hier ein Gedicht. Natürlich auch der Fisch.«

»Meinen Sie?«, fragte Keller verhalten. Er scheute angesichts der danebenstehenden Preise zurück.

»Wissen Sie, im Languedoc ist die Küche mediterran geprägt und profitiert vom nahen Mittelmeer. Besonders beliebt sind *anchois*, also Sardellen, und Sardinen. *Huîtres*, Austern, werden auf den Bänken von Bouzigues gezüchtet. Bestellen Sie eine *dégustation de fruits de mer* – Sie werden es nicht bereuen! Sie mögen doch Schalentiere, oder?

Tellines, das sind kleine Muscheln, die Sie roh oder gekocht mit Knoblauch und Petersilie gewürzt essen können. Das feine Fleisch schmeckt etwas nussig und ist einfach köstlich.«

Keller war nahe dran, Cocoons Vorschlägen zu folgen, hielt sich jedoch zurück und entschied sich für einen Vorspeisenteller. Dazu wählte er wie sein Begleiter, der eine Fischplatte orderte, einen Weißwein.

»So bescheiden?«, wunderte sich der Anwalt. »Sie verpassen ein ganz besonderes Geschmackserlebnis, denn wissen Sie, zum Verfeinern der Fischgerichte werden Kräuter wie Thymian, Estragon, Basilikum, Rosmarin und Salbei verwendet, die wild in der kargen *garrigue* gedeihen. So etwas Vollkommenes finden Sie nirgends sonst.«

Nach kurzem Vorgeplänkel machte Cocoon sein Versprechen wahr und legte die Fallakte auf den Tisch. Er schlug sie auf und weihte Keller in den von den Ermittlern rekonstruierten Zeitablauf ein, der in dieser Form vom zuständigen Untersuchungsrichter abgesegnet worden war.

Demnach hatte Richard La Croix um 19:50 Uhr das Haus durch den Haupteingang der Villa verlassen und war in seinen vor der Tür geparkten Jaguar F-Type gestiegen und zum Fernsehstudio gefahren. »Dort meldete er sich um 20:22 Uhr beim Pförtner an und wurde zunächst in die Maske geschickt, um anschließend sein halbstündiges Interview zu geben, das ab 21 Uhr übertragen wurde. Nach dem Abschminken verließ er das Studio um 21:50 Uhr und traf knapp eine Stunde später um 22:47 Uhr wieder zu Hause ein, was durch die Aufzeichnungen des hauseigenen Überwachungssystems belegt ist«, erläuterte Cocoon. »Dort fand er seine Familie leblos vor und verständigte um 22:55 Uhr den Notruf.«

»Für die Rückfahrt hat er deutlich länger gebraucht als

für die Hinfahrt«, fiel Keller auf. »Gibt es dafür eine Erklärung?«

»La Croix ist Raucher. Nachdem er den Sender verlassen hatte, musste er seinen Nikotinbedarf stillen, ehe er sich hinters Steuer setzte. Außerdem hat er sich nach eigenen Angaben auf dem Rückweg mehr Zeit gelassen, da es keine Termine mehr gab und er es nicht eilig hatte.«

Keller, der einen Block dabeihatte, auf dem er sich einige Notizen machte, war gespannt auf die weiteren Zeitangaben. »Was ist über Karims Aufenthalt in der Villa bekannt?«, erkundigte er sich.

»Karim Abdelaziz wurde um 22:32 Uhr dabei gefilmt, wie er durch ein rückwärtiges Fenster einstieg, und um 22:39 Uhr, als er das Haus fluchtartig verließ, durch dasselbe Fenster.«

»Die beiden Männer haben sich also ganz knapp verpasst«, fasste Keller zusammen. »Hat denn Karim bei seinem Bruch keinen Alarm ausgelöst, der die Polizei auf den Plan rief?«

»Es ist zwar eine Alarmanlage installiert, aber weil sich die Familie zu Hause aufhielt, war sie nicht scharf geschaltet.«

Keller notierte auch dieses Detail, ehe er nach dem genauen Todeszeitpunkt der Opfer fragte.

»Exakt wollte sich der Leichendoktor nicht festlegen. Aber sie waren noch nicht lange tot, als man sie fand. Allerhöchstens zwei Stunden«, antwortete Cocoon. »Trotzdem kann man den Zeitraum weiter eingrenzen, denn um 21:34 Uhr hat Madame La Croix ein kurzes Telefonat mit einer Freundin geführt, die anrief, weil sie den Fernsehauftritt von Richard La Croix gesehen hatte. Und vom Handy ihrer Tochter Claire wurde um 22:11 Uhr die letzte WhatsApp-Nachricht verschickt.«

»Keine Nachbarn, die Schüsse gehört und dabei auf die Uhr geschaut haben?«

»Leider nein. Die Anwesen in dieser Gegend sind so groß, dass die nächstliegende Bebauung mehr als vierhundert Meter entfernt liegt. Es hat sich auch kein Passant gefunden, der etwas gehört oder gesehen hat.«

Keller erkundigte sich genauer nach der Art des Überwachungssystems.

Auch damit konnte der gut vorbereitete Anwalt dienen: »Das volle Programm: Türöffnerdetektoren, Glasbruchsensoren, Bewegungsmelder rings ums Haus und eben die Videoüberwachung.«

»Die Kameras liefen, obwohl die Alarmanlage deaktiviert war?«

»Ja, sie sind fortwährend aktiv«, sagte Cocoon und schlug eine Seite in seinem Ordner auf, die voll mit technischen Details war. »Ein Set aus Netzwerkrekorder und mehreren wetterfesten WLAN-Überwachungskameras rings um die Villa. Eine Bewegungserkennung löst die automatische Aufzeichnung aus, die Videosignale werden dann auf Festplatte vierundzwanzig Stunden lang gespeichert.«

Keller nickte anerkennend. Er musste eingestehen, dass La Croix sich und seine Familie gut gegen Eindringlinge geschützt hatte. Zumindest in der Theorie. Doch Keller wusste auch, dass selbst das beste und teuerste System seine Schwachstellen aufwies, denn perfekte Sicherheit gab es nicht. Er fragte: »Reichen die Kameras bis in die dunklen Ecken des Gartens?«

»In jeder Kamera sind LEDs integriert, die die Umgebung aufhellen und eine Sicht von bis zu zwanzig Metern erlauben.«

Keller nahm das zur Kenntnis und zog die ernüchternde Quintessenz: Auf den Überwachungsbändern im infrage kommenden Zeitraum waren lediglich Karim und Richard La Croix zu sehen, nicht aber Djamal Mansouri oder irgendjemand anderes. Doch damit mochte er sich nicht abfinden. Er hakte abermals nach: »Kann es vielleicht doch ein Schlupfloch im Überwachungssystem geben?«

»Das mag sein«, meinte Cocoon und musterte ihn durch seine dicken Brillengläser. »Doch selbst wenn irgendwo ein solches Schlupfloch, wie Sie es nennen, existieren sollte: Woher hätte der Täter die Lücke im System kennen sollen?«

Diesem Einwand konnte Keller auf Anhieb nichts entgegensetzen. »Zugegeben, ein gewöhnlicher Einbrecher hätte es schwer gehabt, so etwas herauszufinden, selbst wenn er die Villa beobachtet und ausgekundschaftet hätte. Was aber, wenn es Helfer aus der Familie gab?«

Cocoon zog seine Brauen hoch. »Ich kann mir denken, worauf Sie hinauswollen: La Croix' Sohn Clément könnte seiner Geliebten Selena geflüstert haben, auf welchen Schleichwegen sie die Kameraüberwachung umgehen konnte, um ungesehen ins Haus zu gelangen. Das tat er, um heimliche Treffen mit seiner Freundin möglich zu machen, denn der dünkelhafte Vater durfte ja nichts von seinem Verhältnis zu einem Vorstadtmädchen wissen. Selena aber missbrauchte ihr Insiderwissen, indem sie es an ihren kriminell veranlagten Verwandten Karim weitergab.«

»Hört sich logisch an«, fand Keller. »Es hilft uns bloß nicht weiter, denn auch bei dieser Variante bliebe Karim der Mörder. Außerdem hätte er sich dann besonders amateurhaft angestellt, wenn er sich trotz seines Wissens um den toten Winkel am Ende hat filmen lassen.«

»Richtig, das ergibt keinen Sinn.«

»Bliebe die Variante, dass sich Selena selbst ins Haus geschlichen hat. Fragt sich allerdings, weshalb sie ihren eigenen Freund und Vater ihres Ungeborenen töten sollte? Da wäre doch eher ihr Vater Djamal Mansouri…«

»Vorausgesetzt, dass Clément die Schwachstelle im Überwachungssystem wirklich kannte und ausgeplaudert hat.«

»Ja«, stimmte Keller zu. »Und ebenfalls vorausgesetzt, dass Selena oder ihr Vater Djamal die Tat kurz vor oder zwischen dem Erscheinen von Karim und Richard La Croix am Haus begangen haben und ihnen das Kunststück gelang, gleich darauf unbemerkt zu verschwinden. Denn sehr viel Zeit blieb dafür nicht.«

»Ich sehe schon«, seufzte Cocoon, »wir haben eine ganze Menge Arbeit vor uns, wenn wir Karim noch vor Prozessbeginn rausboxen wollen. Ich kann nur hoffen, dass er die Mühe wert ist.«

»Darf ich das so deuten, dass Sie es zumindest versuchen werden? Dass Sie davon absehen, ihn zu einem schnellen Geständnis zu bewegen?«

Cocoon schien mit sich zu kämpfen, ob er den Weg des geringsten Widerstands tatsächlich verlassen und sich stattdessen mit Béatrice Bardot und mit dem einflussreichen La Croix anlegen sollte. Schließlich verstaute er die Akte in seiner Tasche und beugte sich vor. »Also gut, mein Freund«, sagte er vertraulich, »lassen Sie uns *Madame le commissaire* aufsuchen und ein paar Takte mit ihr plaudern.«

»Sie nehmen mich mit, Maître Cocoon?«, wunderte sich Keller. Das war weit mehr, als er erhofft hatte.

»Aber ja! Ich will Sie keineswegs um die Früchte Ihrer Arbeit bringen«, meinte Cocoon launig. »Doch zuvor wird ausgiebig getafelt. Schließlich möchte ich Ihre freundliche Einladung gebührend würdigen.«

Einladung? Keller beobachtete mit bangem Blick, wie zwei Kellner ihre Bestellungen auftrugen: Kellers Vorspeise, bestehend aus hauchdünn geschnittenen Wurstspezialitäten, fingerdicken Scheiben von Wild- und Pilzpasteten und einer Auswahl lokaler Käsespezialitäten von Kuh und Schaf. Cocoon bekam eine Étagère voller Meeresfrüchte und Fischfilets, kreativ garniert mit leuchtend grünem Algensalat.

Ein herber Schlag für die Urlaubskasse, dachte Keller und nahm mit gedämpfter Freude das Besteck zur Hand.

16

Das Gesicht von Béatrice Bardot sprach Bände, als sie Keller an der Seite von Hugo Cocoon in ihr Büro marschieren sah. Pforte und Sekretariat hatten die beiden anstandslos durchgewinkt, denn niemand wagte es, sich einem Pflichtverteidiger in den Weg zu stellen und ihn damit womöglich in seinen Rechten zu beschneiden.

Doch *Madame le commissaire* war Profi genug, um die Regungen von Missmut oder Zorn, die sich sekundenkurz in ihren Augen zeigten, schnell zu überspielen. Sie konnte sich sogar zu einer Art Lächeln durchringen und bot ihren Gästen mit einladender Geste einen Platz in der Sitzecke an. Sie selbst gesellte sich dazu und legte die gefalteten Hände auf ihre Beine, die bis zum Knie vom sandfarbenen Stoff eines eleganten Kostüms bedeckt wurden.

»So sehen wir uns also doch noch einmal wieder«, sagte sie, an Keller gerichtet, und ergänzte süffisant: »Wer hätte das gedacht!«

Bevor Keller etwas darauf erwidern konnte, ergriff Cocoon das Wort. Er wies auf die neue Spur hin, wobei er diskret genug war, Kellers unautorisierte Beteiligung daran zu verschweigen. »Bisher war lediglich Habgier als Motiv im Gespräch. Möglicherweise gibt es jedoch einen zusätzlichen, neuen Beweggrund für die Bluttat: Rache oder vielmehr die Wiederherstellung der Familienehre.« Cocoon berichtete von Selena Mansouris Schwangerschaft, ihrer

Behauptung, dass Clément La Croix der Vater ihres Babys sei, und von den verwandtschaftlichen Banden zu Karim.

Je länger Cocoon redete, desto mehr schwand Béatrice Bardots maskenhafte Mimik und wich offenem Staunen. Sie verzichtete darauf, den Anwalt zu unterbrechen, sondern hörte aufmerksam zu. Selbst als Cocoon die unausgegorenen Überlegungen zu Löchern im Sicherheitssystem erwähnte, wartete sie das Ende des Vortrags kommentarlos ab und beschränkte sich darauf, ab und zu bestätigend zu nicken.

Hatte Keller damit gerechnet, dass Béatrice Bardot sie beide nicht für voll nehmen und freundlich, aber bestimmt hinauskomplimentieren würde, sah er sich getäuscht. Im positiven Sinn. Denn kaum hatte Cocoon geendet, betätigte sie eine Sprechanlage zum Vorzimmer und orderte Kaffee. »Drei Tassen. Schwarz und stark.«

Nachdem sie alle mit Koffein versorgt waren, eröffnete Béatrice Bardot ihnen, dass die Kriminaltechniker vor Ort tatsächlich auf eine Lücke in der Überwachungsanlage gestoßen seien: »Wir haben dem bislang keine besondere Bedeutung beigemessen, aber theoretisch hätte man durch die angebaute Garage ins Wohnhaus gelangen können, ohne von einer der Kameras erfasst zu werden. Denn in den Innenräumen gibt es keine Videoüberwachung.«

»Warum habe ich davon keine Zeile im Untersuchungsbericht gefunden?«, monierte Cocoon.

»Weil die Verbindungstür zwischen Garage und Haupthaus zum Tatzeitpunkt versperrt war. Ohne Schlüssel wäre der Täter auf diesem Wege nicht ans Ziel gelangt, weshalb wir diese Spur nicht weiterverfolgt haben«, erklärte sie.

»Dann scheidet diese Möglichkeit aus«, stellte Cocoon fest.

Doch Keller dachte weiter. »Könnte es sein, dass Djamal

Mansouri den Schlüssel aus Cléments Jackentasche entwendet hat, während dieser gerade Selena besuchte? Dann benutzte er entweder den gestohlenen Originalschlüssel oder eine Kopie, die er sich anfertigen ließ«, riet er ins Blaue hinein.

»Das wäre eine Option«, fand Cocoon.

Doch Keller schränkte die eigene These gleich wieder ein: »Eine Option, für die es keinerlei Belege gibt.«

Immerhin sicherte Béatrice Bardot zu, Mansouri und dessen Alibi für die Tatnacht zu überprüfen. »Wir gehen der Sache nach, *Messieurs*«, versprach die Kripochefin, woraufhin sich alle erhoben.

Während sich Cocoon daranmachte, seine Unterlagen in seiner Aktentasche zu verstauen, nahm Béatrice Bardot Keller beiseite. Sie stellte sich so dicht neben ihn, dass er ihr frisches, leichtes Parfüm riechen konnte, und raunte ihm zu: »*Chapeau*, Kollege. Dank Ihrer Hartnäckigkeit bekommt der Fall einen anderen Dreh. Ich muss zugeben, dass mich diese Entwicklung überrascht.«

»Freut mich, wenn ich meinen Teil dazu beitragen konnte«, entgegnete Keller, dem das Lob guttat.

Cocoon stand bereits in der Tür, und Keller wollte ihm schon folgen, da wurde er auf eine Bilderleiste an der Wand des Büros aufmerksam. Es handelte sich ganz offensichtlich um Tatortfotos aus der La-Croix-Villa. Keller konnte nicht anders, als genauer hinzusehen. Als er die Markierungen und Nummern sah, die die Spurensicherung hinterlassen hatte, stutzte er. Eigentlich ein ganz normales Vorgehen, so wie er es auch aus Deutschland kannte. Doch etwas stimmte nicht.

»Monsieur Keller?«, sprach Béatrice Bardot ihn an. »Ist etwas nicht in Ordnung?«

Allerdings, dachte Keller, während er die Fotos studierte. Wenn er nach den Markierungen der Spurensicherer ging, ergab sich ein sehr fragwürdiges Bild des Tatablaufs. »Sind die Toten so vorgefunden worden, wie es hier dokumentiert ist?«

»Ja«, bestätigte Béatrice Bardot.

Keller nahm das zur Kenntnis und versuchte, sich anhand der Tatortfotos zusammenzureimen, was sich an dem schicksalhaften Abend im Hause La Croix abgespielt haben könnte: Demnach hatten die beiden jugendlichen Opfer auf einem Sofa vor dem Fernseher gesessen, als die Schüsse sie trafen, während die Mutter wenige Schritte entfernt in der offenen Wohnküche gestanden hatte und dort tödlich verletzt wurde.

»Seltsam«, murmelte Keller.

»Was ist seltsam?«, fragte Béatrice Bardot, die sich nun ebenfalls auf die Bilder konzentrierte.

»Die Anordnung der Toten«, antwortete Keller, ohne den Blick von den Aufnahmen zu nehmen. »Es macht den Eindruck, als hätte sich keiner der drei von der Stelle gerührt, als der Einbrecher hereinkam.«

»Ja. Und?«

»Hätten sie nicht versuchen müssen zu fliehen? Oder sich ihm entgegenzustellen? Das wäre doch normal gewesen, oder?« Nun drehte sich Keller zu Béatrice Bardot um und sah sie herausfordernd an. »Aber nein: Die Kinder schauten weiter fern, und die Mutter hantierte mit der Bratpfanne, als wäre es alltäglich, dass ein Räuber ins Zimmer spaziert.«

»Wahrscheinlich ging alles so schnell, dass sie nicht reagieren konnten. Sie wurden vom Täter überrascht«, legte Béatrice Bardot ihre Sicht der Dinge dar.

»Kann das wirklich sein? Müssten sie nicht gehört haben, wie der Eindringling in das Haus eingestiegen ist? Eigentlich hätten sie bereits alarmiert sein müssen.«

Béatrice Bardot schürzte die Lippen. »Der Ton des Fernsehers war weit aufgedreht. Dazu rauschte die Dunstabzugshaube, und die Tochter hatte zudem In-Ears in den Ohren. Wir haben das überprüft: Die drei Opfer konnten definitiv nichts hören. Das Eindringen des Täters wurde von ihnen erst bemerkt, als es bereits zu spät war. Die drei hatten keine Chance auf Flucht oder Gegenwehr.« Sie fasste Keller in der Armbeuge und dirigierte ihn von der Fotowand weg. »Reicht Ihnen das als Begründung, Kollege?«

Keller war immer noch voller Zweifel. Seine jahrelange Berufserfahrung sagte ihm, dass es so nicht gewesen sein konnte. Denn selbst wenn der Mörder unbemerkt bis in den Wohnraum gelangt war, hätte er nicht alle drei Opfer gleichzeitig erschießen können. Mindestens eines der Kinder oder die Mutter hätte sich wegducken oder fliehen können.

Und dann war da noch die Schwierigkeit, ein Ziel aus einer gewissen Distanz auf Anhieb tödlich zu treffen. Der Täter hätte sich jede Person einzeln vornehmen müssen, denn die Kugeln stammten ja nicht aus einem Maschinengewehr, das er bloß herumschwenken musste. Nein, dachte Keller. Dass alle drei an Ort und Stelle verharrt hatten, dafür gab es keine schlüssige Erklärung.

»Ich merke, dass Sie nicht überzeugt sind«, stellte Béatrice Bardot fest. »Sie denken, dass doch wenigstens eines der Kinder hätte weglaufen können, selbst wenn es nur ein paar Meter weit gekommen wäre, richtig?«

»Ja, genau darüber zerbreche ich mir den Kopf.«

»Schonen Sie Ihren Kopf, und überlassen Sie die Analysearbeit mir und meinem Team, dafür werden wir ja bezahlt.« Aus großen Augen sah sie ihn an. »Liegt die Erklärung nicht auf der Hand?«

Keller überlegte erneut. Hatte er die Bilder nicht richtig gedeutet? »Nein«, sagte er schließlich, »für mich ist das Verhalten der Opfer nicht schlüssig.«

»Für uns schon«, gab sich Béatrice Bardot selbstbewusst. »Es war der Schock. Alle drei Opfer waren dermaßen überrascht und überrumpelt durch das plötzliche Erscheinen des Täters, dass sie außerstande waren, sich zu bewegen. Die Angst lähmte sie.«

Wie praktisch für den Täter, dachte sich Keller. So musste der Mörder seine Ziele bloß noch nacheinander ins Visier nehmen und abdrücken. Wie in einer Schießbude.

Bevor er dazu kam, weitere Fragen zu stellen, spürte er die Hand von Cocoon auf seinem Unterarm. Der Anwalt nickte ihm nachdrücklich zu, ein unmissverständlicher Wink, jetzt ohne weitere Diskussion abzutreten. Das sah Keller ein, zumal der Empfang durch *Madame le commissaire* weitaus offener und interessierter gewesen war, als er es erwartet hatte. Er wollte es sich mit ihr nicht verscherzen.

»*Merci beaucoup, Madame*«, sagte er. »Danke, dass Sie uns angehört haben.«

»Der Dank gilt Ihnen«, entgegnete Béatrice Bardot.

Keller entging nicht, dass sie seine Hand einen Deut länger drückte, als es notwendig gewesen wäre.

Wie auf dem Hinweg zum Präsidium nahm Cocoon ihn in seinem Wagen mit. Sie schwiegen beide, jeder hing seinen Gedanken nach. Keller wusste nicht, wie es nun weitergehen sollte. In diesem Fall kamen ständig neue Aspekte zum Tragen, die immer wieder Fragen aufwarfen, Karim aber dennoch nicht überzeugend entlasten konnten. Keller war mit stockenden Ermittlungen dieser Art zwar durchaus vertraut, abfinden wollte er sich damit dennoch nicht.

Denn es hatte ihn schon immer gewurmt, auf der Stelle zu treten.

Am Rand der unteren Altstadt ließ er sich absetzen, er wollte den restlichen Weg bis zum Hafen zu Fuß zurücklegen. Eine gute Entscheidung, wie sich herausstellte: Die *ville basse* sah wunderschön aus, wenn man – wie Keller – an dem leicht morbiden Charme alter Gemäuer Gefallen fand. Ihm fiel auf, dass trockenes Moos in den Rissen der bröckelnden Fassaden wuchs, und selbst die windschiefen Kakteen, die sich auf staubigen Balkonen sonnten, trugen zu der angenehmen Gesamterscheinung bei. Keller kam vorbei an hippen Cafés, lässigen Klamottenläden und modern designten Bistros und empfand den kurzen Spaziergang als ungemein wohltuend. Die ganze Stadt schmeckte nach Sommer. Nach *café au lait*, frisch gepresstem Orangensaft, dem verlockenden Parfüm der eleganten Französinnen und dem süßen Eis der Kinder.

Eine halbe Stunde in dieser inspirierenden Umgebung entschädigte ihn für das Kopfzerbrechen, das ihm der Fall La Croix bescherte. Seine Batterien waren schon bald wieder aufgeladen.

17

Unterwegs hatte Keller sich Fleisch für *steak haché* in einer *boucherie* besorgt, das er am Abend mit einem Zweig Thymian anbraten und zu Kartoffeln und erntefrischen Brechbohnen essen wollte. Mit zwei Tüten in den Händen überquerte er das Hafengelände und ging auf die *Bonheur* zu, neben der sich von Tag zu Tag mehr Hausboote drängten. Madame Bertrand hatte schon recht gehabt, als sie behauptete, dass es bald ziemlich voll werden würde. Nur dass Keller das nicht als unangenehm empfand. Im Gegenteil, mit jedem Neuankömmling wurde der Hafen lebendiger, bunter und geselliger.

Keller hatte die Kaimauer erreicht und wollte auf sein Boot steigen, da sah er zu seiner Überraschung jemanden auf dem Boden des Decks sitzen. Es war eine junge Frau, die Keller den Rücken zugekehrt hatte und die Beine über die Bordwand baumeln ließ. Ihr langes dunkles Haar war zum Zopf geflochten.

Nach einem Moment des Zögerns kletterte er an Bord. Seine Schritte verrieten ihn, und die unerwartete Besucherin drehte sich zu ihm um.

»*Salut*, Selena!«, rief Keller ihr zu, woraufhin sie aufstand und auf ihn zukam.

Ohne seinen Gruß zu erwidern, begann die junge Frau auf ihn einzureden, so schnell und vom südfranzösischen Dialekt geprägt, dass Keller Mühe hatte, ihr zu folgen.

Er hob die Hände und unterbrach ihren Redefluss, indem er sie in seine Kajüte bat. »Dort haben wir mehr Ruhe, und es kann nicht jeder Nachbar hören, was Sie mir zu sagen haben.«

Nachdem sich Selena in der Sitznische eingerichtet und Keller sie mit einem Glas *citron pressé* versorgt hatte, wurde sie allmählich ruhiger.

Keller ließ sich ihr gegenüber nieder, faltete die Hände auf dem Tisch und blickte in das kummervolle Gesicht seines Gastes. »Nun bitte noch einmal von vorn: Weshalb haben Sie mich aufgesucht? Wie kann ich Ihnen helfen?«

»Es geht um Clément!« Wieder brach es förmlich aus ihr heraus. »Als Sie neulich bei uns waren, haben Sie mir gesagt, wo ich Sie finden kann. Und dass ich mich an Sie wenden kann.«

»Ja, ja, das ist richtig. Ich freue mich, dass Sie mein Angebot wahrnehmen.« Freundlich sah er ihr ins Gesicht. »Also dann: Was haben Sie mir über Clément zu sagen?«

Mit aufgeregter Stimme beteuerte sie, dass ihr Vater mit seiner Ansicht ganz falschliege, Clément sei ein anständiger Kerl gewesen. »Er war kein Playboy, und das mit den Drogen ist üble Nachrede!« Keller solle bloß kein Wort davon glauben, falls er etwas in dieser Richtung höre, appellierte sie an ihn. »Vater hat sich das alles ausgedacht, damit ich ihn mir aus dem Kopf schlage. Als ob ich darauf reinfallen würde! Keiner kannte Clément so gut wie ich. Er hat mich geliebt.«

An den Tränen, die sich in ihren Augen sammelten, erkannte Keller, wie sehr sie das alles aufwühlte. Zwar hielt Keller Clément nach all dem, was er bisher über ihn wusste, ebenfalls nicht gerade für einen Musterknaben, doch letztendlich konnte Selena ihn als seine Quasi-Verlobte vermutlich viel besser einschätzen. Daher hakte er nur äußerst behutsam nach und erkundigte sich nach den Gründen für die ablehnende Haltung ihres Vaters.

»Das wissen Sie doch, Sie haben ja schon mit ihm geredet! Ihm geht es um nichts anderes als die Herkunft. In seinen Augen gibt es solche und solche: Religion, Hautfarbe, Geld und Ansehen – das macht den Unterschied. Vater zieht Linien, die nicht übertreten werden dürfen. Dass ich mich mit einem von der anderen Seite eingelassen habe, ist für ihn eine Katastrophe. Seine ganze Welt bricht zusammen, verstehen Sie?«

»Einem von der anderen Seite? Einem aus der Oberschicht, meinen Sie.«

Selena nickte heftig. »Ja, sage ich doch! Aus Vaters Sicht passten wir nicht zusammen. Natürlich spielt auch unser Glaube eine Rolle. Aber mehr noch ist es wohl der Unterschied zwischen Arm und Reich. Jemand wie Clément würde mich nur ausnutzen, meinte Vater. Für ihn sei ich bloß ein Zeitvertreib. Ein Spielzeug, das man nach Gebrauch wegwirft.«

»Ein Spielzeug?«

»Ja, so hat er wortwörtlich gesagt.«

»Eine starke Zuspitzung.« Keller sah sie nachdenklich an. »Doch ist das, was Ihr Vater behauptet, wirklich völlig aus der Luft gegriffen?«

»Natürlich ist es das!« Selena funkelte ihn an. »Alles bloß Vorurteile.« Sie schlug die Augen nieder, als sie leiser fortfuhr: »Bei Cléments Vater war es ja dasselbe.«

»Bei Richard La Croix? Er wusste also ebenfalls von Ihrer Liaison?«, fragte Keller, der dafür bisher keinerlei Beleg gehabt hatte.

»Ja. Habe ich das nicht schon gesagt? Auch Monsieur La Croix war absolut gegen unsere Beziehung. Deshalb hat Clément auch vorgehabt, von zu Hause auszuziehen.«

Keller horchte auf. Dieser Punkt war neu und schien ihm so wichtig zu sein, dass er es unbedingt genauer wissen wollte: »Sie sagen, Clément wollte sich von seinem Elternhaus lösen?«

»Ja. Und für uns eine eigene Wohnung suchen. Für sich, für mich und für unser Baby.« Nun schluchzte sie und beteuerte unter Tränen: »Er hatte es mir fest versprochen. Wir wollten uns ein eigenes Leben aufbauen, unsere eigene kleine Familie.«

Keller konnte seine Vorbehalte nicht länger unterdrücken. Denn alle Informationen, die er über die Familie La Croix hatte, zeichneten kein angenehmes Bild von ihr. Das galt in erster Linie für Richard La Croix, aber leider auch für Clément.

Seine Skepsis war ihm wohl anzumerken, denn Selena erklärte: »Wenn Sie glauben, dass ich blind vor Liebe bin, täuschen Sie sich. Clément war ohnehin auf dem Sprung, er wollte weg von zu Hause, und nicht nur wegen mir. Den ständigen Streit konnte er nicht länger ertragen.«

Abermals horchte Keller auf: »Welchen Streit?«

»Streit zwischen seinen Eltern. Da gab es andauernd Zoff. Sie machte ihm Vorwürfe und er ihr. Er soll sie sogar ins Gesicht geschlagen haben, das hat Clément erzählt.«

»Moment mal«, bremste Keller die junge Frau. »Sie sprechen hier von ernsthaften Eheproblemen im Hause La Croix?«

Selena winkte ab. »Ach, die waren doch bloß noch auf dem Papier verheiratet. Madame La Croix hatte genug von Monsieurs Extratouren«, bestätigte sie. »Sie wollte die Scheidung, aber Monsieur hielt natürlich nichts davon.«

»Wissen Sie das ebenfalls von Clément?«

»Ja, er hat viel über sein Elternhaus geredet. Er war ja froh, dass er in mir jemanden hatte, dem er sich anvertrauen konnte. Irgendwo musste er diesen Frust doch abladen.«

»Weshalb wollte Richard la Croix die Trennung unbedingt vermeiden? Wissen Sie darüber auch Bescheid? Waren seine Gefühle für seine Frau so stark, dass er sie unbedingt halten wollte?«

»Aber nein. Diesen Leuten geht es bloß um ihr Ansehen.«

Keller fand das nachvollziehbar: Eine Trennung oder gar ein Rosenkrieg hätte hässliche Kratzer auf dem Lack des Vorzeigekonservativen La Croix hinterlassen.

Noch während er überlegte, welchen Einfluss diese neuen Informationen auf die Ermittlungen haben könnten, redete Selena weiter: »Außerdem kam eine Trennung sowieso nicht infrage.«

»Warum? Was sprach noch dagegen?«

»Clément meinte, dass sich sein Vater eine Trennung nicht leisten könne. Finanziell, meine ich.«

Keller sah Selena aufmerksam an. »Hat Madame das Geld mit in die Ehe gebracht?«

»Die Firma gehörte seiner Frau, ebenso das Haus. Laut Clément hatten seine Eltern getrennte Kassen. Monsieur war mehr oder weniger auf den guten Willen seiner Frau angewiesen.«

Keller goss ihr Zitronensaft nach. Dann sagte er entschlossen: »Es ist gut, dass Sie zu mir gekommen sind. Diese Auskünfte werfen ein völlig neues Licht auf den Fall. Ein heftiger Streit zwischen den Eheleuten, so kurz vor der Tat, das rückt den Ehemann in den Mittelpunkt.«

Selena machte große Augen. Auf die Rückschlüsse, die Keller zog, war sie selbst offenbar nicht gekommen. »Sie meinen …«, setzte sie an, ohne den Satz zu Ende zu führen.

»Sie müssen wissen, dass ich selbst früher Kriminal-

153

kommissar war. Wir Ermittler würden das eine veränderte Motivlage nennen«, erklärte Keller.

Er überlegte, Cocoon umgehend über die neuen Erkenntnisse zu informieren. Oder sollte er gleich Béatrice Bardot verständigen? Er erhob sich und ging zur Ablage, wo sein Handy lag.

Doch Selena hinderte ihn daran. Auch sie stand auf und stellte sich neben ihn. »Rufen Sie bitte nicht die Polizei an, falls Sie das jetzt vorhaben. Ich will zu Hause nicht noch mehr Ärger bekommen.«

»Man muss dem nachgehen«, widersprach Keller. »Zwar kann La Croix es nicht selbst getan haben, weil er ja das Fernsehinterview als Alibi vorweisen kann. Sollte er aber in anderer Weise verwickelt sein, muss die Polizei das überprüfen. So schnell wie möglich.«

Bittend blickte Selena zu ihm auf. »Mein Vater macht mir die Hölle heiß, wenn er erfährt, dass ich mit Ihnen gesprochen habe. Sie dürfen uns da nicht mit hineinziehen. Versprechen Sie mir das?«

Keller war unschlüssig. Zwar wollte er der jungen Frau keinen Ärger bereiten, doch immerhin ging es um die Aufklärung eines Kapitalverbrechens.

Selena schob sein Handy beiseite und schien nach einem Ausweg zu suchen. Gleich darauf wandte sie sich den Tüten mit Kellers Einkäufen zu. »Ist das Ihr Abendessen?«, fragte sie und machte sich daran, die Lebensmittel auszupacken. »Haben Sie etwas dagegen, wenn ich Ihnen bei der Zubereitung ein wenig zur Hand gehe?«

Keller legte den Kopf schräg. Er wusste sehr wohl, was Selena erreichen wollte: ihn ablenken, Zeit gewinnen, damit sie sich überlegen konnte, wie sie sich aus der Affäre ziehen konnte.

»Ich bin eine gute Köchin!«, bekräftigte sie und ließ die

154

Kartoffeln ins Spülbecken purzeln. Krumen tiefbrauner Erde rollten in den Abfluss.

»Wenn Sie meinen…« Draußen hatte bereits die Dämmerung eingesetzt, und Keller hörte seinen Magen knurren. »Ich habe nichts dagegen einzuwenden.«

Im Nu hatte Selena die Kartoffeln gewaschen und in einen Topf gegeben. Sie streute eine Prise Salz in das siedende Wasser, bevor sie sich dem Fleisch zuwandte. Zwei Handvoll Gehacktes landeten auf der Arbeitsplatte der bescheidenen Kombüse. Selena prüfte es sorgfältig.

»Sieht ordentlich aus. Wo haben Sie es her? Von der *boucherie* am Place Carnot?«

»Ja, ganz frisch durch den Wolf gedreht. So, wie es sein soll.«

Selena neigte zufrieden den Kopf. »Für ein richtig gutes *steak haché* wird bei uns in Frankreich traditionell Pferdefleisch verwendet.«

»Habe ich gehört. Ich habe mich aber für Rind entschieden«, sagte Keller augenzwinkernd.

»Also gut…« Selena krempelte die Ärmel ihrer Bluse hoch und machte sich ans Werk. Mit geübten Fingern knetete sie den roten Teig.

»Das sieht in der Tat nicht so aus, als würden Sie das erste Mal in einer Küche stehen«, stellte Keller fest, der die Gesellschaft dieser aufgeweckten jungen Frau zu genießen begann.

»Natürlich nicht!«, entgegnete Selena. »Seit dem Tod von *maman* vor sechs Jahren ist die Küche mein Revier. Mein Vater kennt sich aus mit Obst und Gemüse, auch bei der Wahl des Olivenöls für den Salat macht ihm keiner etwas vor. Aber am Herd ist er eine Niete.« Inzwischen hatte sie die Bohnen geputzt und von Fäden befreit. Auch sie landeten in einem Topf mit sprudelndem Wasser.

155

»Dann kann er von Glück sagen, dass er eine so patente Tochter hat«, meinte Keller.

Selena nahm diese Bemerkung mit einem geschmeichelten Lächeln hin. »Die Bohnen sind sehr gut. Kaum Fäden. Man isst sie bei uns übrigens gern auch kalt als Salat mit einer Soße aus scharfem Senf, Olivenöl, Weinessig und einer gepressten Knoblauchzehe.« Nun wandte sie sich dem Fleisch zu. »Beim Würzen brauche ich Ihre Hilfe. Haben Sie Schalotten zur Hand? Wunderbar wären auch Kapern, Sardellen und Senf.«

Keller sah in seinem Vorratsschrank nach, doch außer zwei Zwiebeln und einer Tube Senf konnte er nichts bieten.

Selena zuckte die Achseln. »Dann muss es eben so gehen.« Zischend zerließ sie ein Stück Butter in der Pfanne. »Wie blutig mögen Sie Ihr *steak haché*?«

»Ich richte mich da ganz nach Ihnen.«

»Tut mir leid, da muss ich passen. Sie müssen allein essen«, sagte sie und tippte auf ihren Bauch. »Die nächsten Monate kein rohes Fleisch. Wegen der Toxoplasmose-Erreger. Gefährlich fürs Baby.«

Bei der Erwähnung ihres Ungeborenen verflüchtigte sich der kurze Anflug von guter Laune, die ihr beim Kochen ein Lächeln ins Gesicht gezaubert hatte. Selenas Bewegungen beim Drehen und Wenden der Hacksteaks wirkten plötzlich wie mechanisch, ihre Miene war nun wieder voller Kummer.

Keller blieb der Stimmungsumschwung nicht verborgen. Aufmunternd schlug er vor: »Wissen Sie was, Selena, braten Sie das Fleisch doch einfach richtig durch. So werden die Keime auf jeden Fall abgetötet.«

Der Trick funktionierte, Selenas Aufmerksamkeit galt nun wieder ganz dem Essen. Allerdings zeigte sie sich von

Kellers Vorschlag wenig begeistert. »Auf keinen Fall!«, wies sie die Idee zurück. »Viel zu schade um das gute Rinderhack. Bei zu viel Hitze verliert es an Geschmack und wird zu hart. Nein, nein, im Innern muss es rot und saftig bleiben. Nur so kommt es auf den Teller. Wenn es Sie nicht stört, nehme ich mir ein paar mehr von den Kartoffeln und von den Bohnen. Das reicht mir vollkommen.«

Keller hatte nichts dagegen. Er deckte für sie beide den kleinen Tisch im Unterdeck ein, richtete das Besteck und faltete Servietten. Es folgten Gläser und eine Karaffe Wasser. Er stellte auch eine bereits geöffnete Flasche Wein dazu, obwohl er wusste, dass Selena aus Rücksicht auf ihr Ungeborenes und vielleicht auch aus religiösen Gründen keinen trinken würde. Dennoch unternahm er einen Versuch: »Dieser Grenache Rouge stammt aus den besten Lagen des Pays d'Oc zwischen Béziers und Perpignan. Von zwanzig Jahre alten Rebstöcken in Hanglagen an der Aude. Möchten Sie ein kleines Schlückchen probieren?« Wie erwartet lehnte Selena ab, sodass Keller nur für sich eingoss.

Das einfache Gericht, das Selena wenige Minuten später auftischte, schmeckte so köstlich wie ein Essen im Sternelokal. »Vortrefflich«, lobte er nach dem ersten Bissen seines *steak haché*. »So gut hätte ich es nie und nimmer hingekriegt.«

Selena ging über dieses Lob hinweg und zerdrückte eine Kartoffel mit der Gabel. Sie mischte das Püree mit den Bohnenstücken und würzte mit Pfeffer nach.

Keller füllte sich Wein nach, aß sein zweites Hacksteak und freute sich über die ungewohnte Zweisamkeit. »Sehr nett von Ihnen, dass Sie sich die Zeit nehmen«, sagte er, nachdem er sich die Mundwinkel mit der Serviette abgetupft hatte.

»Hier ist es schön. Ich bin noch nie auf einem Hausboot

gewesen, obwohl man sie ja häufig bei uns sieht«, meinte Selena und wirkte nun viel ruhiger als zu Beginn.

Keller warf einen Blick durch eines der schmalen Fenster. Draußen war es längst dunkel. Auf dem Wasser glitzerte der Lichtschein von den anderen Schiffen. »Wann erwartet Sie Ihr Vater zurück? Und wie sind Sie überhaupt hierhergekommen? Falls Sie eine Rückfahrgelegenheit brauchen ...« Er unterbrach sich selbst, denn auch sein zweites Glas war nahezu geleert. Keller hatte Skrupel, sich jetzt noch hinters Steuer zu setzen.

»Nein danke, das ist nicht nötig. Ich bin mit unserem Wagen da«, winkte Selena ab. »Der, auf den Sie neulich meinen Vater angesprochen haben.«

»Ach ja ...«, sagte Keller und konnte nicht anders, als Selena von seiner Beobachtung vor der La-Croix-Villa zu berichten.

Sie hörte aufmerksam zu und musterte ihn dabei mit ihren dunklen Mandelaugen. Dann legte sie ihr Besteck auf den Teller und schob ihn beiseite. »Ist das wahr?«, fragte sie ungläubig. »Sie haben Vater vor Cléments Haus gesehen? Wirklich?«

»Nun, ich könnte nicht beschwören, dass es Ihr Vater gewesen ist. Aber das Auto war mit ziemlicher Sicherheit Ihr blauer Renault, und der Mann am Lenkrad sah Djamal Mansouri verflucht ähnlich.«

Selena trank einen Schluck Wasser. Als sie das Glas wieder abgesetzt hatte, sagte sie leise und besonnen: »Ja, wahrscheinlich war er es. Aber das hat nichts zu bedeuten.«

»Ach, nein?«

»Nein. Ich weiß, dass Vater sich zu der Villa hingezogen fühlte. Es ist schwer zu erklären, warum. Auf der einen Seite hat er diese Leute, also Cléments Familie, abgelehnt. Auf der anderen Seite wollte er herausfinden, in was für einen Menschen sich seine einzige Tochter verliebt hatte. Da ist es doch nur normal, dass man sich das Elternhaus des Freundes ansieht.«

»Normal?« Keller verzog den Mund. »Sie vergessen, dass Ihr Freund Clément, seine Schwester und Mutter bereits nicht mehr lebten, als ich den Wagen gesehen habe. Offen gesagt halte ich es keineswegs für normal, dass ich Ihren Vater vor dem Tatort angetroffen habe.«

Selena blickte auf die Tischplatte und schwieg. Eine Minute verstrich, ohne dass sie sich regte.

Keller ließ sie gewähren. Er wartete sogar noch eine Weile ab, ehe er sagte: »Von mir haben Sie nichts zu befürchten, Selena. Lassen Sie uns offen sprechen. Was hatte Ihr Vater vor? Weshalb ist er so kurz nach der Tat zu der Villa gefahren?«

Noch immer wirkte Selena wie abwesend, aber dann riss sie sich zusammen. »Ich glaube, er war wegen des Geldes dort«, sagte sie mit matter Stimme.

»Geld? Von welchem Geld sprechen Sie?«, erkundigte sich Keller.

Selena sah zu ihm auf und wirkte unendlich traurig, als sie antwortete: »Richard La Croix, der Vater meines geliebten Clément, hatte ihm fünfzigtausend Euro dafür geboten, dass er mich dazu überredet.«

»Dazu überredet ...«, wiederholte Keller und versuchte, den tieferen Sinn dieser Andeutung zu ergründen. Die Erkenntnis traf ihn wie ein Schlag: »La Croix wollte, dass Sie abtreiben, richtig?«

Selena schluchzte auf. »Ja«, antwortete sie voller Verbitterung. »*Ce salaud*, dieser Scheißkerl, hat alles versucht, um seinen Sohn von mir – dem Ausländermädchen – fernzuhalten. Meinem Vater bot er erst zwanzigtausend, und als das nicht reichte, sogar fünfzigtausend Euro dafür, dass er mich zu einer Abtreibung drängt. Stellen Sie sich das einmal vor, so viel Geld! Und Clément versprach er sogar einen Sportwagen, ein Porsche Cabrio auf Madames Kosten, wenn er sich von mir trennt. Und das alles nur wegen seiner verdammten Politikerkarriere!«

Keller brauchte einige Augenblicke, um das Gehörte zu verarbeiten. »Ich nehme an, beide haben abgelehnt.«

»Clément hat seinen Vater zum Teufel gejagt, obwohl er seit seiner Kindheit von so einem Porsche geträumt hat. Und mein Papa...« Selena sah erschöpft aus.

»Ich bin ganz Ohr: Wie hat er dieses unmoralische Angebot aufgenommen?«, drang Keller in sie.

»Er wollte...« Sie stockte, wischte sich mit der flachen Hand über die Stirn, setzte erneut an: »Er hat sich sehr darüber geärgert. Über das zweite, höhere Angebot mehr noch als über das erste. Er hat La Croix verflucht. Er wollte...« Wieder unterbrach sie sich selbst.

»Was wollte Ihr Vater?«, bohrte Keller unerbittlich nach. Auch wenn es Selena noch so schwerfallen mochte – er musste das wissen.

Und sie sprach es aus: »In seiner Rage hat er gebrüllt, er werde Richard La Croix umbringen. Ihn und seine ganze Sippe.«

Keller saß für den Moment wie versteinert da. Er sah der jungen Frau in die Augen, ohne zu wissen, was er darauf erwidern sollte. Es hatte ihm im wahrsten Sinne des Wortes die Sprache verschlagen.

Ihm war nicht bewusst, wie lange er schwieg, um das gerade Gehörte – immerhin eine glasklare Morddrohung! – zu verarbeiten. Ob Sekunden oder Minuten – Keller tauchte erst wieder aus seiner Gedankenwelt auf, als er merkte, wie auf den anderen Booten im Hafen nach und nach die Lichter erloschen.

Tatsächlich war es spät geworden. Auch Selena blickte nun auf die Uhr, die über der Kochzeile der Kombüse hing, fuhr sichtlich erschrocken zusammen und sammelte eilig ihre Sachen ein. Jacke, Halstuch, Handtäschchen. Zuletzt schlüpfte sie in ihre Sandaletten, die sie während des Essens abgestreift hatte.

»Meine Güte, Papa wird sich Sorgen machen«, sagte sie und lief zum Aufgang. »Ich muss los. Es ist höchste Zeit.«

»Warten Sie! Lassen Sie mich vorangehen und Ihnen an Land helfen«, bot Keller an.

»Danke, aber ich komme allein zurecht.«

Doch Keller bestand darauf, sie zu begleiten und von Bord zu führen. In gewissem Sinne fühlte er sich verantwortlich für seine Besucherin und wollte sichergehen, dass sie wohlbehalten den Pier erreichte.

Sie betraten das Oberdeck. Der Himmel war sternenklar, die Luft leicht und samtig. Mittlerweile waren auch die letzten Lichter hinter den Fenstern und Bullaugen der anderen Hausboote ausgeschaltet worden. Lediglich die wenigen Neonröhren an den Hafenbaracken und der honigfarbene Halbmond spendeten ein wenig Helligkeit.

»Es hat mich sehr gefreut, Sie kennenzulernen«, sagte er. »Sie können sich darauf verlassen, dass ich mit dem, was Sie mir anvertraut haben, gewissenhaft umgehe. Doch Ihnen muss klar sein, dass sich das Ganze auf Dauer nicht vor der Polizei verheimlichen lässt. Selbst wenn man das, womit Ihr Vater gedroht hat, seiner Impulsivität zuschreiben kann und es noch längst kein Beweis für seine Schuld ist, macht es ihn verdächtig. Die Polizei hat ihn ohnehin bereits im Visier.«

Selena zog den Kragen ihrer Jacke zusammen, als wäre ihr trotz der angenehmen Temperatur kalt. »Ich weiß«, gab sie mit leiser Stimme von sich, »und ich habe solche Angst, dass Papa eine große Dummheit begangen hat.«

»Würden Sie es ihm denn zutrauen?«

Selena sah ihn mit gequälter Miene an. Dann rang sie sich zu einem entschiedenen »Nein« durch. »Papa ist ein guter Mensch. Er würde alles für mich tun. Aber diese brutalen Morde – nein, das hätte er nicht übers Herz gebracht.«

Keller sah, wie sie zitterte. Das Mädchen tat ihm leid, mehr noch als bei ihrem ersten Gespräch. Das, was sie gerade durchmachte, musste die Hölle für sie sein.

Er begleitete sie zur Bordwand, um ihr dabei behilflich zu sein, auf den Pier zu steigen. In diesem Moment nahm er aus dem Augenwinkel zwei Schatten wahr, die auf sie zurannten. Zwei Männer, dunkel gekleidet, die Gesichter maskiert!

Keller wusste sofort, dass ernsthafte Gefahr drohte. Vermutlich ein Raubüberfall. Jetzt galt es, keine Zeit zu verlieren!

Hektisch sah er sich um. Sein Blick fiel auf eine Taurolle, er riss sie an sich. Gerade noch rechtzeitig, um sie den beiden Angreifern entgegenzuschleudern. Die beiden Männer gerieten ins Stolpern, brauchten einen kurzen Moment, um das unerwartete Hindernis zu umgehen. Das genügte, um Selena einen Vorsprung zu verschaffen.

»Laufen Sie, schnell!«, rief Keller ihr zu und versetzte ihr einen Stoß in den Rücken, der sie geradewegs auf die Kaimauer beförderte. Keller sah, wie sie das Gleichgewicht fand und sich ohne jedes Zögern davonmachte.

Doch die Männer schienen sich für die junge Frau nicht zu interessieren. Gott sei Dank, dachte Keller erleichtert. Sie hatten es also auf ihn oder sein Schiff abgesehen, wollten an Wertgegenstände gelangen, an Bargeld.

Nachdem er das erkannt hatte, gab es für Keller nur eine

Taktik: sich zurücknehmen, jede Form von Aggressivität vermeiden. Dann durfte er hoffen, dass die Männer mitnahmen, was sie fanden, ihm aber nichts antaten.

Doch er hatte sich verkalkuliert. Die beiden Maskierten dachten gar nicht daran, in die Kajüte einzudringen. Kaum waren sie an Bord gesprungen, nahmen sie Keller in die Zange. In den Händen hielten sie Messer mit gezackten Klingen.

»Was wollen Sie von mir?«, fragte Keller auf Französisch.

Keine Antwort. Stattdessen hielten sie ihre Waffen dicht vor sein Gesicht.

»Was Sie wollen, will ich wissen!«, wiederholte Keller, diesmal schärfer.

Die Männer sagten immer noch nichts und ließen provozierend langsam ihre Klingen kreisen.

Was hatte das zu bedeuten? Was hatten die Kerle vor? Keller schlug das Herz bis zum Hals. Vielleicht hatten sie ihn nicht verstanden?

Er versuchte es erneut. Diesmal sprach er ganz langsam und betont ruhig: »Sagen Sie mir jetzt, was Sie vorhaben. Sonst rufe ich um Hilfe. So laut, dass jeder auf den anderen Booten wach wird.«

Ein Bluff, denn Keller hätte es niemals gewagt, seine Drohung wahr zu machen. Dafür war sein Respekt vor den Messern viel zu groß. Oft genug hatte er in seinem Polizistenleben gesehen, was für teuflische Wunden solche Waffen reißen konnten. Er hatte nicht vor, aufgeschlitzt auf dem Leichentisch in der Gerichtsmedizin zu enden. Trotzdem zeigte seine Warnung Wirkung.

Eine der beiden Gestalten ließ das Messer sinken. Der Mann trat noch dichter an ihn heran, so nah, dass Keller den Alkohol in seinem Atem riechen konnte. Er sprach mit gepresster Stimme. »Das ist eine Warnung. Wir wollen, dass du deinen Mund hältst.«

»Ich verstehe nicht«, entgegnete Keller irritiert. »Worüber soll ich meinen Mund halten?«

Statt einer Antwort kam die nächste Aufforderung: »Verschwinde endlich von hier! Bis morgen Mittag hast du die Stadt verlassen, hörst du? Sonst…« Sein Messer schnellte wieder in die Höhe.

Keller hatte begriffen, es ging um den Mordfall. Doch wer hatte ihm die Männer auf den Hals gehetzt? Ganz sicher handelten sie nicht aus eigenem Antrieb. Sie waren dafür bezahlt worden, ihm Angst einzujagen.

Er musste in Erfahrung bringen, wer ihr Auftraggeber war. Jemand, der selbst vor so rabiaten Methoden wie einem Messerangriff nicht zurückscheute. Doch Keller kam nicht mehr dazu, seine Frage zu stellen.

Denn in diesem Moment hörte er Stimmen vom Pier, eine weibliche und die eines Mannes. Keller reckte sich, um über die Kaimauer zu spähen, und erkannte Selena in Begleitung einer untersetzten Gestalt in Boxershorts und T-Shirt. Der Hafenmeister! Offenbar hatte Selena ihn aus dem Schlaf geklingelt. Nahezu gleichzeitig ertönte die Sirene eines Streifenwagens.

Auch die beiden Angreifer hatten die Näherkommenden bemerkt. Ruck, zuck hatten sie ihre Messer weggesteckt. Mit dem kraftvollen Schwung junger Menschen hievten sie ihre schlanken Körper von Bord und begannen zu rennen. Gleich darauf wurden sie von der Dunkelheit verschluckt.

18

Die Gendarmerie war kurz nach Selena und dem Hafenmeister an der *Bonheur* eingetroffen, mit zwei Einsatzfahrzeugen und einem Riesenspektakel. Wie sich herausstellte, hatte Selena nicht nur den Hafenmeister geweckt, sondern auch von ihrem Handy aus den Notruf gewählt.

Das Hafenbecken war belebt wie sonst nur am Tag, auf den Booten ringsherum brannte wieder Licht. Teils neugierige, teils verängstigte müde Gesichter zeigten sich an den Fenstern der Minijachten. Von den beiden Angreifern jedoch fehlte jede Spur.

Keller schilderte zwei Streifenpolizisten kurz und sachlich, was sich abgespielt hatte. Seine Vermutung, dass es sich nicht um einen versuchten Raub, sondern um den Angriff zweier bezahlter Schläger gehandelt habe, behielt er jedoch für sich. Stattdessen bat er darum, mit Béatrice Bardot sprechen zu dürfen.

Seine Gesprächspartner zierten sich. Offenbar war es keine verlockende Aussicht, die Kripoleiterin mitten in der Nacht aus den Federn zu holen.

»*Madame le commissaire?* Das geht nicht. Völlig ausgeschlossen«, meinte der ältere der beiden Polizisten. »Nicht wegen einer solchen…«

»Lappalie?« Keller kam nicht darum herum, mit weiteren Informationen herauszurücken, und wies die Uniformierten darauf hin, dass er Zeuge im Mordfall La Croix war.

Das veränderte die Lage. Die beiden Polizisten berieten sich. Schließlich gaben sie nach und erklärten sich dazu bereit, Béatrice Bardot zu verständigen.

Keller bedankte sich, woraufhin einer der Männer zum Wagen ging, um einen Funkspruch abzusetzen.

»Lieber Freund, Sie scheinen den Ärger ja magisch anzuziehen«, waren Béatrice Bardots Worte, als sie keine halbe Stunde später das Deck der *Bonheur* betrat. Statt ihm die Hand zu schütteln, begrüßte sie Keller mit berührungslosen Küsschen links und rechts. Waren sie inzwischen schon so vertraut miteinander?

Keller betrachtete sie forschend. Béatrice Bardot trug einen taillierten Sommermantel, ihr Gesicht war ungeschminkt, was sie in Kellers Augen jedoch nicht weniger attraktiv machte.

Inzwischen war wieder Ruhe eingekehrt im Hafen. Die Leute hatten sich schlafen gelegt. Den Hafenmeister und auch Selena hatte man weggeschickt, nachdem sie ihre Aussagen gemacht hatten. Keller führte seinen späten Gast in die Kajüte, wo Béatrice Bardot ihren Mantel ablegte, unter dem sie legere Freizeitkleidung trug: Jeans und Sweatshirt. Sie ließ sich in die Sitzecke fallen.

»Puh!«, machte sie und streckte die Beine aus. »Reichlich spät. Oder sollte ich besser sagen, früh?«

»Ja, es tut mir wirklich leid, dass ich Sie aus dem Schlaf gerissen habe. Ich hoffe, Ihr Mann ist nicht auch wach geworden.«

»Ich bin nicht verheiratet. Die Entbehrungen eines Polizeijobs – welcher Partner hält das auf die Dauer aus?« Béatrice Bardot wirkte verschlafen, sah sich jedoch aufmerksam um. »Ziemlich eng«, murmelte sie. »Gibt es hier so etwas wie einen Kaffeeautomaten?«

Keller verstand den Wink und fragte: »Ich habe einen kleinen Espressobereiter an Bord. Möchten Sie ihn mit Zucker, Madame Bardot?«

»Stark und schwarz. Und bitte nennen Sie mich einfach Béatrice. Um diese Uhrzeit mag ich nicht mehr so steif angeredet werden. Ich sage auch Konrad zu Ihnen, *compris?*«

Béatrice mochte angesichts der fortgeschrittenen Stunde keine besonders gute Laune haben, doch das Angebot, einander beim Vornamen zu nennen, gefiel Keller sehr. Außerdem konnte sie eine gute Nachricht verkünden: »Die Kerle, die Sie bedrängt haben, sind gefasst.«

»Ach, wirklich? So schnell?« Damit hatte er nicht gerechnet.

Béatrice lächelte verschmitzt, während sie Keller beim Aufbrühen des Kaffees zusah. »Sie wirken überrascht. Ihr Vertrauen in die hiesigen Polizeikräfte ist wohl nicht besonders groß.«

»Im Gegenteil. Ich bin überzeugt davon, dass Sie gute Arbeit leisten.«

»Aber nicht ganz so gute, wie Sie es tun würden«, stichelte sie.

»Sie haben einen falschen Eindruck von mir, Béatrice.«

»Nein, nein, ich habe genau den richtigen Eindruck von Ihnen. Aber Schwamm drüber. Es war kein großes Ding, die Verdächtigen zu fassen. Diese Jungs haben sich ziemlich stümperhaft angestellt. Sind einer unserer Streifen direkt in die Arme gelaufen.« Sie hätten zwar noch versucht, ihre Sturmhauben, Messer und Schlagringe verschwinden zu lassen, fuhr sie fort, doch da sei es bereits zu spät gewesen. Es handele sich um bekannte Größen aus der lokalen Neonazi-Szene.

»Neonazis?«, wunderte sich Keller und versuchte, sich einen Reim darauf zu machen.

»Ganz richtig, ja«, bestätigte Béatrice und musste gäh-
nen. »Entschuldigen Sie, aber ich habe schon fest geschla-
fen, als der Anruf kam. Apropos: Meine *flics* sagten mir, sie
seien von einer jungen Frau verständigt worden.«

»Nun ja, ich hatte Besuch von einer Bekannten. Verkäuferin in einem Delikatessenladen«, erwiderte Keller zögerlich. Er wollte Selena schützen und möglichst vermeiden,
ihren Namen preiszugeben.

»Verkaufen Sie mich bitte nicht für dumm, Konrad!«

»Nein«, sagte Keller und bekam prompt ein schlechtes
Gewissen, weil er ihr Informationen vorzuenthalten versuchte. »Entschuldigung.«

»Angenommen! Aber nun zurück zur Sache: Die fest-
gestellten Personalien lassen darauf schließen, dass Selena
Mansouri bei Ihnen war. Ebenjenes nordafrikanische Mädchen, das von dem La-Croix-Spross Clément ein Kind
erwartet. Wenn dann plötzlich Nazis auf der Bildfläche
erscheinen, ziehe ich gewisse Schlüsse. Sie nicht auch,
Konrad?« Der Blick, mit dem sie ihn musterte, war ebenso
intensiv wie forschend.

Keller stellte die Kaffeetassen auf dem Tisch ab. »Welche
Schlüsse ziehen Sie?«, antwortete er mit der Gegenfrage.

»Ist das nicht selbsterklärend? Ich folgere daraus, dass
die Angreifer es eben nicht auf Sie und Ihre Wertsachen
abgesehen hatten, sondern auf Mademoiselle Selena.« Béatrice rührte den Kaffee nicht an, sondern wartete auf Kellers Reaktion. Als diese ausblieb, knüpfte sie an: »Oder
liege ich da etwa falsch?«

Keller setzte sich zu ihr. »Sie meinen, die beiden hätten aus ausländerfeindlichen Motiven gehandelt? Nein, das
war nicht so. Zumindest war Selena ihnen völlig gleichgültig. Sie haben sie überhaupt nicht beachtet, sondern sind
gezielt auf mich losgegangen.« Keller musste schmunzeln,

als er fortfuhr: »Zugegeben: Ich bin ebenfalls ein Ausländer in Ihrem Land, viel mehr noch als Selena mit ihrem doppelten Pass. Aber ich glaube, dass ich nicht ganz ins Opferbild von Neonazis passe.«

»Also wurden die zwei von jemandem vorgeschickt«, folgerte Béatrice, was Keller bestätigte. »Haben Sie eine Ahnung, wer das gewesen sein könnte?«, fragte sie.

Keller führte seine Tasse zum Mund, um nicht sofort antworten zu müssen. Ihm gingen zwar diverse Gedanken durch den Kopf, doch war er sich seiner Sache alles andere als sicher.

Béatrice wurde streng. »Karten auf den Tisch, Kollege! Rücken Sie endlich raus damit, weshalb Sie mich zu nachtschlafender Zeit zu sich gerufen haben. Wenn ich nicht bald einen triftigen Grund dafür zu hören kriege, werde ich wirklich ungemütlich. Und das möchten Sie nicht.«

Der starke Espresso regte seine Kombinationsgabe an. Dann packte er aus: »Ich weiß, dass ich kein Zufallsopfer dieser beiden Männer gewesen bin. Ich war ihr Adressat.«

»So? Woher nehmen Sie diese Gewissheit?«

»Aus der Tatsache, dass sie eine Botschaft für mich hatten. Eine Botschaft, die allein für mich bestimmt war. Sie lautete: Halt den Mund und verschwinde!«

»Das hätte von mir stammen können«, scherzte Béatrice. »Aber im Ernst: Wenn die beiden tatsächlich gekommen sind, um Sie zu vertreiben, haben sie das ganz bestimmt nicht aus freien Stücken getan. Für solche Aktionen sind diese Typen nämlich nicht nur zu dumm, sondern auch zu faul. Eigeninitiative entwickeln sie normalerweise nur, wenn ihnen jemand mit dunkler Hautfarbe über den Weg läuft, aber nicht bei jemandem wie Ihnen, wie Sie ja selbst gesagt haben. Die zwei sind also geschickt worden. Und Sie haben eine Ahnung, von wem?«

169

»Ich bin unschlüssig«, sagte Keller und wich ihrem Blick aus. »Wer hätte denn einen triftigen Grund, mir eine solche Botschaft zu schicken?«

»Ja – wer?« Béatrice trank ihren Kaffee, stellte die Tasse ab und sagte: »Das hat gutgetan! Danke dafür.« Sie stand auf. »Wenn Sie es nicht sagen können, müssen es die beiden Inhaftierten selbst tun. Wäre doch gelacht, wenn wir die Vögel nicht zum Singen brächten.«

Keller beobachtete Béatrice' wiedererwachten Elan mit gemischten Gefühlen. »Setzen Sie Ihren Stellvertreter auf die beiden an?«, wollte er wissen.

»Marc?« Ihr eben noch freundlicher Blick wurde reserviert. »Mir ist nicht entgangen, dass Ihr gemeinsamer Start holprig verlaufen ist. Aber glauben Sie mir, Konrad: Marc Gauthier ist ein guter Polizist. Seine Aufklärungsquote ist hoch.«

»Kein Wunder, wenn er Geständnisse mit Gewalt erzwingt.«

Béatrice verschränkte die Arme. »Es steht Ihnen nicht zu, unsere Methoden infrage zu stellen. Wie wir arbeiten, geht Sie schlichtweg nichts an. Abgesehen davon liegen Sie falsch: Marc trägt gern dick auf. Im Gespräch mit Ihnen wollte er provozieren, um Sie abzuschrecken. Marc lässt sich nicht gern in die Karten gucken und mag es überhaupt nicht, wenn ihm jemand von außen reinreden will.«

»Also keine Schläge im Verhörraum?«

»Natürlich nicht!«, bestätigte Béatrice. »Wir haben andere, zeitgemäßere Mittel, um an Informationen zu kommen.«

Keller wollte Béatrice glauben, denn er hielt sie für aufrichtig und integer. Allerdings fragte er sich, ob ihr unsympathischer Vize seiner Chefin gegenüber ebenfalls wahrhaftig und aufrichtig auftrat – oder sie lediglich im guten Glauben ließ, dass er mit sauberen Methoden arbeitete.

Béatrice beobachtete Keller genau, während er nachdachte, und kam noch einmal zur Sitzecke zurück. Sie stützte sich auf der Tischplatte ab, sah ihm tief in die Augen und sagte: »Sie wirken nicht restlos überzeugt. Trauen Sie uns die Aufklärung der Sache nicht zu? Oder gibt es etwas anderes, das Ihnen auf der Seele liegt?«

»Nun …«, meinte Keller und seufzte. Er dachte an das Versprechen, das er Selena gegeben hatte. Gleichzeitig aber wusste er, dass er vor Béatrice nichts verbergen durfte. Was für eine Herausforderung für seine Loyalität!

Sie setzte sich wieder. Ihr Blick ruhte unverwandt auf seinen unruhigen Augen. »Womit halten Sie hinterm Berg, Konrad?«

Keller seufzte ein zweites Mal. Schließlich rang er sich dazu durch, mehr über sein Gespräch mit Selena zu verraten. Zwar hielt er Wort und erzählte nichts von Mansouris Morddrohung. Doch er musste die zweifelhafte Rolle des Obsthändlers wenigstens andeuten, um auf diese Weise Béatrice' Fokus erneut auf ihn zu lenken.

»Haben Sie Mansouri inzwischen überprüft?«, erkundigte sich Keller. »Hat er ein Alibi für den Tatzeitraum?«

»Hat er nicht«, antwortete Béatrice. »Mansouri lebt zusammen mit seiner Tochter in einer Wohnung über seinem Laden, was Sie wahrscheinlich längst wissen. Dort verbringen beide den größten Teil ihrer freien Zeit. Am Tatabend aber war Selena nicht zu Hause. Darum gibt es keinen Zeugen dafür, dass Mansouri – wie er behauptet – das Haus nach Geschäftsschluss nicht mehr verlassen, sondern vor dem Fernseher verbracht hat.« Sie schmunzelte. »Als ›Beweis‹ dafür, dass er die Wahrheit sagt, hat er uns von dem Fernsehinterview mit La Croix erzählt, das er an dem Abend angeblich gesehen und über das er sich maßlos geärgert hat. Aber natürlich kann er sich später eine Aufzeichnung der Sendung auf YouTube oder sonst wo angesehen haben, um uns zu täuschen.«

»Sie ziehen Mansouri also ernsthaft als Täter in Betracht?«

»Wir haben weder Spuren, die auf Mansouris Anwesenheit in der La-Croix-Villa hinweisen, noch Aussagen von Zeugen, die ihn in der fraglichen Zeit beim Anwesen gesehen haben. Erst recht nicht haben wir so wunderbare Videoaufnahmen, wie sie uns Karim geliefert hat. Von daher tue ich mich schwer, Mansouri als Tatverdächtigen einzustufen. Aber ja: Er hat ein Motiv, sich an der Familie La Croix für die Schmach zu rächen, die sie über ihn und seine Tochter gebracht hat. Und in Kulturkreisen wie dem von Mansouri sind blutige Formen der Ehrenrettung denkbar.« Sie machte eine Pause und kräuselte die Stirn. »Allerdings könnte man das Motiv Rache ebenso gut bei seiner Tochter Selena vermuten. Ihnen gegenüber mag sie die sanfte Unschuld spielen, die Wahrheit sieht aber womöglich ganz anders aus. Die Familie La Croix hat sie nicht akzeptiert und mit dem Ungeborenen alleingelassen, da kann sich viel in ihr aufgestaut haben. Und das könnte sich in der Bluttat an Clément und den anderen entladen haben. Ob sie wirklich im Kino gewesen ist, wie sie behauptet, darf bezweifelt werden. Ein Billett konnte sie nicht vorweisen, einen Begleiter gab es offenbar nicht, und an der Kasse sowie beim Popcornstand konnte sich niemand an sie erinnern. Das haben wir überprüft.«

Keller stieß die Luft aus. Das war starker Tobak, dachte er. Auch Selena zur Verdächtigen zu machen, das ging zu weit. Gleichzeitig musste er einsehen, dass Béatrice' Überlegungen nicht von der Hand zu weisen waren. Ganz sachlich und objektiv betrachtet kam Selena genauso infrage wie ihr Vater. Gegen sie sprach zudem, dass sie sich in der La-Croix-Villa auskannte. Selbst wenn sie nie persönlich dort gewesen sein mochte, hätte sie aus den Schilderungen ihres Freundes Clément Rückschlüsse ziehen und sich ein Bild machen können. Womöglich wusste sie von Clément sogar von dem nicht kameraüberwachten Zugang durch die Garage ...

»Wie dem auch sei«, sagte Béatrice gähnend, stand auf und wandte sich erneut zum Gehen. »Über die Mansouris ist das letzte Wort noch nicht gesprochen. Aber heute Nacht haben Ihre beiden Besucher Vorrang. Ich möchte zu gern wissen, wer sie geschickt hat. Jede Wette, dass ich es bis zum Morgengrauen herausgefunden habe.« Sie sagte das mit einem siegesgewissen Lächeln, das Kellers Vorbehalte gegen südfranzösische Verhörmethoden wieder aufleben ließ.

Draußen, in der kühlen Nachtluft, blieb sie noch einmal stehen. Sie sah sich auf dem überschaubaren Vorderdeck der *Bonheur* um und fragte den nur zwei Schritte hinter ihr stehenden Keller: »Und Sie kommen mit diesem Ding wirklich ohne Hilfe zurecht?« Aus ihren Worten sprach echtes Interesse – und möglicherweise sogar eine gewisse Sorge darüber, ob Keller sich übernehmen könnte. »Allein das Benutzen der Schleusen stelle ich mir schwierig vor«, meinte sie. »Wie machen Sie das ganz allein? Und wie funktionieren diese alten Anlagen überhaupt? Ich habe sie ständig vor Augen, mir darüber aber kaum je Gedanken gemacht.«

Keller antwortete leise, er wollte die Menschen auf den anderen Booten nicht wecken. »Alles halb so wild, das ist kein Hexenwerk: Eine Schleuse ist ja eigentlich nur ein großes Becken mit Toren auf beiden Seiten. Durch Füllen oder Entleeren des Beckens steigt der Wasserstand, oder er fällt, wodurch das Schiff in der Schleuse entweder gehoben oder abgesenkt wird.«

»Das ist mir klar, aber wie läuft das Ganze ab? Als der Kanal gebaut wurde, gab es doch weder elektrische Pumpen noch irgendwelche anderen technischen Hilfsmittel wie heutzutage.«

»Das Prinzip ist sehr simpel«, erklärte Keller. »Um von einer Ebene des Kanals die nächsttiefere Stufe zu erreichen, fährt das Schiff in die offene Schleuse ein. Der Schleusenwärter schließt mithilfe einer einfachen Mechanik das hintere Tor und öffnet anschließend langsam das vordere. Dort strömt das Wasser aus, bis der Pegel des tieferen Niveaus erreicht ist. Ein aufwendiges Pumpensystem ist damit überflüssig. Oft gibt es nicht einmal einen Schleusenwärter, da die Bootsführer selbst Hand anlegen können. Das klappt übrigens in beide Richtungen, die Kammern besitzen also eine Hub- wie Senkfunktion. Jedenfalls ist das Ganze lange nicht so schwierig, wie es sich anhört, denn das Wasser macht die meiste Arbeit ja allein. Und damit der Kanal nicht irgendwann trocken liegt, wird aus Staubecken nachreguliert.«

»Leuchtet ein.« Béatrice nickte ihm zu. »Danke für die Nachhilfestunde in Schleusenkunde. Und jetzt: *Bonne nuit!*«

»*Bonne nuit!*«

Nachdem er seine Besucherin von Bord geleitet, die Tür verriegelt und sich endlich in seine Schlafkoje zurückgezogen hatte, lag Keller aufgewühlt auf der Pritsche. Er grübelte: Wer waren die Guten in diesem vertrackten Fall – und wer waren die Bösen? Trotz der späten Stunde brauchte er lange, bevor er in den Schlaf fand.

19

Die Sonne stahl sich durch einen schmalen Spalt zwischen den Vorhängen und blendete Keller, als er die Augen aufschlug. Er schwang sich aus dem Bett und wunderte sich, wie fit er sich nach einer so kurzen Nacht fühlte.

Nachdem er sich die Augen gerieben hatte, griff er sofort zu seinem Handy. Hatte Béatrice ihm eine Nachricht geschickt? Eine Erfolgsmeldung nach dem Verhör der beiden Schläger? Doch da war nichts. Nicht einmal der Hinweis auf einen entgangenen Anruf. Keller schloss daraus, dass sich Béatrice' Zuversicht, den beiden umstandslos den Namen ihres Auftraggebers zu entlocken, nicht erfüllt hatte.

Nachdem er sich gewaschen und legere Freizeitkleidung angezogen hatte, nahm er den kürzesten Weg in sein bevorzugtes Frühstückslokal, das *Café Chez Félix*, wo die Kellnerin Yvette gerade damit beschäftigt war, die Tischplatten auf der Terrasse zu wischen.

»*Bonjour*«, grüßte Keller heiter und ließ sich auf einem Stuhl nieder, von dem aus er das bunte Treiben auf dem Place Carnot beobachten konnte.

»*Bonjour*, Monsieur Konrad! *Café au lait* und ein Croissant, wie üblich?«, erkundigte sich Yvette mit einem bezaubernden Lächeln.

»Gern!« Keller lehnte sich entspannt zurück. »Wie üblich«, hatte Yvette gesagt. Das klang vertraut. Fast so, als zählte Keller mittlerweile zur einheimischen Stammkundschaft.

Er hatte nichts dagegen einzuwenden. Carcassonne gefiel ihm trotz der widrigen Umstände rund um die Affäre La Croix von Tag zu Tag besser. Nicht nur das Klima und das gute Essen sagten ihm zu, ganz zu schweigen vom famosen Wein. Es war auch die liebenswerte Lässigkeit von Menschen wie Yvette, die er nach seiner bevorstehenden Abreise vermissen würde.

Das knusprige Croissant, dessen buttriger Duft ihm angenehm in die Nase stieg, war zur Hälfte verspeist, als sich sein Handy meldete. Zwar war es nicht Béatrice, wie erhofft, dennoch war Keller angenehm überrascht.

»Jochen? Schön, dich auch mal zu hören!«, rief er in den Hörer.

Es kam selten vor, dass sich sein Ältester bei ihm meldete. Jochen Keller, freischaffender Journalist und überzeugter Junggeselle, war viel zu sehr mit der Arbeit und seinen leider oft wechselnden Frauengeschichten beschäftigt, als dass er sich um seinen alten Vater kümmern konnte. Das ging aus Kellers Sicht auch in Ordnung, denn jedes seiner Kinder sollte sein eigenes Leben leben. Dennoch freute es ihn, die markant rauchige Stimme seines Sohnes zu vernehmen.

»Alles klar bei dir? Wie geht es denn deiner Moni?«

»Moni heißt jetzt Bea, ist sechsundzwanzig und hält mich ganz schön auf Trab. Ich weiß nicht, wie lange ich mit ihrem jugendlichen Elan mithalten kann.«

»Wie wär's zur Abwechslung mal mit einer etwas reiferen Kandidatin? Einer in deiner Altersklasse?«

»Bloß nicht, das wird ja noch anstrengender. Erfahrene Frauen haben Ansprüche.«

»Dann kann ich dir auch nicht helfen«, meinte Keller und fragte: »Warum rufst du an? Was gibt's?«

»Was es gibt? Das sollte ich wohl eher dich fragen, Paps«, antwortete Jochen und klang vorwurfsvoll. »Seit Tagen liegen mir meine Geschwister in den Ohren, dass du dich in irgendein gefährliches Ding verstrickt hast, das sie dir nicht ausreden können. Burkhard ist beleidigt und weigert sich, dich noch einmal anzurufen. Deshalb soll ich es richten.«

»Der nächste Versuch, mich zur Weiterfahrt zu bewegen?«, fragte Keller und musste grinsen. Während er sprach, ließ er den Blick über den Platz gleiten, der im goldgelben Licht der Morgensonne lag.

»Mehr oder weniger. Ich weiß ja, wie stur du sein kannst. Und ich weiß auch, dass ich mir diesen Anruf schenken könnte. Du wirst nicht abreisen, bevor dieser Fall gelöst ist, stimmt's?«

»Du hast mich durchschaut.«

»Ist nicht schwer. Ich kenne dich ja schon seit ein paar Tagen. Wie man hört, arbeitest du mit einer ortsansässigen Kommissarin zusammen. Hübsch?«

»Zusammenarbeiten wäre übertrieben. Ich helfe etwas aus. Und ja, sie ist durchaus attraktiv. Nicht umsonst trägt sie die gleichen Initialen wie der Schwarm meiner Jugend: BB.«

»Läuft da was?«

»Na, hör mal! Spar dir bitte solche Bemerkungen.«

»Jedenfalls kann sie froh sein, an einen wie dich geraten zu sein. Du operierst zwar in einem fremden Land, bist aber ein alter Hase und kannst dich auf deine Instinkte verlassen. Das sind unschätzbare Vorteile.«

»Wenn sie das genauso sehen würde, wäre ich froh. Allerdings glaube ich eher, dass ich ihr mit meiner Einmischerei auf die Nerven falle.«

»Ach was!« Im Hintergrund raschelte Papier. »Ich hab mich mal schlaugemacht, Paps. Diese Familie La Croix, mit der du es zu tun hast, taucht auch in unseren Redaktionsarchiven auf.«

»Ach ja?«, fragte Keller interessiert.

»La Croix' Partei *La France d'abord!* unterhält blendende Kontakte zur hiesigen rechten Szene. Man kennt sich, man tauscht sich aus. Auch wenn jede Gruppe für sich europakritisch auftritt, gibt es doch keine Grenzen, sobald es um die gemeinsame Sache geht. Sie haben identische Werte und Ziele.«

»Gut zu wissen, hilft mir aber nicht direkt weiter.«

»Aber vielleicht diese Info: Der werte Richard La Croix ist kein unbeschriebenes Blatt. Ich weiß nicht, was er bei euch dort unten in Südfrankreich treibt, bei uns in Deutschland ist er jedenfalls schon negativ aufgefallen. Und zwar auf eine Weise, die aktenkundig ist.«

Keller stieß einen Pfiff aus. »La Croix hatte Ärger mit der Polizei? Was ist vorgefallen?«

»Die Sache liegt schon drei Jahre zurück. La Croix hat damals eine Delegation zu einem Kongress der europäischen Rechten begleitet. Im Umfeld gab es Demonstrationen von linken Aktivisten. La Croix konnte sich nicht zurückhalten und geriet auf dem Parkplatz des Tagungshotels mit einigen Linken aneinander. Es setzte Schläge, und dabei hat er wohl ganz schön zugelangt. Hinterher gab es zwei Anzeigen wegen Körperverletzung gegen ihn.«

»La Croix kann also gewalttätig werden …«, sann Keller nach.

»Das Ganze ist glimpflich ausgegangen. Es gab einen Vergleich, und er kam mit einer Schmerzensgeldzahlung davon. Aber du solltest trotzdem wissen, mit wem du es zu tun hast. Sei bloß vorsichtig!«

»Das bin ich«, sagte Keller mit fester Überzeugung.
»Danke, Jochen. Du hast mir sehr geholfen.«

Als das Gespräch beendet war, winkte Keller Yvette heran und bestellte einen zweiten Milchkaffee. Noch während er ihn trank, spürte er, wie kribbelnd die Energie in ihm aufstieg. Das lag sicher nicht nur am Koffein. Keller fühlte mit jeder Faser seines Körpers, dass sie der Lösung des Falls endlich näher kamen. Allerdings sah es ganz danach aus, als wäre das Szenario komplexer als erwartet, denn so ziemlich jeder der Beteiligten hatte sich inzwischen verdächtig gemacht.

Mitten in Kellers Überlegungen hinein klingelte das Handy erneut. Diesmal war es wirklich Béatrice.

»Mein lieber Konrad«, meldete sich *Madame le commissaire* etwas müde, aber gut aufgelegt. »Sitzen Sie gut?«

»Ja, das tue ich«, antwortete Keller und war sehr gespannt auf die Neuigkeit. Hatten die Untersuchungshäftlinge ihr Schweigen gebrochen? Hatten sie den Namen ihres Auftraggebers genannt?

»Gut«, sagte Béatrice, »denn das, was ich Ihnen zu sagen habe, könnte Sie ansonsten umhauen.«

»So leicht bin ich nicht aus dem Gleichgewicht zu bringen«, behauptete Keller. »Nur zu: Reden Sie!«

»Wir haben die beiden Kerle, die Sie bedroht haben, ordentlich durch die Mangel gedreht. Nein, nicht wie Sie denken, sondern allein mit Worten. Und, nun gut, mit etwas Schlafentzug. Die zwei haben letzte Nacht kein Auge zugemacht – ich allerdings auch nicht.«

»Was haben Sie herausgefunden?«, fragte Keller, der Béatrice' Hang zu robusten Verhörtaktiken zwar noch immer nicht guthieß, aber erst recht keine mit Messern bewaffneten Neonazis mochte. »Haben die Typen ausgepackt?«

»Das kann man wohl sagen! Und auch wenn ich es noch immer kaum fassen kann: Sie haben tatsächlich im Auftrag gehandelt. Sie werden nicht glauben, wie der Name des Auftraggebers lautet.«

»Wenn Sie es noch spannender machen, platze ich vor Neugierde«, sagte Keller, der allerdings bereits etwas ahnte. So wie Béatrice um den heißen Brei herumredete, konnte das nur auf eine Person hinauslaufen.

»Der Auftrag kam – angeblich – von Richard La Croix«, lüftete Béatrice das Geheimnis. »Wenn es stimmt, was die beiden unabhängig voneinander zu Protokoll gegeben haben, hat La Croix ihnen fünfhundert Euro zugesteckt und dafür verlangt, Ihnen – ich zitiere – ›ordentlich Feuer unterm Arsch‹ zu machen. Ziel war es, den lästigen Schnüffler Konrad Keller loszuwerden.«

»Das ist ihnen gründlich misslungen«, sagte Keller mit einer gewissen Genugtuung und erkundigte sich: »Worin besteht denn die Verbindung zwischen La Croix und den Schlägern? Wie ist er an sie herangekommen?«

»Die beiden haben schon mehrfach für La Croix beziehungsweise dessen Partei gearbeitet. Meist als Türsteher bei Wahlauftritten oder Geleitschutz bei Kundgebungen. Wundert Sie das?«

»Überhaupt nicht. Es passt wie die Faust aufs Auge.«

»Wie bitte?«

»Habe ich Ihnen das nicht erzählt? La Croix hat mir schon vor ein paar Tagen seine Anwältin auf den Hals gehetzt, die mir charmant, jedoch unmissverständlich zu verstehen gegeben hat, dass meine Einmischung unerwünscht ist. Nachdem ich darauf nicht reagiert habe, hat er nun zu härteren Maßnahmen gegriffen und diese Schläger angeheuert. Aus meiner Sicht ist das nur folgerichtig. Außerdem habe ich soeben aus zuverlässiger Quelle erfahren, dass La Croix bei einem Auslandsaufenthalt schon selbst handgreiflich gegenüber politischen Gegnern geworden ist. La Croix ist nicht zimperlich beim Anwenden von Gewalt.«

»Kaum zu fassen, was ein Mann in seiner Position für Risiken eingeht, bloß um zu verhindern, dass einer wie Sie zu viel Staub aufwirbelt. Darum geht es ihm ja wohl: Er will vermeiden, dass die Eskapaden seines Sprösslings an die Öffentlichkeit gelangen. Will unbedingt verhindern, dass sich die Presse auf Sie stürzt und Sie diese Geschichte zum Besten geben.«

»Wahrscheinlich geht auch der Einbruch auf meinem Boot auf sein Konto«, mutmaßte Keller. »Man wollte in Erfahrung bringen, ob ich irgendwelches anrüchiges Material über die La-Croix-Sippe bei mir horte. Da der Dieb nichts dergleichen fand, schnappte er sich kurzerhand Karims Tasche, die er für verdächtig hielt.«

»So sieht es aus, ja. Sie sind in La Croix' Augen ein Unsicherheitsfaktor. Ein Risiko, das er nicht tolerieren kann und will. Schlimm genug, was seiner Familie widerfahren ist – aber jetzt ist da auch noch der Spitzel Keller, der den Ruf des Hauses La Croix in den Dreck zu ziehen versucht. In den Augen von Richard La Croix sind Sie eine unerwünschte Person. Seien Sie froh, dass er es bisher bei Einschüchterungsversuchen belassen hat und der Auftrag nicht jetzt schon lautete, Sie krankenhausreif zu schlagen.«

»Aber wenn er das wirklich so sieht, irrt er sich«, entgegnete Keller. »Ich will nicht irgendwelche Familiengeheimnisse an die große Glocke hängen. Warum auch? Was diese Leute getrieben haben oder auch nicht, hat keinen Außenstehenden zu interessieren. Mir geht es einzig und allein darum, dabei zu helfen, einen Dreifachmord auf-

181

zuklären und einen womöglich Unschuldigen vor dem Gefängnis zu bewahren.«

»Mir müssen Sie das nicht erklären, sagen Sie das Richard La Croix«, erwiderte Béatrice.

»Dafür ist es wohl zu spät. Er hat seine Bluthunde ja bereits auf mich losgelassen. Was also soll ich jetzt tun? Ihn anzeigen?«

»Ich fürchte, dass Ihre Erfolgsaussichten da nicht besonders groß sind. Wahrscheinlich würde La Croix alles abstreiten. Und ob die beiden Singvögel vor Gericht und unter Eid bei ihrer Aussage gegen ihn bleiben, wage ich zu bezweifeln.«

»Was kann ich sonst tun?«

»Wollen Sie meinen persönlichen Rat dazu hören?«

»Ja, bitte!«

»Ich an Ihrer Stelle würde zum Hafenmeister gehen und die Zeche für Ihre verlängerte Liegezeit zahlen. Nehmen Sie Ihr Boot, fahren Sie weiter, und verfolgen Sie unsere Arbeit aus der Ferne. Rufen Sie in ein paar Tagen im Kommissariat an, dann kann ich Ihnen vielleicht schon sagen, ob sich in Richtung der Mansouris oder La Croix etwas getan hat.«

In Kellers Schweigen hinein sprach sie weiter: »Sie dürfen nicht gleich so traurig sein. Es fällt mir auch nicht leicht, denn ich werde Sie vermissen, Konrad. Sie sind mir ziemlich ans Herz gewachsen, müssen Sie wissen.«

Dieser Satz freute ihn ungemein. Weniger dagegen ihr Vorschlag, die Stadt zu verlassen. »Sie möchten, dass ich mich der Gewalt beuge?«

»Nicht der Gewalt, es ist eine Frage der Vernunft – und außerdem das Beste für Ihre Gesundheit«, bekräftigte sie erneut und wünschte ihm alles Gute.

Damit war das Gespräch beendet, und Keller blieb mit der Frage allein: Was also tun?

Darauf hatte er nur eine Antwort: Er brachte es nicht fertig, sich nach Béatrice' Empfehlung zu richten und die Sache aufzustecken. Jetzt noch nicht.

Allerdings musste er sich eingestehen, dass ihn der Druck, der von allen Seiten auf ihn ausgeübt wurde, allmählich zermürbte. Carcassonnes Schönheit und Charme hin oder her.

Schon wieder erwachte sein Handy zum Leben und bimmelte mitten in seine Überlegungen hinein. Anwalt Cocoon war am Apparat.

»Schön, dass ich Sie gleich erreiche«, meldete sich der Pflichtverteidiger und klang ungewöhnlich hektisch. »Sie sind noch in Carcassonne?«

»Ja, Maître Cocoon.«

»Gut! Ich hatte schon befürchtet, Sie wären abgereist.«

»Nein, auch wenn sich das jeder zu wünschen scheint, halte ich immer noch die Stellung.«

»Umso besser, denn es gibt Neuigkeiten. Möglich, dass ich die Mordanklage gegen Karim bald endgültig vom Tisch kriege.«

Keller horchte auf. »Tatsächlich? Erzählen Sie, ich bin gespannt.«

»Es hat mit dem Zugang durch die Garage zu tun. Der, der nicht kameraüberwacht ist. Ich habe mir alles noch einmal durchgesehen und bin auf einen neuen Ansatz gestoßen. Recht vielversprechend, wie ich meine. Ich würde gern hören, was Sie davon halten, bevor ich diese Karte *Madame le commissaire* und dem Untersuchungsrichter gegenüber ausspiele. Denn die Sache ist durchaus heikel.«

»Inwiefern?«

»Sie führt uns möglicherweise zu einem anderen, dem wirklichen Täter.«

»Zu wem? Etwa Mansouri? Oder meinen Sie…«

»Hören Sie, ich will das nicht am Telefon erörtern. Können wir uns treffen? Jetzt gleich?«

Eine solche Zielstrebigkeit und Eile hätte Keller dem gemütlichen Anwalt gar nicht zugetraut. »Ich habe nichts Besonderes vor«, sagte er. »Soll ich zu Ihnen in die Kanzlei kommen?«

»Nein, ich bin gerade mit dem Wagen unterwegs und brauche noch etwa eine Viertelstunde bis Carcassonne. Ich komme direkt zu Ihnen an den Hafen. Wir reden dann an Bord Ihres Bootes.«

»Einverstanden.«

Keller zahlte, wünschte Yvette noch einen schönen Tag, schlenderte zurück und setzte sich aufs Sonnendeck der *Bonheur*. Von hier aus hatte er den Hafen samt Pier gut im Blick und würde sofort sehen, wenn Cocoon mit seinem Wagen eintraf.

Eine Viertelstunde, hatte der Anwalt gesagt. Das war nicht mehr lange hin, stellte Keller mit einem Blick auf seine Armbanduhr fest. Er war höchst gespannt darauf, welche Neuigkeit Cocoon ihm offenbaren würde. Was mochte er im Zusammenhang mit dem Garagenzugang entdeckt haben? Und wie war es ihm gelungen, daraus Rückschlüsse auf den möglichen Täter zu ziehen?

Auch Cocoons Bemerkung, seine Entdeckung sei heikel, hatte Kellers Neugierde geweckt. Ob auch für den Anwalt der trauernde Witwer Richard La Croix in den Fokus gerückt war? Hatte er herausgefunden, dass dieser über den Tatabend doch mehr zu sagen hatte als bisher bekannt?

Keller sah noch einmal auf die Uhr. Seit dem Telefonat waren zwanzig Minuten verstrichen. Wahrscheinlich hatte Cocoon den dichten Stadtverkehr unterschätzt.

Er schaute sich um, beobachtete ein einfahrendes Boot

und die ungelenken Versuche des Skippers, seine Leinen zu entwirren. Anfänger, dachte Keller. Dann verweilten seine Blicke auf dem Hafenmeister, der einen Schlauch verlegte, um ein Schiff mit Frischwasser zu versorgen.

Eine halbe Stunde war vergangen, und Keller wartete noch immer. Langsam müsste der Anwalt doch auftauchen!

Keller vertrieb sich die Zeit, indem er zwei Kindern beim Federballspielen zusah. Sie hielten sich so dicht am Wasser, dass sie ihren Ball bald los sein würden. So sah das wohl auch ihre Mutter, die kurz darauf auftauchte und die beiden von der Kaimauer verscheuchte.

Nach vierzig Minuten Warterei hatte Keller die Nase voll. Er wählte Cocoons Handynummer, um sich bei ihm zu erkundigen, wo er blieb. Doch der Anwalt nahm nicht ab. Nach einer Weile sprang die Mobilbox an. Keller verzichtete darauf, eine Nachricht zu hinterlassen.

Eine Stunde! Keller versuchte es erneut auf dem Handy, wieder ohne Erfolg. Weil er sonst keine Idee hatte, suchte er nach der Visitenkarte, die Cocoon ihm bei ihrer ersten Begegnung überreicht hatte. Dort war auch die Festnetznummer der Kanzlei hinterlegt. Und diesmal hatte Keller Glück: Jemand nahm das Gespräch entgegen.

Es war eine weibliche Stimme. Cocoons Assistentin, wie sich herausstellte. Sie redete seltsam durcheinander, wirkte fahrig und unkonzentriert. Sie habe gerade keine Zeit, sagte sie. Was er denn wolle?

»Ich möchte mich erkundigen, ob Sie etwas von Monsieur Cocoon gehört haben«, antwortete Keller. »Er hat mich von seinem Auto aus angerufen, um mich zu treffen, ist aber nicht erschienen. Vor über einer Stunde wollte er eigentlich hier sein.«

Hatte er sich verhört, oder fing die Assistentin mit einem Mal zu schluchzen an?

»Hallo?«, fragte Keller. »Sind Sie noch dran? Ist Ihnen nicht gut?«

Wieder ein Schluchzen. Dann sagte die Frau mit erstickter Stimme: »Maître Cocoon hatte einen Unfall. Gerade kam der Anruf von der Polizei. Eine scharfe Kurve, da ist es passiert. Er ist gegen einen Baum gefahren.«

»Was?« Keller hielt das Handy auf Abstand und musterte es verstört. Cocoon hatte einen Unfall? »Wie geht es ihm?«, fragte er dann. »Ist er verletzt?«

»Ja.« Die Assistentin konnte kaum noch sprechen, so sehr nahm sie die Sache mit. »Es geht ihm nicht gut. Sie haben ihn ins Krankenhaus gebracht. Es heißt, er liege im Koma.«

20

Cocoons Unfall war ein weiterer Paukenschlag.

Auf Anhieb fielen Keller mehrere mögliche Erklärungen ein für das, was gerade passiert war: Der Anwalt war durch seine Entdeckung und vielleicht auch durch das Telefonat mit ihm abgelenkt gewesen, hatte nicht aufgepasst und das Steuer verrissen. Oder er war ein notorischer Raser und zu schnell in die Kurve gefahren. Oder aber – und das hielt Keller für sehr wahrscheinlich – jemand hatte nachgeholfen. Sollte Cocoon mit dem, was er herausgefunden hatte, dem Täter zu nahe gekommen sein?

Doch auf welche Spur war Cocoon gestoßen? Etwas in Zusammenhang mit dem Garagenzugang, hatte er gesagt. Bloß was? Kannte er wirklich den Namen des Mörders – oder der Mörderin? Keller schnürte es die Kehle zu, als er an Béatrice' Vorbehalte gegenüber Selena dachte. Sollte es sich bewahrheiten, dass sie freien Zugang zur La-Croix-Villa gehabt hatte, würde es sehr eng für sie werden. Andererseits hatte Keller erhebliche Zweifel daran, dass Selena zu einer derartigen Gewaltorgie überhaupt fähig war.

Keller war hin- und hergerissen. Er konnte gar nicht anders, als sich sofort mit der Polizei in Verbindung zu setzen. Zwar kam er wieder einmal nicht bis zu Béatrice persönlich durch, da sie in einer Besprechung war. Immerhin ließ sie ihm ausrichten, dass sie bereits von dem Unfall gehört habe und sich darum kümmere.

Und er? Sollte er sich auch darum kümmern?

Jedenfalls konnte Keller nicht einfach hier herumsitzen und Däumchen drehen. Er musste etwas unternehmen, um die Sache voranzubringen. Und Antworten auf die vielen offenen Fragen zu finden, die durch seinen Kopf spukten.

Diese Antworten, so meinte er, würde er am wahrscheinlichsten im Ozanam-Viertel finden. Dort, wo die Fäden zusammenliefen. Wäre er noch in Amt und Würden, hätte er jetzt seine Kavallerie ausgeschickt und das ganze Quartier auf den Kopf stellen lassen. Doch vielleicht konnte er auch allein etwas ausrichten, wenn er sich noch einmal an Ort und Stelle umhörte und Informationen sammelte, die er später mit Béatrice teilte. Entschlossen griff er zum Autoschlüssel und stieg in den Mietwagen.

Nahe Mansouris Gemüsehandlung stellte er den Clio ab und betrat ohne einen festen Plan oder Vorsatz den Laden. Alles, was er zunächst wollte, war, Selena noch einmal in die Augen zu sehen, um zu ergründen, ob sie vertrauenswürdig war oder log. Denn mittlerweile wusste er nicht mehr, wem er Glauben schenken sollte; seine über Jahre antrainierte Menschenkenntnis half ihm hier nicht mehr weiter. Sein Vorgehen war zwar weder professionell noch zielgerichtet, doch das war Keller in diesem Moment egal. Er wollte endlich Fortschritte erzielen, und wenn er sie erzwingen musste!

Der kleine, unübersichtliche Verkaufsraum mit seinen vielen Regalen war jetzt, am späten Vormittag, gut besucht. Etliche Kundinnen, einige in Begleitung kleiner Kinder, füllten ihre Einkaufskörbe. Hinter dem Tresen, wo Keller eigentlich Mansouri oder seine Tochter erwartet hatte, stand eine ihm unbekannte Frau im weißen Kittel. Eine Angestellte, nahm er an. Aber wo waren Djamal und Selena?

Keller sprach die Verkäuferin an, stellte sich als Freund

der Familie vor und erfuhr, dass Selena sich nicht wohlfühle und ihr Vater sich um sie kümmere.

»Ich bin mit ihnen verabredet«, gab Keller vor. »Meinen Sie, dass ich auf einen Sprung bei ihnen vorbeischauen kann? Mich erkundigen, wie es Selena geht?«

»Nein!«, mischte sich jetzt eine ältere, ganz in Schwarz gekleidete Frau von der Seite her ein, die eine Schale Kartoffeln zum Abwiegen auf den Tresen stellte. »Die Mansouris hatten die Polizei im Haus. Sie wollen jetzt keinen Besuch.«

Die Verkäuferin warf ihr einen fragenden Blick zu, gab ihr in der Sache jedoch recht. »Da hören Sie es«, sagte sie. »Sie kommen ungelegen, Monsieur.«

Keller, auf dem nun auch die Augen anderer Kunden ruhten, hatte verstanden. Hier kam er nicht weiter. Das musste aber nicht heißen, dass es keinen anderen Weg gab. Bei seinem letzten Besuch war ihm eine Seitentür aufgefallen, wahrscheinlich der rückwärtige Zugang zum Treppenhaus, den die Mansouris benutzten, wenn sie nicht durch den Laden in ihre Wohnung gehen wollten.

Mit einem unverbindlichen Lächeln zog er sich zurück, verließ das Geschäft und bog um die Ecke. Er hatte richtig getippt: Neben der Tür war ein Klingelschild mit dem Namen des Obsthändlers angebracht. Keller wollte den Klingelknopf drücken und sein Glück versuchen. Entweder die Mansouris würden ihn einlassen und mit ihm reden oder eben nicht. Einen Versuch war es allemal wert, dachte Keller – und bemerkte, dass die Tür nur angelehnt war.

Ohne zu klingeln, nahm er den Finger vom Knopf und dachte nach. Die Verlockung war groß, einfach hineinzugehen. Doch damit würde er eine Grenze überschreiten. Früher als Polizist wäre ihm ein solcher Schritt nicht erlaubt gewesen, zumindest nicht ohne richterlichen Beschluss.

Keller aber war kein Polizist mehr – und er konnte der Versuchung nicht widerstehen.

Er gelangte in einen nüchternen Flur, an dessen Wänden sich Gemüsekisten und Kartons stapelten. Der Geruch, der in der Luft hing, war eine eigentümliche Mischung aus exotischen Gewürzen und Putzmitteln. Auch die Treppe, die ins Obergeschoss führte, diente als Lager. Keller musste sich seinen Weg durch eine Reihe Konservendosen und Essigflaschen bahnen.

Die Tür zur Wohnung stand ebenfalls halb offen, wohl weil die Luft im Inneren sonst zu stickig gewesen wäre. Keller hob seine Hand, um anzuklopfen. Doch wieder hielt er inne, weil er Stimmen hörte. Die hohe, hellere konnte er zweifelsfrei Selena zuordnen. Die andere, tief und brummig, gehörte wohl ihrem Vater Djamal. Beide redeten aufeinander ein und wirkten sehr aufgebracht.

Keller beschloss, sich vorerst nicht bemerkbar zu machen. Er blieb neben dem Türrahmen stehen und lauschte.

»Und ich sage dir: Du packst die Sachen wieder aus!«, herrschte Mansouri seine Tochter an.

»Das werde ich nicht tun! Ich suche mir etwas anderes. Irgendwo werde ich schon unterkommen«, begehrte Selena auf.

»Wo denn? Die Verwandten werden es nicht wagen, sich gegen mich zu stellen. Sie werden dir die Tür vor der Nase zuschlagen.«

»Ich finde etwas. Notfalls schlafe ich auf der Straße. Alles besser, als mit dir unter einem Dach zu bleiben. Ich ertrage es einfach nicht. Die Vorstellung, dass du es gewesen sein sollst, der …«

»Du tust mir unrecht, Selena! Ich habe deinem Clément kein Haar gekrümmt. Weder ihm noch seiner Schwester oder der Mutter.«

»Das soll ich dir glauben, nach all dem, was passiert ist? Ich wusste ja, dass du von Anfang an gegen unsere Beziehung warst. Aber ich habe nicht geahnt, wie tief dein Hass auf Clément und seine Familie wirklich sitzt. Du hast dich in deinen blinden Zorn hineingesteigert, wolltest sie in deiner Raserei alle umbringen! Nur Richard La Croix ist dir entkommen – bisher. Denn ich weiß, dass du ihm vor seinem Haus auflauerst.«

»Nein, nein, ganz falsch! Das ist völliger Unsinn! Nicht ich, sondern du steigerst dich in etwas hinein. Ich beschwöre dich, Selena: Hör auf damit! Das ist alles nicht wahr! Ich versichere dir: Ich habe die Villa deines Freundes nie betreten und keinen dieser Menschen auch nur angerührt.«

»Wenn das alles nicht stimmt, warum sonst kundschaftest du die Villa aus? Man hat dich in der Nähe des Hauses gesehen, Papa. Leugnest du das etwa?«

»Nein.«

»Na also!«

»Aber das besagt gar nichts!«

»Eben doch! Willst du nicht wahrhaben, was die Polizisten zu dir gesagt haben, als sie hier waren? Sie haben von einem Anfangsverdacht gesprochen. Das heißt so viel wie Mordverdacht!«

»Weil sie mich einschüchtern wollten. Mir Angst machen. Weil Karim allein nicht mehr als Verdächtiger taugt, suchen sie sich eben einen anderen von uns, der den Kopf hinhalten soll. Aber damit werden sie nicht durchkommen. Denn ich war es nicht!«

Selena fing an zu weinen. »Wie gern würde ich dir glauben. Aber ich weiß einfach nicht mehr weiter. Jemand muss es doch getan haben. Und wer sonst sollte einen Grund gehabt haben, wenn nicht du?«

»Nicht weinen, Selena. Wir stehen das gemeinsam durch. Alles wird gut.«

»Nichts wird gut. Gar nichts. Nie mehr.«

»Du musst jetzt stark sein, Selena, darfst nicht den Mut verlieren. Vergiss nicht: Du trägst jetzt auch die Verantwortung für ein Kind. Bewahre einen kühlen Kopf, und sage nichts Falsches, damit sie dir nichts anhängen können.«

»Was…?« Selena versagte die Stimme. »Was meinst du, Papa? Wieso mir?«

»Ist es dir denn nicht aufgefallen? Die Fragen, die sie dir gestellt haben – da ging es nicht nur um mein, sondern ebenso um dein Alibi. Das mit dem Film, den du angeblich allein angeschaut haben willst, hat sie nicht überzeugt. Auch du bist für sie verdächtig. Diese Leute schrecken vor nichts zurück. Die würden eine hochschwangere Frau ins Gefängnis stecken, nur weil sie keine von ihresgleichen ist.«

Selenas Stimme zitterte, als sie sagte: »Das kann nicht wahr sein! Du, mein eigener Vater, nennst mich eine Mörderin?«

»Nein, das verstehst du falsch! Auch wenn es schäbig und unanständig ist, was diese Familie dir angetan hat, und du allen Grund gehabt hättest. Ich bin mir sicher, so weit wärst du nicht gegangen. Trotzdem muss ich es wissen, denn es lässt mir einfach keine Ruhe: An dem Abend, als es passiert ist – warst du da wirklich im Kino?«

Selena ging mit einem weiteren Wortschwall auf ihren Vater los. Und Keller, der dem Gespräch ohnehin nur mit Mühe hatte folgen können, verstand nun endgültig nichts mehr, denn in ihrer Rage und Empörung war Selena ins Arabische verfallen. Selbstverständlich antwortete auch Djamal Mansouri auf Arabisch, und Keller musste passen.

Er verzichtete nun darauf, das Gespräch mit den beiden zu suchen, denn die Mansouris hatten genug mit sich selbst zu tun. Wenn Keller jetzt dazwischenginge, würde er alles schlimmer machen. Wollte er Selena noch einmal sprechen, dann musste er es zu einem anderen Zeitpunkt versuchen.

Aber vielleicht war das auch gar nicht mehr nötig. Kellers Bauchgefühl gab ihm zu verstehen, dass die Tätersuche nach wie vor nicht abgeschlossen war. Mittlerweile hatte er begriffen, dass derjenige, der wirklich hinter allem steckte, ein Meister im Werfen von Nebelkerzen war. Verschlagen, listig und ausgekocht. Nun galt es, diesen Nebel zu durchdringen und den wahren Schuldigen zu finden. Und dieser trug nach Kellers Überzeugung nicht den Nachnamen Mansouri.

Auf dem Rückweg zum Hafen kam Keller das Telefonat mit seinem Sohn Jochen wieder in den Sinn. Inzwischen, nachdem er die Information über den zu Gewaltausbrüchen neigenden La Croix hatte sacken lassen, erschloss sich ihm eine weitere Variante. Allerdings eine, die mehr als nur gewagt war.

Keller steuerte den Wagen an den Straßenrand und nahm sein Telefon zur Hand. Er betrachtete es nachdenklich und zögerte, eine Nummer einzugeben. Denn er wusste sehr wohl, dass er drauf und dran war, den Bogen zu überspannen.

Doch dann überwand er seine Skrupel. Die Polizeizentrale meldete sich. Kurz darauf hörte er die helle Stimme von *Madame le commissaire*.

»Ich glaub's ja nicht. Sie schon wieder?«

Keller hielt sich nicht mit Rechtfertigungen auf, sondern kam gleich zur Sache: »Ich will Ihnen unnötige Arbeit ersparen.«

»Ach ja? Wie denn diesmal?«

»Eventuell habe ich eine Lösung gefunden. Vermutlich die, auf die auch Cocoon gekommen ist. Ein verrückter Gedanke. Aber er ist es wert, überprüft zu werden.«

»Das hört sich abenteuerlich an. Ich bin nicht sicher, ob ich es wissen will.«

»Das wollen Sie, Béatrice. Ganz bestimmt! Aber nicht am Telefon. Sind Sie noch eine Weile im Präsidium?«

»Nicht mehr lange. Ich muss dringend den letzte Nacht versäumten Schlaf nachholen.« Sie gähnte herzhaft.

»Schenken Sie mir ein paar Minuten Ihrer Zeit. Ich brauche nicht lange, bis ich bei Ihnen bin.«

»Wenn ich Sie nicht so nett finden würde, würde ich Sie zum Teufel wünschen, Konrad.«

»Danke! Bis gleich!«

Keller fuhr los, wechselte mehrfach die Spur und bog ab. Auf sein Navigationsgerät konnte er mittlerweile verzichten; der Weg zum Polizeipräsidium war ihm nach seinen wiederholten Besuchen geläufig.

Auf halber Strecke passierte der Renault Clio ein Blumengeschäft. Keller konnte gar nicht anders, als den Blick kurz von der Straße zu nehmen und die farbenfrohen Sträuße zu bewundern, die der Florist links und rechts des Eingangs drapiert hatte. Darunter waren herrliche langstielige Rosen in leuchtendem Kirschrot. Kellers Fuß zuckte über dem Gaspedal und wollte schon zur Bremse wechseln. Er überraschte sich selbst mit dem spontanen Gedanken, rechts ranzufahren, auszusteigen und eine dieser wunderschönen roten Rosen zu kaufen. Als Mitbringsel für Béatrice. Er merkte, wie angenehm ihm diese Vorstellung war, wie warm und wohlig es ihn durchströmte.

Doch das kam nicht infrage. Natürlich nicht! Was sollte

Béatrice denn von ihm denken? Etwa, dass er ihr Avancen machte? Er, der Rentner, der seit nicht einmal einem Jahr verwitwet war? Wie kam er nur auf eine solche Idee? Kellers Fuß wanderte zurück zum Gaspedal. Sekunden danach war der Blumenladen aus seinem Blickfeld verschwunden.

Fünf Minuten später blieb er dennoch vor einem Geschäft stehen. Vor einer *confiturerie*, in der er mit hausgemachten Konfitüren garniertes Gebäck erwarb. Als eine Art Geste, um seinen guten Willen zu zeigen und zu bekräftigen, dass er nicht vorhatte, der Kommissarin ins Handwerk zu pfuschen. Eine Packung Kekse – das konnte sie doch nicht falsch verstehen, oder?

»*Merci!*« Béatrice' Augen leuchteten, als sie Kellers Geschenk entgegennahm. »Nervennahrung, was? Sie meinen wohl, ich habe es nötig.«

Sie setzten sich in der Sitznische gegenüber. Béatrice beugte sich vor, musterte ihren Gast und forderte ihn auf: »Erzählen Sie mir von Ihrer verrückten Idee! Mir selbst gehen die Ideen bei diesem Fall nämlich langsam aus.«

Keller machte sie auf die vielen Unstimmigkeiten aufmerksam, sowohl was Karims mögliche Täterschaft als auch die Verdachtsmomente gegen die Mansouris anbelangte. »Etliches bleibt vage, die meisten Fragen sind unbeantwortet. Es mangelt an Beweisen und erst recht an Geständnissen«, sagte er. »Ich habe hin und her überlegt und bin zu dem Schluss gekommen, dass sich der Fall letztendlich nur über das Motiv lösen lässt. Ich denke, das hatte auch Cocoon im Sinn, und darauf sollte ab jetzt der Fokus liegen.«

»Darauf liegt er längst«, sagte Béatrice und wirkte enttäuscht von dem, was Keller ihr mitzuteilen hatte. »Karims Motiv wäre Habgier, das der Mansouris Ehrenrettung.«

»Aber sind diese Motive wirklich stichhaltig? Ein Raub-mörder, der ohne Raubgut flüchtet, wird jeden Richter zweifeln lassen. Ebenso wie ein Vater, der die verlorene Ehre seiner Tochter vergilt, indem er nicht nur den Kinds-vater, sondern auch dessen Angehörige tötet und damit die Schuld eines dreifachen Mordes auf sich lädt. Warum? Nein, beides ist schlicht und einfach nicht überzeugend.«

»Worauf wollen Sie also hinaus?«

»Auf die Frage, ob es jemanden gibt, der ein stärkeres Motiv hat, die Familie La Croix auszumerzen.«

Béatrice' müde Augen musterten Keller gründlich. »Zu welchem Schluss sind Sie gekommen?«

»Zu einem Schluss, der Ihnen nicht gefallen wird«, ant-wortete Keller. »Doch nach dem gestrigen Abend, dem Auftritt der Messer-Nazis und Cocoons Unfall bin ich davon überzeugt, dass wir umdenken müssen. Dass Sie umdenken müssen.«

Béatrice gab keinen Ton mehr von sich.

»Also gut«, sagte Keller und holte tief Luft. »Ich will Ihnen von meiner verrückten Idee erzählen: Bei der Über-legung, wer am meisten von der Tat profitiert, bin ich auf jemanden gekommen, der bislang nur als Opfer im Spiel gewesen ist und mit dessen Rolle man sich infolgedessen nur am Rande befasst hat.« Dann ließ er die Bombe plat-zen: »Ich spreche von Richard La Croix selbst.«

»Was?« Béatrice' Müdigkeit schien wie weggeblasen. Sie sah ihn bestürzt an. »Völlig ausgeschlossen. Monsieur La Croix hat ein Alibi, schon vergessen? Tausende haben sein Live-Interview am Fernseher verfolgt. Davon abge-sehen ist Ihre Idee völlig abwegig: Dass er seine Anwäl-tin und meinetwegen noch ein paar Prügelknaben auf Sie hetzt, um Sie loszuwerden, lasse ich mir noch eingehen. Aber dass La Croix für den Tod seiner eigenen Familie verantwortlich sein soll, ist undenkbar. Wie kommen Sie bloß darauf?«

Undenkbar? Als Kommissar hatte Keller seinen Leuten stets eingeschärft, dass in einer Mordermittlung nichts undenkbar sein durfte. An diese eiserne Regel hielt er sich auch jetzt. Er gewann an Selbstsicherheit, während er ihr darlegte: »Ich habe lediglich die verfügbaren Puzzleteile zusammengesetzt. Da ist erstens die Tatsache, dass Richard La Croix am Geldtropf seiner vermögenden Frau hing. Dann der Fakt, dass es mit der Ehe der La Croix' nicht zum Besten stand und seine Frau die Scheidung wollte. Und drittens ist es doch durchaus auffällig, dass die gesamte Familie getötet wurde – mit Ausnahme von Richard La Croix.«

»Und die Schläger soll er nicht etwa auf Sie angesetzt haben, um Sie daran zu hindern, seinem Ruf zu schaden, sondern weil er gemerkt hat, dass Sie drauf und dran sind, ihm den Dreifachmord nachzuweisen?«, folgerte Béatrice. »Entschuldigen Sie, aber das ist ausgemachter Blödsinn!«

»Trifft es etwa nicht zu, dass La Croix' angeblich so sicheres Alibi auf tönernen Füßen steht und einer sorgfältigen Überprüfung nicht standhalten würde?«, wagte sich Keller weiter vor.

Béatrice' Wangen färbten sich rot. »Wenn Monsieur La Croix – rein theoretisch – deutlich schneller als angegeben und auf direktem Wege vom Fernsehstudio nach Hause gefahren wäre, hätte er – ebenfalls hypothetisch – ausreichend Zeit für die Tat gehabt«, räumte sie ein. »Dabei wäre er aber wegen der dazu notwendigen Geschwindigkeitsübertretungen und der auffälligen Fahrweise ein großes Risiko eingegangen. Er hätte geblitzt oder von einer Streife angehalten werden können.«

»Fest steht: Er hatte die Möglichkeit! Damit gibt es bereits Motiv und Gelegenheit. Fehlt bloß noch die Tatgeneigtheit, um den Sack zuzumachen. Dass er Gewalt durchaus als Mittel zum Zweck betrachtet, wissen wir inzwischen auch. Daher frage ich Sie: Halten Sie La Croix für fähig, die Morde verübt zu haben?«

Abermals wehrte sich Béatrice entschieden gegen diese Vorstellung: »Die eigene Frau umzubringen, das wäre schlimm genug. Doch die Kinder, sein eigen Fleisch und Blut? Selbst ein als kaltblütig geltender Karrierist wie La Croix wäre dazu wohl nicht imstande. Um Ihre Frage zu beantworten: Nein, ich halte ihn nicht für fähig, die Morde begangen zu haben.«

»Nun, letztlich müsste so etwas ohnehin ein Polizeipsychologe oder Gutachter klären.«

»Auf keinen Fall!«, begehrte Béatrice auf.

»Lassen Sie diesen Gedanken doch wenigstens einmal an sich heran«, appellierte Keller an sie. »Mit dem Mord an seiner Familie ist La Croix mit einem Schlag zum Alleinerben geworden, und der Weg wäre frei für ein neues Leben ohne scheidungswütige Frau und Problemkinder. Außerdem…«

»Was denn noch, um Himmels willen?«

»Denken Sie an Anwalt Cocoon: Nehmen wir an, er hätte die gleiche Spur verfolgt und vielleicht sogar einen Beweis gefunden, dann wäre es nur folgerichtig, dass La Croix auch ihn aus dem Verkehr gezogen hat. Im wahrsten Sinne des Wortes.«

»Es ist bisher überhaupt nicht belegt, dass Cocoons Unfall keiner war«, entgegnete Béatrice.

»Aber Sie lassen das Wrack auf Manipulationen untersuchen?«

Sie nickte zögerlich.

»Und haben einen Posten vor Cocoons Krankenzimmer postiert?«

Wieder die Andeutung eines Nickens.

»Na also, dann denken Sie in die gleiche Richtung wie ich!«

Doch noch immer hatte es den Anschein, als wollte Béatrice Kellers tollkühne These am liebsten in der Luft zerreißen, denn diesmal hielt ihr ablehnendes Schweigen besonders lange an. Dann aber sagte sie überraschenderweise: »Um jemanden wie La Croix aufs Kreuz zu legen, braucht man Nerven aus Stahl, handfeste Beweise – und sehr glaubhafte Zeugen. Wenn die beiden Schläger vor dem Richter bestätigen würden, dass sie von La Croix angeheuert worden sind, hätten wir immerhin einen Hebel, den wir gegen ihn ansetzen könnten.«

»Sie halten es also nicht für gänzlich ausgeschlossen, dass er es gewesen ist?« Keller witterte Morgenluft und hoffte auf Unterstützung für seine These.

»Als Ermittlungsleiterin wäre ich schlecht beraten, wenn ich nicht jedem Hinweis sorgfältig nachgehen würde«, rang sich Béatrice ab, wobei ihr offenkundig nicht wohl in ihrer Haut war. »Allerdings kann es mich Kopf und Kragen kosten, wenn ich gegen La Croix vorgehe und sich später herausstellt, dass er mit alldem nichts zu tun hat.«

Keller atmete auf. Ganz glücklich war er mit der veränderten Situation allerdings selbst nicht. Einerseits sah er es durchaus als einen Erfolg an, dass er Béatrice auf seine Seite gezogen und dazu gebracht hatte, in eine andere Richtung zu denken. Auf der anderen Seite war Keller selbst nicht zu hundert Prozent von seiner eigenen Mutmaßung überzeugt. Béatrice hatte den Schwachpunkt der Theorie durchaus richtig erkannt, als sie hinterfragte, ob es La Croix wirklich übers Herz gebracht haben könnte, seine eigenen Kinder zu töten. Keller war dreifacher Vater – und konnte sich so einen Mord nicht in seinen wildesten Träumen vorstellen.

»Sie sagen ja gar nichts mehr«, hörte er Béatrice sagen.

»Entschuldigen Sie, ich war mit dem Kopf gerade woanders.«

»Wohl schon auf Ihrem Boot, was? Sind Sie nicht eigentlich mitten in den Vorbereitungen für die Abfahrt?«

»Es kommt dauernd etwas dazwischen. Aber ja, bald soll es losgehen.«

»Na dann: Wenn wir uns nicht noch einmal sehen, wünsche ich Ihnen alles Gute. Drücken Sie mir die Daumen, dass ich diese leidige Geschichte bald abschließen kann.« Augenzwinkernd fügte sie hinzu: »Und dass mich La Croix' Anwältin nicht in die Wüste schickt, wenn sie erfährt, dass ich sein Alibi überprüfe.«

»Ich drücke beide Daumen, ganz fest«, versicherte Keller, der den Wink durchaus verstand: Er hatte seine Schuldigkeit getan und sollte endlich gehen, statt immer wieder Unruhe zu stiften.

Vielleicht war es sogar besser so. In die Polizeiarbeit an sich konnte er ohnehin nicht eingreifen. Er hatte die Sache auf die richtige Schiene geschoben, die weitere Entwicklung konnte er genauso gut von unterwegs aus verfolgen. Es sprach also nichts dagegen, seine Bootsfahrt nun tatsächlich fortzusetzen. Und wenn er sich nicht den Vorwurf anhören wollte, ein unverbesserlicher Querulant zu sein, musste er einlenken und genau das tun, was Béatrice von ihm verlangte. Dennoch fiel es ihm schwer, sie zu verlassen. »Ich wünsche Ihnen viel Erfolg bei der weiteren Arbeit«, bekräftigte er noch einmal.

»Ja, ja, Machen Sie es gut.«

Keller merkte, dass Béatrice das Gespräch beenden und sich dringlicheren Angelegenheiten widmen wollte. Doch plötzlich hatte er das Bedürfnis, *Madame le commissaire* eine weitere Frage zu stellen: »Was macht eigentlich Karim?«

»Karim?« Béatrice, die bereits zu ihrem Schreibtisch gegangen war und den Telefonhörer in der Hand hielt, schien sich über diese Frage zu wundern. »Der ist vorerst aus der Schusslinie, bleibt aber in Haft, da er unzweifelhaft in die Villa eingebrochen ist. Warum?«

»Sie wissen ja, was Karim und mich verbindet: sein Sprung auf mein Boot. Damit begann das ganze Drama. Würde es Ihnen etwas ausmachen, wenn ich mit ihm rede, bevor ich abreise?«

»Mit Karim?« Béatrice klang nicht gerade angetan von dieser Idee. »Wollen Sie sich etwa von ihm verabschieden?«

»Es wäre mir wichtig, ihm noch einmal gegenüberzutreten.«

»Was versprechen Sie sich denn davon?«

»Offen gesagt: Ich weiß es nicht. Ich brauche das ganz einfach, um mit der Sache abschließen zu können.«

Béatrice schaute gequält, sie schien mit ihrer Geduld am Ende zu sein. Es war offensichtlich, dass sie sich gegen Kellers Wunsch sträubte. Klar war aber auch, dass sie ihm für den Tipp mit Richard La Croix einen Gefallen schuldete.

»Meinetwegen, dann kommen Sie noch einmal vorbei, wenn ich jemanden habe, der Sie zu ihm führen kann. Sagen wir, in drei Stunden. Passt das?«

»Einverstanden!«

21

Da Keller mit dem Wagen unterwegs war, wollte er die Gelegenheit nutzen, um Cocoon im Krankenhaus zu besuchen oder sich wenigstens nach seinem Gesundheitszustand zu erkundigen. Doch an der Anmeldung wies man ihn ab und rückte auch mit keinerlei Informationen heraus. Aber damit war ja eigentlich zu rechnen gewesen.

Um die Zeit bis zu seiner Verabredung totzuschlagen, fuhr er aus der Stadt hinaus. Er verbrachte zwei entspannende Stunden damit, einen Treidelpfad am Kanal entlangzuspazieren. Dabei betrachtete er die Bötchen, die in zunehmender Zahl das ruhige Gewässer bevölkerten, und verweilte bei einem ausgedienten Frachtkahn, der fest vertäut in einer Bucht lag und als schwimmendes Eigenheim hergerichtet worden war. Einschließlich eines kleinen Gartens vor dem Steg, in dem die Bewohner ihr eigenes Gemüse zogen.

Beim Zurückschlendern erfreute er sich an der Vielfalt der Pflanzen, die das Ufer säumten. Aus seinem Reiseführer wusste er, dass die Kanalbauer die Haltbarkeit der Böschungen verbessern wollten, indem sie an den Uferrändern Schwertlilien und auf den Dämmen schnell wachsende Bäume pflanzten. Die ursprünglichen Weiden waren später durch die in Südfrankreich allgegenwärtigen Platanen ersetzt worden, weil sie besonders fest am Uferrand wurzelten. Außerdem hatten sie einst Schatten gespendet für die Pferde, die die Boote in früheren Zeiten zogen.

In aller Ruhe bummelte Keller zurück zu seinem Renault. Noch immer hatte er mehr als genug Zeit, mit dem Auto dauerte der Weg zum Polizeihauptquartier nicht lange. Ohne Stau oder sonstige Verzögerungen traf er überpünktlich dort ein. Er fand eine passende Lücke für seinen Kleinwagen, schwang sich aus dem Sitz und nahm die Stufen bis zum Eingang mit wenigen schnellen Schritten.

Doch sobald er das Gebäude betreten hatte, überkam ihn ein mulmiges Gefühl, und mit jedem Meter, den er in Richtung von Béatrice' Büro ging, wurde es stärker. Er fragte sich auf einmal, ob er ihr mit seinem letzten Tipp einen Bärendienst erwiesen hatte.

Richard La Croix galt in der Region als eine wichtige Persönlichkeit. Von vielen wurde er wegen seiner politischen Ansichten verachtet oder sogar gehasst, von mindestens ebenso vielen anderen aber hochgeschätzt und als eine Art Heilsbringer verehrt. Diesen Eindruck hatte Keller zumindest durch die Lektüre diverser Zeitungen und aus verschiedenen Rundfunkbeiträgen gewonnen. Das bedeutete, dass sich Béatrice mit einem starken Gegner anlegen würde. Einem, der mit harten Bandagen kämpfen und seinen sicherlich beträchtlichen Einfluss geltend machen würde. Konnte sie es mit einem solchen Mann aufnehmen?

Auch Béatrice strahlte keineswegs Zuversicht aus. Als Keller ihr vor ihrem Büro in die Arme lief, fielen ihm sofort die dunklen Flecken auf, die sich unter den Ärmeln ihrer Bluse gebildet hatten. Ihre Haut wirkte fahl und blass, die Augen trübe.

Keller erkannte sofort, was der Grund war. Durch die halb offene Tür konnte er Madame Bertrand sehen. Hatte Béatrice die Anwältin etwa schon einbestellt, um mit ihr La

Croix' Alibi durchzugehen? Oder war ihr die energische Juristin zuvorgekommen?

»Sie wollen Karim immer noch sprechen?«, fragte Béatrice und klang gehetzt. »Dann tun Sie, was Sie nicht lassen können. Aber fassen Sie sich kurz. Ich gebe Ihnen zehn Minuten. *Adieu!*«

Frostig reichte sie Keller an einen Gendarmen weiter, der ihn in den Zellentrakt bringen sollte. Keller konnte sich vorstellen, warum Béatrice so kurz angebunden war. La Croix' gewitzte Anwältin heizte ihr vermutlich ordentlich ein. Keller war froh, nicht in ihrer Haut zu stecken.

Zwei Treppen tiefer und drei Flure weiter erreichten sie Karims Zelle. Der Gendarm sperrte die nur mit einem schmalen Sehschlitz versehene Stahltür auf und machte den Blick frei in einen schlauchförmigen Raum, der lediglich mit einer sehr einfachen Pritsche, Stuhl und Tisch sowie der notwendigsten sanitären Ausstattung versehen war. Durch ein vergittertes Fenster weit oben fiel Tageslicht herein. Karim, groß und muskulös, wie Keller ihn in Erinnerung hatte, saß mit gebeugtem Rücken auf dem Bett und starrte auf seine gefalteten Hände.

»Ich will keinen Besuch. Hauen Sie ab!«, sagte er, ohne aufzublicken.

Keller beobachtete den Häftling aus sicherer Entfernung, musterte seine Kleidung, die aus einem einfarbigen T-Shirt und ausgebeulten Hosen bestand. Gefängnisausstattung, die ohne Gürtel, Schnallen oder Nieten auskam, die man hätte zweckentfremden können. Natürlich wusste Keller, dass ein Kerl wie Karim keine Hilfsmittel benötigen würde, um ihn zu überwältigen. Doch das kümmerte ihn nicht.

»Lassen Sie uns bitte kurz allein?«, sagte er zu seinem Begleiter, woraufhin dieser einen Schritt zur Seite trat, die

Tür aber geöffnet ließ. Keller ging langsam auf Karim zu. Als der Mann keinerlei Regung zeigte, fasste Keller den schäbigen Stuhl an der Lehne, zog ihn nahe an Karim heran und setzte sich. Er beugte sich vor, wobei er den Kopf in die Hände stützte.

»Erinnern Sie sich an mich?«, fragte er ruhig. »Ich bin derjenige, der Ihnen diesen Schlamassel eingebrockt hat.«

Karim ließ nun doch so etwas wie ein leises Interesse erkennen, blinzelte kurz und gab einen Grunzlaut von sich.

»Um es gleich vorwegzusagen«, redete Keller weiter, »ich stehe auf Ihrer Seite. Man treibt ein böses Spiel mit Ihnen.«

Karim funkelte ihn argwöhnisch an. »Halten Sie mich etwa nicht für einen Verbrecher wie jeder andere hier? Für Abschaum aus der Gosse des Ozanam-Viertels?«

»Doch, Sie sind ein Verbrecher, Karim. Denn es gibt Beweise dafür, dass Sie sich gewaltsam Zutritt in das Haus der Familie La Croix verschafft haben. Dafür werden Sie bezahlen müssen. Es fragt sich nur, wie viel.«

Karim kniff die Augen zusammen. »Wollen Sie mit mir feilschen? Hat *Madame le commissaire* Sie vorgeschickt, um es auf diese Tour bei mir zu versuchen? Weil ihr Hiwi mit seinem Gummiknüppel keinen Erfolg hatte?«

»Ich bin selbst vom Fach. Vier Jahrzehnte meines Lebens war ich bei der Polizei. Ich weiß, wann ich einen Kleinkriminellen vor mir habe. Und ich weiß auch, wann ich einem Mörder gegenüberstehe. Sie, Karim, sind kein Mörder.«

»Wenn Sie das wissen, dann sorgen Sie dafür, dass die mich hier endlich rauslassen aus diesem Loch.«

»Das kann ich nicht. Denn für den Einbruch werden Sie mit Sicherheit verurteilt und müssen Ihre Strafe absitzen. Aber für den Dreifachmord brauchen Sie Ihren Kopf nicht hinzuhalten. Helfen Sie mir, den wirklichen Täter zu überführen, dann haben Sie die Chance, Ihr Strafmaß zu reduzieren.«

»Wie denn? Ich weiß ja selbst nicht, wer es gewesen ist. Als ich in das Haus kam, lagen sie schon da. Die Frau und die Kinder. Ihre Körper völlig verdreht, und überall dieses Blut! Ich wusste sofort: Die sind tot. Da war mir klar, dass ich in eine Falle geraten bin.«

»Das haben Sie Ihrem Verteidiger gegenüber ebenfalls erwähnt. Was meinen Sie damit, eine Falle?«

»Sie haben mit Cocoon geredet? Vergessen Sie den. Eine Niete!«

»Täuschen Sie sich nicht. Er hat für Sie gekämpft, Karim. Genau wie ich es tun werde, wenn Sie mithelfen, uns auf die Spur des wahren Täters zu führen. Also: Erklären Sie mir, was Sie meinen, wenn Sie von einer Falle sprechen.«

Karim sah Keller abschätzend an. Er war offensichtlich hin- und hergerissen, ob er dem Fremden trauen sollte oder nicht. Schließlich schien er zu begreifen, dass er nichts zu verlieren hatte. »Eine Falle deshalb, weil dieser Bruch nicht auf meinem Mist gewachsen ist«, presste er zwischen zusammengebissenen Zähnen hervor.

»Sondern?«, fragte Keller und sah ihn aufmerksam an.

»Ich habe einen Tipp bekommen. Nur darum bin ich in die Hütte eingestiegen.«

»Woher kam dieser Tipp? Von Ihrem Vetter Mansouri?«

»Ach was! Da liegen Sie aber völlig daneben.« Karim erzählte von einem anonymen Hinweisgeber, der ihn mit unterdrückter Nummer und verstellter Stimme angerufen habe. »Der wusste genau, dass ich schon länger vorhatte, mich in dieser Nobelhütte einmal umzusehen.«

»Weil Sie durch Ihren Vetter beziehungsweise dessen

Tochter vom Wohlstand dieser Familie wussten und neugierig waren?«

»Dass die stinkreich sind, wusste ich schon, bevor Selena mit diesem La-Croix-Jungen rumgemacht hat. Aber ja, ich habe mich für die Villa interessiert. War scharf drauf, da mal rumzustöbern, um zu sehen, in welche Verhältnisse meine kleine Nichte einheiratet.«

»Sie hatten also gar nicht vor, etwas mitgehen zu lassen, sondern wollten sich bloß umsehen?«

Karim war vermutlich klar, dass Keller ihm das nicht abnehmen würde, er sagte deshalb nichts.

»Kommen wir noch einmal auf diesen Tipp zu sprechen. Wie genau lautete die Information, die Sie erhalten hatten?«

»Wortwörtlich weiß ich das nicht mehr. Der Typ hat behauptet, es gebe da eine günstige Gelegenheit. Sagte, dass der alte La Croix mindestens vier Stunden nicht im Haus sein würde, wegen einem Fernsehinterview, was ja auch stimmte. Und der Rest der Familie sei angeblich verreist. Ich hätte also freie Bahn. Eine Lüge, um mich dorthin zu locken und mir alles in die Schuhe schieben zu können!«

»Der Tipp kam über Telefon?«, vergewisserte sich Keller.

»Ja, habe ich doch gesagt.«

»Und Sie konnten nicht feststellen, von wem er kam?«

»Unterdrückte Nummer. Hören Sie denn nicht zu, Mann?«

»Haben Sie den Anrufer erkannt?«

»Nein.«

Keller insistierte: »War es die Stimme eines Mannes oder die einer Frau? Jung oder alt?«

»Keine Ahnung, Mann. Wie gesagt: Die Stimme war

verstellt und so dumpf, als hätte jemand eine Socke übers Telefon gezogen.«

Dies bestätigte Keller in seiner Annahme, dass Karim nur als Mittel zum Zweck gedient hatte. Allerdings störte er sich an der Anonymität des Anrufers. Denn so ließ sich nicht nachweisen, dass Richard La Croix persönlich am Apparat gewesen war. »Ich brauche mehr Details, wenn wir dieser Sache auf den Grund gehen wollen, Karim. Versuchen Sie, sich zu erinnern.«

»Details? Was denn für gottverdammte Details?« Karim war aufgesprungen, er brüllte diese Fragen geradezu heraus.

Keller kam ebenfalls auf die Beine und wich erschrocken zurück. Gleichzeitig stürmte der Gendarm in den Raum, mit gezücktem Schlagstock. Die Besuchszeit war beendet, so viel stand fest.

»Na, mein Freund«, nahm Béatrice ihn wenig später in ihrem Büro in Empfang. Sie hatte ein verkniffenes Lächeln auf den Lippen. »Haben Sie Ihren Frieden mit Karim geschlossen und sich im Guten vom ihm getrennt? Sie als sein Schutzengel.«

»So, wie Sie fragen, kennen Sie die Antwort bereits«, entgegnete Keller. Er hatte sich von seiner Begegnung mit Karim weit mehr erhofft.

»Was haben Sie erwartet?«, fragte Béatrice und bot Keller den Stuhl an, auf dem kurz zuvor Anwältin Bertrand gesessen hatte. Ihr sportiv-elegantes Parfüm hing noch in der Luft. »So etwas wie Dankbarkeit? Das können Sie von einem wie Karim nicht verlangen. Er ist ein Krimineller, war immer schon einer, von Kindesbeinen an. Vielleicht kein Mörder, aber einer, der nichts anbrennen lässt. Egal, wie der Richter urteilt, ob hart oder gnädig: Karim wird immer einer unserer Stammkunden bleiben. So traurig das auch sein mag, man muss den Realitäten ins Auge blicken.«

Keller verzog den Mund. »Fest steht, dass er benutzt worden ist. Man kann ihm seine Naivität ankreiden und seine zweifellos vorhandene kriminelle Energie. Aber in dieser Mordsache war er bloß eine Strohpuppe. Angezündet, um von dem eigentlichen Drahtzieher abzulenken.«

»Schön gesagt: eine Strohpuppe. Auf den Inhalt seines Kopfes dürfte das zutreffen«, bemerkte Béatrice mit beißender Ironie.

Keller konnte darüber nicht lachen. »Ihnen scheint nicht klar zu sein, dass Sie ohne Karim als Belastungszeugen ganz schlechte Karten haben, wenn Sie gegen La Croix vorgehen wollen.«

»Ach ja?« Béatrice' aufgesetzte Lässigkeit war nun verflogen. »Mir ist meine Lage sehr wohl bewusst, Konrad. Es ist keine fünf Minuten her, dass Madame Bertrand die ganze neue Theorie zerpflückt hat wie ein Suppenhuhn.«

»So? Was für Argumente brachte sie denn vor?«

»Die einer guten Anwältin«, erwiderte Béatrice verbittert und zählte auf: Auch wenn momentan Indizien gegen La Croix sprächen, ließe sich ihrem Mandanten keine Straftat nachweisen. Die Aussagen zweier vorbestrafter Schläger, die nach Madame Bertrands Erkenntnissen drogensüchtig sind, würden vor Gericht nicht standhalten. Und die Theorie, dass La Croix in dem winzigen möglichen Zeitfenster seine Familie ausgelöscht haben sollte, halte sie sowieso für konstruiert. »*Madame l'avocat* hat mich in Grund und Boden geredet«, endete Béatrice.

»Umso wichtiger wäre es, Karim als Belastungszeugen aufzubauen. Wenn er seinen Tippgeber benennen kann und sich daraus eine Verbindung zu La Croix ableiten lässt, hätten Sie einen Trumpf im Ärmel.«

»Meinen Sie denn, wir hätten das nicht längst versucht?«, blaffte sie ihn an. »Wir haben Karim stundenlang auf den Zahn gefühlt. Alles haben wir probiert, auf die harte Tour und auf die weiche. Meine Güte, wir haben dem Kerl sogar die Zigaretten gegeben, nach denen er verlangt hat. Aber er erinnert sich nicht. Kann nichts sagen über den ominösen Anrufer. Wie Sie es schon treffend ausdrückten: Er hat einfach nichts als Stroh im Kopf.«

»So habe ich das nie gesagt!«, protestierte Keller. Doch auch er sah ein, dass Karim vor Gericht einen lausigen Zeugen abgeben würde. Ihn in einer Verhandlung gegen La Croix antreten zu lassen konnte nur schiefgehen.

Béatrice seufzte. »Die Bertrand zieht La Croix in null Komma nichts aus dem Feuer. Das hätte ich mir vorher denken können.«

»Geben Sie den Kampf nicht so schnell auf, Béatrice!«, appellierte Keller an sie. Dabei fiel sein Blick auf die Tatortbilder, die noch immer an der Wand des Büros hingen. Er sah die Markierungen, die die Position der Toten anzeigten, und fragte sich abermals, weshalb Madame La Croix und ihre Kinder nicht versucht hatten wegzulaufen, als auf sie geschossen wurde.

Aus seiner Sicht konnte es darauf nur eine Antwort geben: Sie hatten ihren Mörder gekannt. Gut gekannt. Sie waren arglos gewesen, weil sie nichts Böses von ihm erwartet hatten.

Aber diese Annahme allein war noch kein Beweis, was Keller durchaus bewusst war. »Auch ein reiner Indizienprozess kann zum Erfolg führen«, sagte er schließlich und hörte selbst, wie wenig überzeugend das klang.

»Vergessen Sie's! So, wie die Dinge stehen, wird ohnehin keine Anklage erhoben. Ich habe vorhin mit dem Untersuchungsrichter gesprochen. Kaum hatte er gehört, um wen es sich dreht, hat er kalte Füße bekommen. Er hat mir eine Frist für die weitere Beweisaufnahme gesetzt. Wenn mir die nicht reicht, ist die Sache gelaufen.« Sie sammelte sich, straffte die Schultern und richtete sich auf: »Aber so läuft das nun mal in unserem Geschäft, nicht wahr? Mal gewinnen wir, und mal die anderen.«

Keller hätte ihr am liebsten erneut widersprochen, denn diese fatalistische Einstellung ging ihm vollkommen gegen den Strich. Doch er verkniff sich eine Antwort und stand auf. »Also dann: Halten Sie die Ohren steif!«, sagte er zum Abschied.

»Sie auch! Werden wir uns noch einmal sehen?«, erkundigte sich Béatrice. Keller hätte nicht zu sagen gewusst, ob sie sich darüber freuen würde oder nicht.

»Das glaube ich kaum«, sagte er. »Ich kann hier nichts mehr ausrichten, das sehe ich ein. Diesmal sind Sie mich wirklich los.«

Béatrice ließ diesen Satz unkommentiert im Raum stehen. Und es schien, als läge ein winziges Lächeln auf ihren Lippen.

Er hatte bei ihr verspielt, dachte Keller betrübt.

22

Man muss auch loslassen können, wenn die Zeit dafür gekommen ist.

Diese Feststellung nahm sich Keller zu Herzen. Er rief sich in Erinnerung, dass er in diesem Fall nicht der ermittelnde Beamte war, sondern lediglich ein Tourist, der durch einen Zufall darin verwickelt worden war. Ihm stand es nicht zu, sich immer wieder einzumischen – abgesehen davon konnte er wohl kaum noch etwas ausrichten.

Keller hatte getan, was er für sinnvoll gehalten hatte, aber nun war für ihn Schluss. Wenn er dieses Kapitel nicht bald abschloss, müsste er sich ernsthaft fragen, ob seine Kinder mit ihrer Behauptung recht hatten, wenn sie sagten, das Detektivspielen sei ein zwanghafter Versuch, sich abzulenken von dem Verlust, den Helgas Tod für ihn bedeutete; Ablenkung von dem Schmerz, den er tief in sich spürte.

Keller gab seinen Mietwagen ab. Der Preis, den er zahlen sollte, war so niedrig, dass er ihn unmöglich akzeptieren konnte, und er steckte dem Autovermieter einen zusätzlichen Geldschein zu.

Anschließend zog es ihn noch einmal in sein Lieblingslokal, das *Café Chez Félix*. Er hatte Glück, Yvette war noch im Dienst. Kaum dass sie ihn sah, ignorierte sie einen nach ihr winkenden anderen Gast und stellte sich neben Kellers Tisch.

»Jetzt wird es ernst«, sagte Keller zu ihr. »Heute lege ich

ab. Ich werde eure schöne Stadt vermissen. Und Sie besonders, Yvette.«

»Danke für das Kompliment, Monsieur Konrad«, sagte die Kellnerin geschmeichelt. »Sie waren ein sehr angenehmer Gast. Besuchen Sie uns unbedingt, wenn Sie mal wieder in der Nähe sind.«

»Das werde ich«, versprach Keller und gab seine Bestellung auf. »Diesmal bitte nur etwas zu trinken. Ich möchte rechtzeitig abfahren, um schon mal ein paar Schleusen hinter mich zu bringen, bevor es Abend wird.«

Während Keller auf seinen Kaffee wartete, griff er nach einer Zeitung, die jemand auf dem freien Stuhl neben ihm liegen gelassen hatte. Beiläufig blätterte er sie durch und stieß dabei – wenig überraschend – auf einen weiteren Bericht über die Morde im Hause La Croix. Der Verfasser des Artikels hielt sich absätzelang damit auf, die schillernde Welt dieser Familiendynastie zu schildern, und beschäftigte sich vor allem mit der steilen politischen Karriere von Richard La Croix. Doch an keiner Stelle wurden die Ermittlungen gegen La Croix erwähnt. Das war nachvollziehbar, denn dafür war die Information einfach noch zu frisch.

Keller fragte sich jedoch, ob Béatrice die Presse überhaupt informiert hatte. Oder hielt sie dieses Wissen aus Rücksicht auf den prominenten Verdächtigen unter Verschluss, solange es nur ging? Höchstwahrscheinlich ja. Wenn er aber daran dachte, wie schnell und unverhüllt die Meldung über Karims Festnahme verbreitet worden war, empfand er diese ungleiche Behandlung als höchst ungerecht.

Mitten in seine Überlegungen hinein bimmelte sein Handy. Es meldete sich seine Tochter Sophie. Hatten seine Kinder sich abgesprochen, ihn einer nach dem anderen anzurufen und ihm ins Gewissen zu reden? Trotzdem freute er sich, die Stimme seines Töchterchens zu hören.

»Sophie! Wie geht es dir, mein Engel?«, meldete er sich mit einem Lächeln im Gesicht. »Was macht die Kunst?«

»Passt schon. Ein paar kleine Synchronisationen fürs Fernsehen, ein Werbeclip. In der nächsten Spielzeit wird es besser, da komme ich wahrscheinlich am Staatstheater unter.«

»Toi, toi, toi, mein Engel.«

»Von wegen Engel! Dein Engel setzt dir die Pistole auf die Brust!«, kam es jetzt scharf durch den Hörer.

Keller zuckte zusammen. »Alle Achtung, das hört sich an wie von Clint Eastwood persönlich gesprochen. Synchronisierst du für einen Western?«

»Mir ist nicht nach Scherzen zumute, Paps. Wir alle machen uns Sorgen um dich. Jedes Mal, wenn einer von uns mit dir telefoniert, gibt es neue Horrornachrichten.«

»Jetzt übertreibst du wirklich.«

»Ganz im Gegenteil! Drohungen, Einbrüche und Überfälle – du kannst mir nicht erzählen, dass diese Dinge zum normalen Touristenalltag in Südfrankreich gehören.«

Keller musste über den Temperamentsausbruch seiner Tochter schmunzeln, konnte ihr aber schnell den Wind aus den Segeln nehmen, indem er ihr von seinen Reiseplänen erzählte: »Ich genieße gerade meine letzte Tasse Kaffee am Place Carnot, werde mich dann mit Proviant eindecken, auf mein Boot steigen und die Leinen lösen.«

»Heute noch?«, fragte Sophie, wobei Zweifel in ihrer Stimme mitklang.

»Ja, heute noch. Mir bleibt nichts anderes übrig, weil es allmählich eng wird im Hafen. Von Tag zu Tag kommen jetzt mehr Boote an.«

»Und dir ist es egal, dass der Fall nicht gelöst ist?«

»Nein, natürlich nicht. Aber ich kann schlicht und einfach nichts mehr tun.«

»Sehr vernünftig«, meinte Sophie, wollte dann aber doch wissen, wie sich die Dinge zuletzt entwickelt hätten.

Keller sagte es ihr und hielt auch nicht mit seiner Befürchtung hinterm Berg, dass man Richard La Croix ohne handfeste Beweise wahrscheinlich nicht beikommen könne. »Der windet sich raus wie ein Aal.«

Daraufhin schwieg Sophie so lange, dass Keller schon annahm, die Verbindung sei unterbrochen.

»Sophie?«, rief er. »Bist du noch dran?«

»Ja, bin ich. Und du bist sicher, dass es dieser La Croix getan hat?«

»Was heißt hier ›sicher‹? Mir ist lediglich ein sehr geringer Teil der Ermittlungsergebnisse zugänglich gewesen, und ich war bei keinem der Verhöre dabei. Insofern kann ich mir nur als Außenstehender eine Meinung bilden.«

»Was meine Frage nicht beantwortet ...«

»Dann lass es mich so sagen: Gegen Karims Täterschaft sprechen unter anderem die nicht vorhandene Tatwaffe und das fehlende Motiv. Obsthändler Mansouri hätte möglicherweise ein Motiv gehabt, Clément zu töten, nicht jedoch auch dessen Schwester und Mutter. Abgesehen davon wurde er von keiner Überwachungskamera erfasst und besaß keinen Schlüssel für den Zugang durch die Garage. Das Gleiche gilt für seine Tochter Selena. Richard La Croix ist die einzige Figur in diesem bösen Spiel, die Motiv, Gelegenheit und die notwendige Entschlossenheit auf sich vereint«, zählte Keller auf und nannte die ihm bekannten Details.

»Hm«, machte Sophie.

»Was heißt ›hm‹?«

»Du sagtest, dass sich Frau La Croix von ihrem Mann scheiden lassen wollte. Dass die beiden oft gestritten, einander womöglich gehasst haben. Da würde es mir einleuchten, wenn er einer Trennung mit einem Schuss zuvorgekommen ist«, sagte Sophie. »Aber die Morde an den Kindern wollen mir nicht in den Kopf gehen. Selbst wenn dieser La Croix ein echtes Ekelpaket ist – dermaßen hartgesotten, um die eigenen Kids zu killen, kann er nicht sein. So was kennt man doch nur von durchgeknallten Selbstmördern, die ihren Nachwuchs mit in den Tod reißen wollen.«

»Du sagst es ja, das hat es alles schon gegeben«, meinte Keller. »Außerdem spricht die Auffindesituation der Leichen dafür, dass die Opfer ihren Mörder kannten. Denn niemand hat den Versuch unternommen zu flüchten. Aus meiner Sicht ein ganz starkes Indiz dafür, dass die Familie keinen Argwohn gegen den Täter hegte.«

»Das mag ja sein. Aber muss es deshalb der Vater gewesen sein? Es gibt ja noch andere Menschen, die der Familie vertraut waren«, hielt Sophie ihm entgegen.

»Andere Menschen?« Keller dachte darüber nach und fragte sich, ob im Laufe der Ermittlungen Großeltern, Onkel oder Tanten erwähnt worden waren. Davon war ihm nichts bekannt. Auch von Hausangestellten war nie die Rede gewesen. Er ging aber davon aus, dass Béatrice das überprüft hatte.

»Ja, andere Menschen«, beharrte Sophie. »Was ist zum Beispiel mit der Geliebten?«

»Was für eine Geliebte?«, fragte Keller irritiert.

»Mensch, Paps. Bist du auf deine alten Tage wirklich schon so eingerostet? La Croix und seine Frau standen vor der Trennung. Sicherlich nicht nur, weil Madame sich daran gestört hat, dass er nie seine Pantoffeln wegräumte.

Natürlich muss es da eine Geliebte geben. Die sollte sich die Polizei vornehmen, denn sie hätte das stärkste Motiv von allen gehabt.«

Keller fehlten für einen Moment die Worte. Das, was seine Tochter gerade aus dem Ärmel schüttelte, war pures Dynamit. Sophie hatte die große Unbekannte aus dem Hut gezaubert. Der Drahtzieher könnte möglicherweise eine Drahtzieherin sein!

Doch wenn es diese heimliche Geliebte wirklich gab – wie lautete ihr Name?

Während Keller die Aufregung in sich aufsteigen spürte und er unruhig hin und her schaute, fiel sein Blick wieder auf den Artikel in der vor ihm liegenden Zeitung. Er wurde auf ein Bild aufmerksam, das La Croix gemeinsam mit Familienanwältin Bertrand zeigte. Wie schon einmal fiel Keller auf, wie vertraut die beiden wirkten.

»Eine Geliebte... das wäre natürlich eine Idee«, sagte Keller und verabschiedete sich abrupt von Sophie. Die wollte nachhaken und fragen, was ihrem Vater gerade durch den Kopf ging, aber er ließ sie nicht mehr zu Wort kommen.

Fieberhaft begann er zu grübeln, nahm seine Umgebung kaum noch wahr. Ein Gedanke jagte den nächsten. War es möglich, dass sich die Ermittlungen bislang auf die falschen Personen konzentriert hatten? Dass man in die verkehrte Richtung gedacht und dabei das Wesentliche übersehen hatte: die Geliebte...

Zig Mal hatte Keller in der Vergangenheit mit genau dieser Konstellation zu tun gehabt: Mord aus Leidenschaft – und allzu oft war eine Liebhaberin im Spiel gewesen. Nun vielleicht auch hier! Konnte das wirklich sein?

Keller versuchte, sich zu erinnern. Er ging innerlich die

vielen Informationen, die er über den Fall gesammelt hatte, nach Hinweisen auf eine außereheliche Affäre durch. Aber er fand keine. Keine – bis auf die vertraulichen Gesten zwischen Madame Bertrand und ihrem Klienten.

Es lief also auf die Familienanwältin hinaus. Zumindest war es eine Möglichkeit, die zwingend überprüft werden musste. Warum war er bloß nicht selbst darauf gekommen?

Keller sah die neue, zarte Flamme eines Verdachts auflodern. Doch ihr Licht war zu schwach, um Béatrice damit zu behelligen. Nicht, bevor er nicht mehr über die Beziehung zwischen La Croix und seiner Anwältin wusste. Was er brauchte, waren Informationen. Am besten aus erster Hand. Also behielt er sein Smartphone in der Hand und googelte nach der Nummer von Geneviève Bertrand. Kurz entschlossen und ohne festen Plan rief er ihre Kanzlei an, hatte auf Anhieb Glück und wurde zu ihr durchgestellt.

»Monsieur Keller?« Die Juristin klang reserviert und unverbindlich. »Ihr Anruf überrascht mich. Mir wurde gesagt, dass Sie bereits abgereist sind.«

»Ich bin gerade bei den letzten Vorbereitungen«, erklärte Keller. »Vorher aber möchte ich Sie gern noch einmal sprechen.« Er teilte ihr mit, dass er auf einige Ungereimtheiten gestoßen sei, die er mit ihr bereden und ausräumen wolle.

»Ungereimtheiten? Das klingt ziemlich konspirativ. Wenn Sie als Zeuge noch etwas beizutragen haben, rate ich Ihnen, sich direkt an den zuständigen Ermittler zu wenden. In diesem Fall an *Madame le commissaire* Béatrice Bardot«, sagte sie kühl.

»Ich möchte das nicht an die große Glocke hängen. Sie verstehen?«

»Wie Sie meinen«, sagte sie. Nach kurzer Pause fügte sie hinzu: »Was schlagen Sie also vor? Möchten Sie in meiner Kanzlei vorbeikommen? Darf ich Ihnen die Adresse durchgeben?«

»Nein, besser nicht. Ist es möglich, dass wir uns zunächst unter vier Augen unterhalten? Das Ganze ist eher vertraulicher Natur.«

»In meinem Büro sind wir unter uns«, entgegnete Geneviève Bertrand, lenkte dann jedoch ein. Sie erklärte sich zu einem Treffen außerhalb der Kanzlei bereit. Sie habe allerdings erst am späten Nachmittag Zeit.

»Geht es nicht eher? Jetzt gleich?«, fragte Keller, dem der späte Termin wegen seiner geplanten Abreise nicht passte.

»Bedaure, ich habe einige wichtige Termine, die sich nicht aufschieben lassen.«

»Na schön. Wo können wir uns sehen?«, erkundigte sich Keller und war gespannt auf ihren Vorschlag. Würde sie einen einsamen, abgelegenen Ort vorschlagen, müsste er auf der Hut sein.

Stattdessen nannte sie ihm ein Restaurant mitten im belebten Zentrum der Stadt. »Es liegt auf halbem Wege zwischen meiner Kanzlei und dem Hafen«, führte sie aus.

Ihr war also nicht daran gelegen, die Zusammenkunft geheim zu halten, dachte Keller mit einer gewissen Enttäuschung. Auch handelte es sich nicht um einen Ort, an dem sie ihm gefährlich werden konnte. Besonders verdächtig machte sie das nicht. Ob er schon wieder auf der falschen Spur war? Es hatte ganz den Anschein.

»Ist es Ihnen recht?«, fragte sie nach.

»Ja, klingt gut«, meinte er.

»Klingt nicht nur gut, ist es auch. Haben Sie schon Schnecken *à la languedocienne* probiert? Sie werden dort in einer Soße aus Sardellen, Nüssen und Mangold serviert. Ein Gedicht!«

»Wenn Sie das sagen. Einverstanden!«

Keller beendete das Telefonat mit dem Gefühl, dass er schwer zwischen gut und schlecht entscheiden konnte. Geneviève Bertrand hatte sich absolut unverdächtig verhalten. Nicht einmal ein Ansatz von Misstrauen hatte in dem Gespräch mitgeschwungen. Ganz im Gegenteil: Die Anwältin war äußerst souverän und glaubwürdig aufgetreten. Alles sprach dafür, dass Keller mit seiner Vermutung danebenlag.

Die Ungewissheit störte ihn ebenso wie sein unprofessionelles Vorhaben, sich ohne jegliche Absicherung auf das Treffen mit einer – möglicherweise – Verdächtigen einzulassen. In seiner aktiven Zeit als Kommissar wäre er ein solches Wagnis niemals eingegangen. Und als Rentner? »Auch nicht!«, beantwortete er sich selbst die Frage, schob seinen Stolz beiseite und nahm doch noch einmal das Telefon zur Hand. Er wählte die Nummer des Präsidiums.

Zu seinem Leidwesen wurde er nur zu Béatrice' Adjutanten durchgestellt.

Marc Gauthier machte ihm klar, dass seine Chefin nicht zu sprechen sei. Seine ganze Antipathie gegenüber Keller klang durch, als er fragte: »Haben Sie uns etwas mitzuteilen? Dann schießen Sie los, Meister! Ich hoffe, es ist wichtig, denn ich habe wahrlich genug anderes zu tun.«

Keller räusperte sich. »Mir wäre es wirklich lieber, wenn ich das mit *Madame le commissaire* persönlich besprechen könnte.«

»Habe ich mich nicht deutlich genug ausgedrückt? Daraus wird nichts. Sie müssen mit mir vorliebnehmen, wenn Sie etwas von uns wollen. Madame Bardot hat die klare Anweisung erteilt, keine Gespräche zu ihr durchzustellen – und Sie bilden da keine Ausnahme.«

Keller war sich alles andere als sicher, ob das stimmte. So, wie er Béatrice einschätzte, war sie nach wie vor für

Hinweise empfänglich, selbst wenn er es zuletzt damit übertrieben hatte. Doch er hatte keine Möglichkeit, den arroganten Stellvertreter zu umgehen. Denn ihre Handynummer hatte Béatrice ihm bisher leider nicht anvertraut.

»Also gut«, rang Keller sich durch. »Dann hören Sie mir bitte gut zu: Ich stehe kurz vor der Abreise…«

»Das habe ich schon öfters von Ihnen gehört. Bisher war es ein leeres Versprechen.«

»Diesmal bleibt es dabei.« Keller überging die deutliche Spitze. »Ich habe vor, meine Fahrt noch heute fortzusetzen.«

»Reisende soll man nicht aufhalten. *Bon voyage!*«

»Moment! Legen Sie nicht auf. Bevor ich aufbreche, möchte ich eine letzte, dünne Spur verfolgen. Wahrscheinlich ist nichts dran an der Sache. Trotzdem wollte ich Sie darüber informieren.«

»Das haben Sie ja jetzt getan. Wenn das alles ist…«

»Mir liegt daran, dass Sie es Madame Bardot ausrichten.«

»Was? Das mit der dünnen Spur? Ich glaube, von Ideen dieses Kalibers hat *Madame le commissaire* mehr als genug gehabt. Unser Bedarf an Ihren Ratschlägen ist gedeckt.«

»Es geht mir nicht darum, Ihnen Ratschläge zu erteilen, sondern um einen Hinweis.«

»Und dieser Hinweis soll wohin führen? Mal wieder ins Nichts? Wissen Sie: Manche Fälle sind so kompliziert, da lässt sich nicht einfach eine Linie von A nach B ziehen, wie Sie das wohl gern hätten.«

Wieder hatte Gauthier es geschafft, Keller die Zornesröte ins Gesicht zu treiben. Die Arroganz und Ignoranz, mit der Béatrice' Stellvertreter sich ihm gegenüber aufspielte, war unerträglich. Formlos beendete Keller das Gespräch.

Nachdem er seinen Ärger überwunden hatte, trank er den Kaffee aus, um wie geplant seine Einkäufe zu erledigen. Anschließend würde er die *Bonheur* startklar machen, sodass er gleich nach seinem Treffen mit Geneviève Bertrand ablegen konnte. Zwei oder drei Kilometer Wegstrecke auf dem Kanal wollte er danach trotz der fortgeschrittenen Stunde noch schaffen, dann würde er – je nach Ausgang des Gesprächs – Béatrice am nächsten Tag erneut kontaktieren. Er könnte ihr natürlich auch eine E-Mail schreiben, dachte er. Normalerweise waren E-Mail-Adressen in Behörden ja standardisiert, es wäre also ein Leichtes, die Adresse herauszufinden. Sobald er an Bord war, würde er sich an sein Notebook setzen und es probieren.

23

Um sich mit Proviant für die Fahrt einzudecken, hätte Keller in einen der Supermärkte gehen können, die es zur Genüge gab: die großen Ketten wie *Super U, Carrefour, E. Leclerc* und *Intermarché* an der Peripherie und etliche kleinere Läden in fußläufiger Nähe. Aber das widerstrebte ihm, pflegte er doch ein Faible für die lokalen Einzelhandelsgeschäfte. Dort würde er auch Mitbringsel für seine Kinder bekommen, nahm er an und wurde in der Rue Saint-Louis fündig: Bei *L'Arbalétrier* kaufte er ein hübsch zurechtgemachtes Päckchen mit Seife und Cremes für Sophie. Ohne tierische Inhaltsstoffe, darauf legte seine Tochter Wert. In der Rue de Verdun entdeckte er die *Epicerie La Ferme*, ein Spezialitätengeschäft mit einer enormen Auswahl regionaler Produkte wie Wurst, Wein und Käse. Da es auch Süßwaren gab, schlug Keller für seinen Sohn Burkhard zu, der schon als Kind eine Naschkatze gewesen war. Keller bummelte weiter über den Boulevard Barbès, wo fliegende Händler Textilien aller Art anboten. In der Rue Georges Clémenceau besuchte er eine Buchhandlung, um für Jochen ein antiquarisches Werk auszusuchen.

In der Rue du Grand fand er ein Geschäft mit beachtlicher Weinauswahl und kaufte ein, was er tragen konnte. Wenige Schritte weiter bot ein Händler Feinkost wie regionale Honigsorten, den Edelpilzkäse *Bleu des Causses* und eingemachte Esskastanien an…

Am Ende hatte Keller wieder einmal viel mehr eingekauft, als er vorgehabt hatte. Neben seinen Mitbringseln und dem Wein befanden sich frisches Obst, ein Salatkopf, zwei Baguette-Stangen und ein Lammkotelett in seinen prall gefüllten Taschen, mit denen er sich auf dem Weg zum Hafen abschleppte. Das Kotelett würde er sich braten, sobald er seinen Liegeplatz für die Nacht erreicht hatte. Wahrscheinlich irgendwo auf freier Strecke, die *Bonheur* vertäut an Bäumen, die das Kanalufer säumten.

Diese Aussichten weckten die Vorfreude in ihm: Mitten im Nirgendwo abends den Herd anzuwerfen und eine Flasche Grenache zu entkorken bedeutete für ihn das perfekte Urlaubsglück. Das war ja das Schöne am Hausbootfahren: Man konnte anlegen, wo immer es einem gefiel, und die Seele baumeln lassen. Gut gelaunt ging Keller weiter und fand es nicht mehr so schlimm, dass die Trageriemen der Taschen an seinen Handflächen rieben.

Jetzt, in den Nachmittagsstunden, war am Hafen nicht viel los. Die Freizeitkapitäne, die hier übernachtet hatten, waren mit ihren Schiffen längst weitergezogen, und die Gäste für die nächste Nacht noch nicht eingetroffen. Bootsfahrer, die länger blieben, verbrachten den Tag in der Stadt, die meisten wohl bei einer Besichtigung der *Cité.* Keller, der sich in der Hitze des Tages wie ein zu schwer bepackter Lastenesel vorkam, legte auf dem Kai eine Pause ein. Er stellte die Einkäufe ab, zog ein Taschentuch aus der Hosentasche und wischte sich damit über die Stirn. Anschließend nahm er seine Tüten wieder auf, um die letzten Meter bis zur *Bonheur* zurückzulegen. Er kam allerdings nicht weit, denn sein Handy klingelte. Das war ja schlimmer als früher im Büro! Missmutig stellte er die Taschen zurück auf den Boden.

»Ja?«, meldete er sich.

»Ich bin es noch mal. Sophie.«

»Was ist denn noch, Engel? Ich stehe hier in der prallen Sonne und würde gern auf mein Schiff gehen.«

»Das sollst du auch. Geh an Deck, und fahr ab.«

»Genau das habe ich vor. Den Anruf hättest du dir also schenken können.«

»Puh! Da bin ich aber froh. Ich hatte befürchtet, dass ich dir mit meinem Gerede über die Geliebte einen neuen Floh ins Ohr gesetzt habe und du nun doch länger bleiben willst.«

»Nein, ich habe mir fest vorgenommen, meine Reise heute fortzusetzen«, sagte Keller wahrheitsgemäß.

Sophie aber schien Lunte gerochen zu haben. »Fest vorgenommen? Das klingt nicht nach sofortiger Umsetzung.«

»Bevor ich den Motor anwerfe, muss ich noch eine winzige Kleinigkeit erledigen«, erwiderte Keller ausweichend, kam damit aber nicht weit. Natürlich wollte Sophie mehr wissen, und so berichtete er ihr von seiner Idee, die Familienanwältin könnte ein Verhältnis mit Richard La Croix haben.

»Und das schließt du daraus, dass die beiden gemeinsam auf einem Zeitungsfoto zu sehen sind?«, fragte Sophie und klang skeptisch. »Ist das nicht ziemlich weit hergeholt?«

»Ich habe die beiden bereits zusammen erleben dürfen«, entgegnete Keller. »Sie gingen überaus vertraulich miteinander um.«

»Wenn diese Geneviève, wie du gesagt hast, die Familie seit vielen Jahren juristisch berät und vertritt, sind sie wahrscheinlich auch befreundet. Vertraulichkeit ist da normal, oder? Außerdem: Wie alt ist diese Anwältin eigentlich?«

»Du stellst Fragen! Keine Ahnung. Ungefähr im Alter von Richard La Croix. Mitte vierzig, würde ich sagen.«

»Ha!«, kam es durch den Hörer. »Vergiss es, Paps!

Geneviève ist nicht die Geliebte. Richard La Croix mit all dem Geld und seinem Promistatus hat sich unter Garantie eine Jüngere geangelt.«

»Ist das nicht eine ziemlich sexistische Ansicht, die du da vertrittst?«

»Mag sein. Aber so ist das Leben. Ich kenne euch Männer und weiß, wie ihr gestrickt seid.«

»Vergiss nicht: Du sprichst gerade mit deinem Vater. Schere uns Männer bitte nicht alle über einen Kamm.« In der prallen Sonne war Keller, als müsste er zerlaufen. Außerdem machte er sich Sorgen um sein Lammfleisch, das dringend in den Kühlschrank sollte. »Hör mal, Sophie, ich muss schleunigst in den Schatten. Wir machen es so: Ich ziehe dieses Treffen mit der Anwältin durch, höre mir an, was sie zu sagen hat, mache mir ein Bild und rufe dich bald wieder an. Spätestens morgen früh. Passieren kann mir nichts, denn Madame Bertrand hat ein Restaurant mitten im Touristentrubel vorgeschlagen. Auch eine noch so abgebrühte Mörderin würde es sich nicht trauen, an einem solchen Ort zuzuschlagen. Noch dazu am helllichten Tag.«

»Pass trotzdem auf, was du isst. Frauen morden meistens mit Gift.«

Keller konnte nicht anders, als herzhaft aufzulachen. »Du liest entweder zu viele Krimis oder wurdest von einem Vater großgezogen, der sein Geld als Polizist verdient hat.«

Nachdem das Gespräch beendet war, griff er erneut nach seinen Taschen. Dabei spürte er sein Kreuz und stöhnte. Es wurde wirklich Zeit, dass er aus dieser Hitze herauskam!

Keller machte einen großen Schritt, um die Lücke zwischen Kaimauer und Bordwand zu überwinden, dann überquerte er das Sonnendeck und dachte darüber nach, wie lange er später brauchen würde, um das Boot startklar zu machen. Stromanschluss lösen, Taue losbinden, Gas geben. Das wäre in ein paar Minuten erledigt. Genügend Treibstoff und Trinkwasser hatte er noch, sodass er sich damit nicht aufhalten musste. Lediglich die Nachzahlung für den verlängerten Aufenthalt würde er beim Hafenmeister noch leisten müssen. Keller öffnete die Tür zur Kabine. Seine Pläne standen, der weitere Verlauf des Tages lag klar vor ihm.

Im nächsten Moment war alles anders.

Kaum war er die drei Stufen ins Unterdeck hinabgestiegen, fiel sein Blick auf die Sitzbank neben der Küchenzeile. Dort lag – an Armen und Beinen mit Tauen verzurrt und mit einem Tuch geknebelt – Selena. Ihre Augen waren voller Angst.

Ehe Keller begriff, was vor sich ging, nahm er eine schnelle Bewegung hinter sich wahr. Gleich darauf spürte er, wie ihm ein harter, kühler Gegenstand in den Nacken gedrückt wurde. Ein Pistolenlauf, ging es ihm durch den Kopf.

»*Pas de mouvement!*«, befahl eine Stimme hinter ihm. »Bleiben Sie genau da stehen, wo Sie sind!«

Keller gehorchte und verharrte an Ort und Stelle. Er wusste nicht, was da geschah, hatte allerdings so eine Ahnung.

Diese Ahnung bewahrheitete sich, als der Eindringling den Pistolenlauf von Kellers Hals löste und vor ihn trat: Eine schmale Gestalt in weit fallender grauer Kapuzenjacke und mit einem Cap, unter dem langes braunes Haar verborgen war. Erst auf den zweiten Blick begriff Keller, dass er es tatsächlich mit Geneviève Bertrand zu tun hatte.

24

Die Erkenntnis traf ihn wie ein Schlag, er war völlig überrumpelt. Geneviève Bertrand, die mit einer Pistole auf ihn zielte. Selena, die gefesselt auf der Bank lag, Todesangst in den Augen.

Was ging hier vor? Was hatte das alles zu bedeuten?

Keller ließ seine Einkaufstüten sinken; als er sich wieder aufrichtete, fuhr ein Zittern durch seinen Körper. Ihm wurde warm, heiß, Schweißperlen bildeten sich auf der Stirn. Sein Herzschlag setzte ganz kurz aus, gleich danach begann der Puls zu rasen. Ihm wurde schwindlig, mit den Händen suchte er Halt an der Tischkante.

Der Schock war gewaltig. Doch Keller, der routinierte Polizist, schaffte es, ihn zu überwinden. Er atmete tief durch und versuchte, sich ein schnelles Bild der Lage zu machen.

Geneviève Bertrand hatte ihn getäuscht. Die Termine, die sie für den Nachmittag vorgegeben hatte, gab es gar nicht. Oder sie waren abgesagt. Stattdessen war sie in dieser Verkleidung in seine Kajüte eingedrungen. Hatte ihm dort aufgelauert. Mit einer Pistole im Anschlag. Das konnte nur eines bedeuten: Diesmal hatte er recht gehabt, auf die richtige Kandidatin getippt.

Sein Anruf musste bei ihr alle Alarmglocken zum Schrillen gebracht und sie zu einem spontanen Entschluss veranlasst haben. Doch was genau hatte sie beschlossen?

Wie lautete ihr Plan? Und was, um Himmels willen, hatte Selena mit alldem zu tun?

Keller bemühte sich, nicht in Panik zu geraten. Langsam nahm er die Hände von der Tischkante und hob sie, denn er merkte, wie nervös Geneviève war. Sie tänzelte um ihn herum, die Pistole in ihren Händen zitterte. Jetzt bloß keine falsche Bewegung, ermahnte sich Keller. Er musste Ruhe bewahren, wenn er diese Situation überleben und Selena retten wollte. Nun waren Vernunft und Besonnenheit eines erfahrenen Polizisten gefragt.

»Was soll das? Warum tun Sie das?«, fragte er deutlich, aber ohne Aggressivität in der Stimme. »Was wollen Sie mit Selena?«

»Eines nach dem anderen.« Geneviève nickte hinüber zur Sitznische. Die Vorhänge an den darüberliegenden Fenstern waren zugezogen. »Setzen Sie sich zu ihr. Ich will nicht, dass uns jemand sieht.«

Keller gehorchte und ließ sich neben der schlotternden Selena nieder, die mitleiderregend wimmerte. »Lösen Sie ihr den Knebel!«, forderte er. »Sie bekommt keine Luft. Sehen Sie nicht, dass sie schwanger ist?«

»Natürlich sehe ich das! Schwanger von diesem Schwachkopf Clément.« Wieder drohte sie mit ihrer Waffe. »Der Knebel bleibt drin, sonst schreit sie hier alles zusammen.«

»Noch einmal: Was wollen Sie?«, fragte Keller. »Warum halten Sie Selena auf meinem Boot gefangen?«

»Weil sie, verdammt noch mal, schon hier war, als ich kam. Saß auf dem Deck und hat auf Sie gewartet. Es sah ganz so aus, als wollte sie bei Ihnen einziehen.« Sie zeigte auf ein Bündel mit Schlafsack und Kissen.

Selena war schon an Bord, als Geneviève Bertrand eintraf? Diese Information musste Keller erst einmal verarbeiten. Offenbar hatte Selena die Drohung, die sie ihrem Vater gegenüber geäußert hatte, wahr gemacht. Sie hatte ihrem Zuhause den Rücken gekehrt, war ausgezogen. Mangels anderer Möglichkeiten hatte sie sich zu Keller geflüchtet, um sich auf dem Hausboot einzuquartieren.

»Mir blieb gar nichts anderes übrig, als sie in die Kajüte zu sperren«, erklärte Geneviève Bertrand. »Aber vielleicht ist es auch besser so.«

So, wie sie das betonte, verhieß es nichts Gutes, fand Keller und fragte: »Was meinen Sie damit?«

Geneviève setzte ein teuflisches Lächeln auf. »Eigentlich hatte ich vor, Sie mir allein zu schnappen und mit Ihnen rauszufahren vor die Stadt.«

»Das hätte ich nicht getan«, widersprach Keller, »niemals wäre ich mit Ihnen gefahren!«

»Ich hätte Sie mit der Pistole dazu gezwungen. So aber wird es noch leichter, denn ich habe ein zusätzliches Druckmittel gegen Sie: Selena. Wenn Sie nicht spuren, ist die Kleine dran.«

»Das ist völlig verrückt!«, begehrte Keller auf. »Warum machen Sie das alles? Ich habe doch gar nichts gegen Sie in der Hand. Es gibt nicht den kleinsten Beweis dafür, dass Sie die drei Morde begangen haben. Ich hätte Ihnen in keiner Weise gefährlich werden können.«

»O doch!«, sagte Geneviève entschieden. »Wenn Béatrice Bardot, diese notorische Versagerin, so gearbeitet hätte wie immer, wäre gegen Karim längst Anklage erhoben worden. Ganz so, wie ich es geplant hatte. Eine narrensichere Sache, mit dieser Lösung wären alle glücklich und zufrieden gewesen. Sie aber haben mit Ihrer Schnüffelei alles kaputt gemacht. Mit Ihrer deutschen Gründlichkeit! Sie hätten nicht lockergelassen und *Madame le commissaire* so lange bearbeitet, bis sie zum Schluss auch gegen mich ermittelt hätte. Der Teufel soll Sie dafür holen!«

Beschwörend blickte Keller sie an. »Ich wollte doch heute abreisen. Sehen Sie, da: meine Einkäufe. Das ist der Proviant für unterwegs. Ich wäre Ihnen bestimmt nicht mehr in die Quere gekommen.«

»Einer wie Sie ist immer gefährlich. Es wäre ein zu hohes Risiko, Sie einfach fahren zu lassen. Dafür habe ich zu viel zu verlieren.«

»Aber warum das alles? Wenn Sie wirklich hinter dem Ganzen stecken, dann erklären Sie mir wenigstens, wieso die La-Croix-Familie sterben musste. Weil Sie Richard für sich allein haben wollten? Sagen Sie es mir, Geneviève.« Er nutzte bewusst ihren Vornamen. Ein Trick, um Vertrauen aufzubauen, Resultat einer viele Jahre zurückliegenden Schulung. Doch der Versuch schlug fehl.

»Genug gequatscht!« Erneut wedelte Geneviève mit der Pistole. »Monsieur Keller, ich möchte, dass Sie mir jetzt genau zuhören. Ich werde Ihnen Anweisungen geben, die Sie bitte exakt befolgen. Wenn nicht, ist Selena die Erste, die stirbt.«

Keller merkte, wie es ihm die Kehle zusammenschnürte. Das flehentliche Wimmern an seiner Seite wurde stärker.

»Also gut«, sagte er, um Besonnenheit ringend. »Sie haben mich in Ihrer Gewalt, Ihr Ziel ist damit erreicht. Ich tue, was Sie von mir verlangen. Dann können Sie Selena auch laufen lassen.«

»Nein, das kommt nicht infrage.«

»Warum nicht?«

»Alles zu seiner Zeit, das erfahren Sie später. Tun Sie einfach das, was ich Ihnen sage.«

Er fügte sich. »Wie Sie meinen. Wie lautet meine Aufgabe?«

»Machen Sie Ihr Schiff zum Ablegen fertig«, befahl sie.

»Das geht nicht. Nicht, bevor ich den Hafenmeister

bezahlt habe«, entgegnete Keller in dem fieberhaften Bemühen, Zeit zu schinden.

»Längst erledigt. Die Liegegebühren sind auf Ihren Namen hinterlegt. Sorgen Sie dafür, dass wir auslaufen können.«

»Wo soll die Reise hingehen?«

»Nicht sehr weit weg. Es muss nur etwas ruhiger zugehen als hier im Hafen.«

Es sollte keine Zeugen geben für das, was Geneviève vorhatte, mutmaßte Keller und bemühte sich, nicht auf den dicken Kloß in seiner Kehle zu achten.

25

Mit wackligen Beinen ging Keller vorsichtig die schmale Stiege hinauf zum Deck. Inzwischen hatte sich der Hafen mehr und mehr belebt. Auf der Kaimauer promenierten Urlauber, auch auf den anderen Booten war jetzt mehr los. Manche der Bootsfahrer hievten Körbe aus dem Waschsalon an Bord, andere begannen gerade mit den Vorbereitungen zum Abendessen. Wieder andere saßen bei Brettspielen beieinander oder genossen einen kühlen Rosé im milden Sonnenlicht. Ein kleiner Junge, er mochte vielleicht fünf oder sechs Jahre alt sein, winkte Keller fröhlich zu. Die Stimmung war unbekümmert und friedlich. Niemand ahnte, in was für einer brenzligen Lage sich Keller befand.

Es wäre ein Leichtes gewesen, laut um Hilfe zu rufen. Binnen Sekunden hätte Keller damit die Aufmerksamkeit Dutzender Menschen auf sich ziehen können, von denen sicherlich auch jemand die Polizei verständigt hätte. Aber er brachte es nicht fertig. Das lag weniger an dem Pistolenlauf, der aus dem Halbdunkel der Kabine auf seinen Rücken gerichtet war, als an der Sorge um Selena. Er traute Geneviève zu, dass sie die junge Frau erschoss, ohne mit der Wimper zu zucken.

Was stimmte nicht mit Geneviève Bertrand? Sie kam ihm gefühllos und kalt vor, mit Ausnahme von Wut zeigte sie keinerlei Emotionen. Gleichzeitig gab sie sich entschlossen und energisch. Keller rätselte: Was bewegte diese Frau, was trieb sie an?

Im Laufe seines langen Berufslebens hatte er es mit allen möglichen Verbrechern zu tun gehabt, den unterschiedlichsten Charakteren. Darunter waren Berufsverbrecher ebenso wie Gelegenheitstäter, Triebgesteuerte, Psychopathen und reine Verzweiflungstäter. Doch in welche dieser Kategorien passte Geneviève? Eigentlich in keine. Denn ihr Handeln ließ sich nicht in die gängigen Tätergruppen einordnen, es entsprach keinem der ihm bekannten Muster. Keller war verwirrt. Verfolgte sie wirklich einen Plan – oder war sie einfach nur gestört?

»Machen Sie endlich die Leinen los!«, ordnete Geneviève mit gepresster Stimme an.

Ohne übertriebene Hast – denn er wollte Geneviève keinen Grund für Kurzschlussreaktionen liefern – trat er zunächst an den Steuerstand und ließ den Motor an. Den Schalthebel stellte er auf Leerlauf.

Anschließend sprang er auf die Kaimauer und machte die vordere Leine los. Er warf das Tauende an Bord der *Bonheur* und ging weiter an die hintere Leine. Gerade wollte er sie lösen, als er eine Hand auf seiner Schulter spürte.

Keller fuhr erschrocken zusammen. Hektisch drehte er sich um und sah sich einem beleibten Mann mit fleischigem Gesicht und einem Sonnenbrand auf der Glatze gegenüber, in Bermudashorts, kariertem Hemd und Riemensandalen. Keller hatte ihn schon einmal gesehen: ein Freizeitskipper von einem der anderen Boote im Hafen.

»'n Abend«, sprach ihn der Mann auf Deutsch an. Als Keller nicht gleich reagierte, erklärte er: »Sie sind doch ein Landsmann, nicht wahr?«

»Ja, bin ich«, antwortete Keller knapp.

»Freut mich! Wilfried Rudzinski der Name. Aber nennen Sie mich einfach Willy wie alle anderen auch«, sagte er mit unüberhörbarem Ruhrpott-Einschlag. »Und mit wem habe ich das Vergnügen?«

»Keller. Konrad Keller.«

Der Deutsche beäugte ihn neugierig. »Was haben Sie vor? Soll's etwa heute noch weitergehen?«

Keller starrte ihn verwirrt an. Er war nicht in der Lage, auf diese einfache Frage eine Antwort zu geben. Im Geiste war er in der Kajüte, von wo aus Geneviève sicher alles mit Argusaugen verfolgte.

Der Hobbykapitän ging über Kellers Sprachlosigkeit hinweg und redete einfach weiter: »Wir sind vor zwei Tagen angekommen und haben uns spontan in diese Stadt verliebt. Carcassonne, diese riesengroße Ritterburg! Herrlich! Eigentlich wollten wir heute auch weiterfahren, aber es gefällt uns einfach zu gut. Ihnen ja wohl auch. Denn Sie waren schon hier, als wir eingetroffen sind.«

»Ja«, lautete Kellers einsilbige Antwort.

Vorsichtig drehte er sich nach der Kajüte um. Doch er konnte nichts sehen; Geneviève hielt sich im Hintergrund.

»In welcher Richtung befahren Sie den Kanal? Wir haben bei Castelnaudary eingeschifft und wollen es bis ans Mittelmeer schaffen. Eine traumhafte Strecke mit all den tollen Brücken, Dämmen und Aquädukten! Und die meiste Zeit im Schatten von Pappeln und Zypressen, da knallt einem die Sonne nicht so auf den Kopf. Aber bei den vielen Schleusen muss man Geduld mitbringen, denn die Wärter kommen gern mal auf einen Schwatz an Bord. Ich weiß, wovon ich rede. Marianne und ich machen diese Tour im siebzehnten Jahr.« Ein kritischer Zug legte sich über das gemütliche Gesicht des gesprächigen Schiffers. »Viel Fahrt werden Sie heute nicht mehr machen können.

Die Schleusen stellen gegen sechs den Betrieb ein. Allenfalls bis sieben haben Sie noch die Chance durchzukommen. Sie schaffen es höchstens bis Trèbes, aber auch dafür müssen Sie ordentlich Dampf machen. Wenn's klappt, dürfen Sie sich auf ein nettes kleines Örtchen freuen. Im Weinkeller gleich neben der Anlegestelle können Sie sich einen wunderbaren Mascateur besorgen. Ganz in der Nähe gibt es auch eine hervorragende *boucherie* und eine kleine, aber feine *pâtisserie*.«

»Danke für die Tipps«, sagte Keller und witterte seine Chance. Gab es eine Möglichkeit, den anderen auf seine Zwangslage aufmerksam zu machen, ohne dass Geneviève es merkte? Schwerlich, denn der Mann war in entspannter Urlaubsstimmung, er würde versteckte Zeichen oder Hinweise wahrscheinlich gar nicht als solche erkennen.

»Wissen Sie was? Schieben Sie Ihre Weiterfahrt doch einfach um einen Tag auf! So laufen Sie nicht Gefahr, auf halbem Weg stecken zu bleiben und irgendwo auf freier Strecke zwischen den Schleusen L'écluse de l'Évêque und dem Pont-canal de L'Orbiel anlanden zu müssen.« Kumpelhaft legte er Keller den Arm um die Schultern. »Meine Frau Marianne und ich haben uns gefragt, ob Sie allein unterwegs sind. Ist das so?«

»Nun, ja…«

»Eigentlich bin ich nämlich hier, um Sie zu fragen, ob Sie uns heute Abend Gesellschaft leisten wollen. Marianne hat *Bourride* vorbereitet, ein Fischragout. Mögen Sie Fisch? Meine Frau hat Seehecht und Seeteufel vom Markt besorgt, dazu gibt's Gemüse, Weißwein und einen ordentlichen Schlag Aioli. Marianne und ich würden uns freuen, mal wieder mit einem Landsmann zu plaudern. Ich hab sogar ein paar Dosen Beck's im Kühlschrank, falls Sie mal eine Abwechslung zum Wein brauchen.«

Keller wurde angst und bange. Er musste mit Sicherheit davon ausgehen, dass Geneviève aus ihren Beobachtungen Schlüsse zog. Aus dem anbiedernden Verhalten des Fremden würde sie vielleicht folgern, dass Keller sich mit ihm gegen sie verschwor. Das wiederum könnte sie zu vorschnellem Handeln verleiten, und sie würde entweder auf Keller und den Urlauber oder aber auf Selena schießen.

Eine solche Eskalation konnte Keller nicht verantworten. Deshalb schob er den Arm des Mannes beiseite und ging demonstrativ auf Abstand.

Laut und deutlich, sodass es auch unter Deck der *Bonheur* zu verstehen war, sagte er: »Es tut mir leid, mein Herr, aber ich habe andere Pläne. Danke für Ihre freundliche Einladung, und richten Sie Ihrer Frau bitte schöne Grüße von mir aus.« Selbst wenn Geneviève kein Wort Deutsch verstand, musste sie aus seinem abweisenden Auftreten schließen, dass er dem anderen eine Abfuhr erteilte.

Abermals machte Keller sich an der Leine zu schaffen. Doch die Hoffnung, den Freizeitschiffer losgeworden zu sein, trog: Der Mann stand noch immer an Ort und Stelle und schaute Keller zu. »Sie sollten Segelhandschuhe tragen, dann leiden die Hände beim Hantieren am Tauwerk weniger.«

»Danke für den Hinweis«, gab Keller verkniffen von sich.

»Gern. Und achten Sie immer darauf, dass Ihre Taue korrekt aufgerollt sind und griffbereit auf der Brücke liegen. Eine Leine, die sich um die Schraube wickelt, verursacht eine lästige und unnötige Panne.«

»Ich werde darauf achten. Nochmals danke!«

»Ach, was soll's! Bis Marianne mit dem Fisch so weit ist, kann ich Ihnen ja helfen. Ich komme rasch an Bord und

bediene den Motor. Ein Stück zurücksetzen, schon ist die
Leine nicht mehr so straff. Dann tun Sie sich leichter mit
dem Lösen des Knotens.« Kaum gesagt, setzte der Mann
einen Fuß auf die Stiege, die aufs Deck der *Bonheur* führte.

Keller zuckte zusammen. »Halt!«, rief er so laut, dass
auch der andere zusammenfuhr. »Lassen Sie das! Bitte! Ich
komme schon allein zurecht.«

Der Mann sah ihn verblüfft an und zog seinen Fuß
zurück. Er wirkte erstaunt und beleidigt zugleich. »Ich
wollte ja nur behilflich sein«, meinte er schmallippig.

»Das ist nicht nötig.« Keller sagte das ohne jedes weitere
Wort der Erklärung.

Der Urlauber blieb stehen, als wartete er darauf, dass
es sich Keller anders überlegte. Als dieser sich aber wieder der Leine zuwandte, räumte er schließlich kopfschüt-
telnd das Feld. Keller meinte noch, die Worte »undankbar«
und »unhöflich« zu hören, dann verschwand der Mann in
Richtung seines eigenen Bootes. Keller atmete auf.

Doch das Gefühl der Erleichterung hielt nur kurz an.
Die Gefahr war lange nicht gebannt; das Schlimmste stand
ihm womöglich noch bevor. Also machte er weiter, warf
nun auch die hintere Leine an Deck und sprang zurück an
Bord. Er stellte sich hinter den Steuerstand und legte seine
Hand auf den Gashebel.

In seinem Rücken öffnete sich ein Fenster einen Spalt-
breit. Ohne dass sie zu sehen war, erteilte Geneviève ihre
nächsten Befehle: »Bringen Sie uns aus dem Hafenbecken.
Aber machen Sie schnell! Wir haben keine Zeit zu verlieren.«

Keller gehorchte. Zunächst legte er den Rückwärtsgang
ein und betätigte den Gashebel. Der Dieselmotor brummte
auf und brachte den Schiffsboden zum Erzittern, das Schiff
setzte sich in Bewegung.

Die *Bonheur* beschrieb einen leichten Bogen, als sie träge durch das Wasser pflügte. Obwohl Keller um Konzentration bemüht war, kam er bei dem Wendemanöver einem der benachbarten Kähne zu nahe. Mit einem ihrer Fender touchierte die *Bonheur* die Bordwand des anderen Schiffes, das von dem Ruck durchgeschüttelt wurde. Die Passagiere des anderen Hausbootes, die weintrinkend auf dem Sonnendeck saßen, warfen Keller vorwurfsvolle Blicke zu. Er antwortete mit entschuldigenden Gesten.

»Noch so ein Versuch, und mit Selena ist es aus und vorbei!«, sagte Geneviève hinter ihm.

Keller stand der Schweiß auf der Stirn. Sie würde ihren Worten Taten folgen lassen, das war für ihn so sicher wie das Amen in der Kirche. Er musste höllisch aufpassen, dass ihm kein weiterer Fehler unterlief. Er durfte Geneviève keinen Vorwand liefern, ihre Waffe zu gebrauchen.

Das Hausboot war nun aus dem Windschatten der anderen Schiffe gelangt, und Keller schaltete in den Vorwärtsgang. Wieder drehte der Motor hoch und beschleunigte auf Reisegeschwindigkeit. Sie lag nicht weit über der eines strammen Spaziergangs – ob Geneviève das reichte? Es musste, viel mehr gab die *Bonheur* nun mal nicht her.

Keller bog vom Hafen in den Kanal ein und hielt in der rechten Fahrrinne Kurs, in gebührendem Abstand zu einem entgegenkommenden Boot. Aber wie ging es jetzt weiter? Wo wollte Geneviève mit ihm und Selena hin?

Er neigte den Kopf zur Kajüte und fragte: »Was nun? Wir sind auf dem Kanal. Ist es das, was Sie wollten?«

»Nicht umdrehen!«, herrschte Geneviève ihn an. »Bringen Sie uns durch die erste Schleuse. Sie steht noch offen, ein anderes Boot fährt gerade ein. Hängen Sie sich dran.«

Diese Schleusenanlage unmittelbar hinter dem Hafenbecken würde sie auf eine Route kanalabwärts bringen, auf Trèbes zu, jenes Städtchen, das der geschwätzige Ruhrpottler erwähnt hatte. War das vielleicht das Ziel von Geneviève? Oder war es ihr egal, wohin die Reise ging? Wollte sie nur weg von hier, hinaus aus dem belebten Hafen?

»Machen Sie schon!«, befahl sie.

Keller drückte den Schubhebel nach vorn und ließ die *Bonheur* in die offene Schleusenkammer gleiten. Gerade noch rechtzeitig, denn kaum war er eingefahren, schlossen sich die eisenbeschlagenen Tore hinter dem Heck. »Was soll ich als Nächstes tun?«, rief er gegen das Dröhnen des Motors an.

»Halten Sie die Position, der Rest ergibt sich«, lautete die Anweisung aus der Kajüte.

Keller tat, wie ihm befohlen. Er ließ das Boot zur Mitte der Kammer treiben, dann legte er den Schubhebel um, sodass sich die Schraube rückwärts drehte und das Schiff abbremste.

Kaum war die *Bonheur* zum Stillstand gekommen, tauchten zwei Frauen und ein Mann auf der Schleusenmauer auf. Offenbar stammten sie von einem entgegenkommenden Boot, das auf der anderen Seite der Schleuse warten musste. Als sie sahen, dass Keller allein an Deck war, gaben sie ihm zu verstehen, dass er ihnen die Leinen zuwerfen sollte.

Eigentlich hilfreich und nett, dachte Keller. Allerdings wurde ihm damit der Grund genommen, selbst an Land zu gehen, und damit eine Gelegenheit, jemanden auf seine Notlage hinzuweisen.

»Schmeißen Sie die verdammten Taue rüber!«, zischte Geneviève ihm zu.

Keller musste einsehen, dass Geneviève ihn nicht eine Sekunde aus den Augen ließ. Viel Spielraum für Tricks blieb ihm also nicht. Mit einem Lächeln, das ihm sehr schwerfiel, reichte er den Wartenden die Seilenden an und sah zu, wie sie sie an den Pollern festzurrten.

Wasser strömte aus und ließ den Spiegel langsam sinken. Zentimeter um Zentimeter sackte die *Bonheur* in die Tiefe. Das abfließende Nass machte den Blick frei auf die mit dunkelgrünen Algen überzogenen Kammerwände, an denen sich glitzernde Rinnsale ihren Weg in die Tiefe suchten. Es war, als würde man in sein eigenes Grab hinuntergelassen.

Die Helfer am Beckenrand schenkten ihm keine weitere Beachtung. Hätte er versucht, ihnen versteckte Zeichen zu geben, wäre es ihnen nicht aufgefallen. Daher ging er kein unnötiges Risiko ein und ließ es bleiben.

Die vom abströmenden Wasser aufgewühlte Oberfläche beruhigte sich, als das niedrigere Niveau des nächsten Kanalabschnitts erreicht war. Der Mann auf der Mauer löste die Taue und warf sie nach unten, ohne Keller noch eines Blickes zu würdigen. Seine beiden Begleiterinnen waren bereits gegangen, wahrscheinlich zurück an Bord ihres eigenen Schiffes.

»Motor anlassen«, bestimmte Geneviève, kaum dass sich die vorderen Tore auftaten.

Keller folgte ohne Widerworte und legte den Schubhebel nach vorn. Gemächlich schlich die *Bonheur* aus der Kammer, dicht vor ihrem Bug das zweite Schiff, das mit ihnen talwärts geschleust worden war.

Draußen trieb wie erwartet das Hausboot der Helfer, ein Luxuskahn, auf dessen Sonnendeck Keller die beiden Frauen erkannte, die ihm beim Schleusen zur Hand gegangen waren. Er nickte ihnen zu, doch es erfolgte keine Reaktion. Keller würde auf eine neue Gelegenheit warten müssen, um einen Rettungsversuch zu wagen.

245

»Geben Sie Gas!«, hörte Keller Geneviève aus dem Hintergrund. »Überholen Sie, hängen Sie das andere Boot ab!«

Keller schob den Gashebel bis zum Anschlag nach vorn. Die *Bonheur* reagierte mit einem kernigen Geräusch ihres Dieselmotors und nahm Fahrt auf. Das Hausboot, das vor ihnen die Schleuse verlassen hatte, war größer und um einiges schwerfälliger. Mühelos konnte Keller mit der *Bonheur* daran vorbeiziehen und gewann rasch Abstand.

»Was soll ich als Nächstes machen?«, rief er nach hinten. »Wo wollen Sie überhaupt mit uns hin? Was haben Sie vor?«

»Behalten Sie die Hände am Steuer, und schauen Sie geradeaus«, lautete die wenig erhellende Antwort. »Ich werde Ihnen früh genug sagen, was zu tun ist.«

Hatte Keller darauf spekuliert, trotz des Überholmanövers in Sichtkontakt mit dem anderen Hausboot zu bleiben, um bei Gelegenheit doch noch um Hilfe zu rufen, wurde diese Hoffnung enttäuscht: Als er sich nach dem anderen Schiff umblickte, musste er mit ansehen, wie es langsamer wurde und nach rechts ans Ufer zog. Jemand sprang an Land, ein Tau flog durch die Luft. Offensichtlich war die Besatzung des Bootes entschlossen, hier die Nacht zu verbringen. Nach der nächsten Kehre war das Schiff schon nicht mehr zu sehen. Verdammt!, dachte Keller.

Worauf hatte er sich bloß eingelassen? Keller ertappte sich bei dem Gedanken, dass er bereits mehrere Chancen vertan hatte, sich aus dem Staub zu machen. Gleich am Anfang, beim Lösen der Taue, und gerade eben an der Schleuse. Hätte er rasch genug reagiert, wäre er womöglich davongekommen.

Doch das hätte bedeutet, Selena in den Händen dieser Frau zurückzulassen. Das kam nicht infrage. Fürs Erste fügte er sich in sein Schicksal und hielt die *Bonheur* stur auf Kurs.

Die Strahlen der tief stehenden Sonne brachen sich in den Laubkronen der Uferbäume und ließen das Wasser in Rosatönen schimmern. Auf dem schmalen Treidelpfad zu seiner Rechten sah Keller eine Gruppe Fahrradfahrer, die ihm fröhlich zuwinkte. Er winkte zurück und dachte: Wenn die wüssten!

Keller ließ den Gashebel in Position, als er die *Bonheur* einige Meter weiter in die Mitte des Kanalbetts steuerte. Damit wich er einem ausrangierten Frachtkahn aus, der an der Böschung lag. Farbenfroh gestrichen und mit Blumenkästen behängt, diente er als alternatives Wohnquartier. Ähnliche schwimmende Behausungen hatte Keller unterwegs immer mal wieder gesehen, zuletzt während seines Spaziergangs nahe Carcassonne.

»Gibt der Motor nicht mehr her? Wir müssen schneller vorankommen!«, trieb Geneviève ihn an.

Keller drückte den Gashebel durch. Mehr ging nicht. Der Motor begann zu dröhnen, die *Bonheur* machte aber kaum mehr Tempo. »Man sollte die Maschine nicht dauerhaft auf Volllast fahren«, warnte Keller. »Sie läuft sonst heiß.«

»Das Risiko gehe ich ein! Fahren Sie weiter!«

Die Wasserstraße verlief jetzt schnurgerade, und Keller konnte die weitere Wegstrecke gut überblicken. Er sah nur noch wenige andere Boote, und auch die Passanten auf den Uferwegen wurden seltener. In einigen Hundert Metern Entfernung erkannte er das nächste Sperrtor. Keller hielt darauf zu.

»Das müsste die Écluse Saint-Jean sein«, meldete sich umgehend Geneviève hinter ihm. »Sie wissen, was Sie zu tun haben?«

Keller schaltete auf stur. »Nein«, sagte er.

»Dasselbe wie bei der letzten Schleuse.«

»Was, wenn diesmal niemand in der Nähe ist, der mir helfen kann?«

»Sie werden schon eine Lösung finden. Notfalls hilft der Schleusenwärter.«

»Falls er nicht schon Feierabend gemacht hat.«

»Das werden wir gleich wissen. Aber passen Sie auf, ich werde Sie genau im Blick behalten. Eine falsche Bemerkung dem Wärter gegenüber und …«

»Ja, ich weiß Bescheid«, gab Keller verbittert von sich.

Die Écluse Saint-Jean war alt, sie stammte aus der Zeit des Kanalbaus und war einfach konstruiert. Ihre keilförmig angeordneten Tore mit eisernen Rahmen waren an großen Mauerblöcken befestigt und mit daumendickem Blech verstärkt. Darüber befand sich ein schmaler Steg mit eisernem Handlauf. Im Kontrast dazu stand eine moderne Straßenbrücke, die sich auf zwei Betonstützen über den Kanal spannte.

Keller betätigte das Horn, woraufhin sich die Tore wie von Geisterhand öffneten. Der Schleusenwärter war also noch im Dienst. Keine Selbstverständlichkeit, denn was die Arbeitszeiten anging, waren die meisten der Wärter sehr kreativ. Eine Stunde hin oder her spielte für sie überhaupt keine Rolle, und oft waren die Bootsfahrer auf ihren guten Willen angewiesen, wie Keller aus eigener Erfahrung nur zu gut wusste.

Es war wie verhext: Auch diesmal hatte Keller keinen Grund, das Boot zu verlassen. Wieder wurde ihm beim Vertäuen geholfen, und wieder bekam er keine Gelegenheit, sich mitzuteilen, während die *Bonheur* auf der sprudelnden Gischt schaukelte. Kaum war der Schleusungsvorgang abgeschlossen, lag das Boot wieder träge auf dem

Wasser. Die vorderen Tore schwangen auf, ohne dass Keller noch jemanden am Ufer zu Gesicht bekam.

Verflucht!, dachte er. Eine weitere vertane Chance! Er fragte sich, wie lange Geneviève ihn diese Fahrt fortsetzen lassen würde. Was war ihr Ziel? Hatte sie überhaupt eines?

Mit mulmigem Gefühl registrierte er, dass die Umgebung immer einsamer wurde. Wollte Geneviève die Dämmerung abwarten, um Selena und ihn irgendwo in der Abgeschiedenheit zu töten? Diese Vermutung lag nahe …

26

Eine Hand am Steuer, die andere auf dem Gashebel. Fast mechanisch lenkte Keller das Boot, während seine Gedanken darum kreisten, wie er sich und Selena aus dieser Falle befreien könnte.

Wieder und wieder fragte er sich, wie weit Geneviève gehen würde. Ob sie es wirklich fertigbrächte, auf zwei Menschen zu schießen und sie beide umzubringen. Natürlich, lautete die Antwort, die Keller sich im Stillen selbst gab. Denn es sprach ja alles dafür, dass sie es schon einmal getan hatte – bei Madame La Croix und ihren Kindern.

Aber was hatte sie zur Täterin gemacht? War sie verrückt? Durchgedreht aus irgendeinem, ihm nicht bekannten Grund? So einfach war es sicher nicht, überlegte Keller, sie schien ihm keine von einer Psychose gesteuerte Täterin zu sein, sie war zu kontrolliert. Es musste einen Auslöser gegeben haben, durch den ihr die Sicherungen durchgebrannt waren, einen Auslöser, der sie nun weiter vorantrieb und jedes Gefühl der Mitmenschlichkeit erstickte. Und der so mächtig war, dass sie vermutlich auch vor weiteren Morden nicht haltmachen würde.

Ja, sagte er zu sich selbst, bei Geneviève hatte er es sehr wahrscheinlich mit einer Täterin zu tun, die trotz ihres selbstbewussten Auftretens extreme innere Konflikte kompensieren musste. Anders konnte er es sich nicht erklären, dass sie dermaßen skrupellos vorging.

Noch wusste er nicht, was ihr Verhalten ausgelöst hatte. Doch er war fest entschlossen, es herauszufinden. Nur wenn er sie genauer kennenlernen und ihren Schwachpunkt aufspüren konnte, hätte er eine Chance, es mit ihr aufzunehmen.

»Sie wissen, dass Sie das hier nicht tun müssten«, suchte er nach einem Anfang.

Keine Antwort.

»Denken Sie darüber nach. Denken Sie über andere Möglichkeiten nach.«

Schweigen.

»Es gibt für alles eine Lösung. Was auch immer Ihr Problem ist, ich bin sicher...« Weiter kam er nicht.

»Halten Sie den Mund!«, rief Geneviève erbost.

»Aber ich möchte...«

»Schluss! Ich will nichts hören!«

Keller schwieg und konzentrierte sich wieder auf die Wegstrecke. Das Kanalbett lag friedlich und still vor ihm, ein vollendeter Gegensatz zur Stimmung an Bord.

Während die *Bonheur* über das dunkle Wasser glitt, beobachtete Keller ein Paar grün schimmernder Libellen, die das Boot begleiteten. Am Ufer jagte eine streunende Katze einigen Vögeln hinterher. Nur Menschen sah er keine mehr.

»Wie weit noch?«, fragte er, nach hinten gerichtet.

»Nicht mehr weit«, lautete die Antwort.

Hieß das, dass für ihn und Selena das Ende nun sehr nahe war? Keller wollte diese düstere Aussicht nicht an sich heranlassen, er suchte immer noch fieberhaft nach einem Ausweg.

Kurz darauf näherten sie sich der nächsten Schleuse, die Écluse du Fresquel lag wenige Hundert Meter vor ihnen.

Bot sich dort eine letzte Möglichkeit, jemanden von seiner Notlage in Kenntnis zu setzen?

»Schleuse voraus!«, meldete er.

»Gut«, meinte Geneviève. »Sie kennen das Spielchen ja inzwischen. Noch diese eine Staustufe, dann haben wir es geschafft.«

Was geschafft?, fragte sich Keller, sprach es aber nicht laut aus. Er konnte sich ausmalen, dass es für ihn und Selena hinter der Schleuse nicht einfacher werden würde, im Gegenteil! Die Écluse du Fresquel war wahrscheinlich ihre letzte Chance, sich aus der Gewalt dieser Frau zu befreien.

Trutzig wie Burgmauern zeichneten sich die Schleusenwände gegen die tief stehende Sonne ab. Keller hielt die Hand an die Stirn, um nicht vom Abendlicht geblendet zu werden. Im Näherkommen erkannte er, dass die Schleuse geschlossen war.

»Da kommen wir wohl zu spät«, sagte er erleichtert. Wenn sie heute nicht mehr geschleust wurden, waren sie gezwungen, an Ort und Stelle anzulegen und die Nacht hier zu verbringen. Geneviève würde dann nichts gegen sie unternehmen können, denn noch war die Gegend nicht einsam genug für die Umsetzung ihrer teuflischen Pläne.

»Abwarten!« Geneviève wagte sich aus der Deckung, um sich selbst ein Bild der Lage zu machen. Dabei stieß sie Keller mit dem Lauf ihrer Pistole an. »Los, weiter! Bringen Sie uns näher ran!«

Keller musterte sie kalt. »Woher können Sie mit diesem Ding eigentlich so gut umgehen?«, fragte er. »Soweit ich weiß, müssen Sie Madame La Croix und ihre Kinder aus mehreren Metern Entfernung erschossen haben. Eine Meisterleistung.«

Überraschenderweise ging Geneviève diesmal auf sein

Gesprächsangebot ein. Während sie mit den Augen unablässig das Ufer absuchte, sagte sie: »Ich bin Kunstschützin. Ein Hobby. Habe schon als Sechzehnjährige damit angefangen.«

»Das erklärt manches«, bemerkte Keller. »Aber es ist ein Unterschied, ob man auf Schießscheiben und Tontauben anlegt oder auf Menschen. Letzteres kostet Überwindung.« Er blickte auf die Waffe, die ruhig in ihrer Hand lag. »Würden Sie es wieder tun?«

»Jederzeit«, antwortete Geneviève ungerührt.

Keller lief es eiskalt den Rücken hinunter.

Geneviève war längst wieder in der Kajüte verschwunden, als die *Bonheur* vor der Schleuse ankam. Malerisch lag die betagte Anlage mit ihren groben Mauersteinen und den gusseisernen Armaturen vor ihnen. Nur ein paar Schritte vom Schleusenbecken entfernt erhob sich das Schleusenwärterhäuschen hinter einem liebevoll gepflegten Vorgarten. Zwei Stockwerke, zart rosa verputzt, die Fensterläden lindgrün gestrichen. Vom Schleusenwärter war nichts zu sehen.

»Hupen Sie!«, rief Geneviève.

Keller betätigte das Signalhorn. Nichts tat sich.

»Noch mal!«

Erneut drückte Keller den Knopf. An Land blieb alles ruhig.

»Los, steuern Sie ans Ufer!«, befahl Geneviève ungehalten.

Keller kurbelte am Steuerrad. »Und wozu soll das gut sein?«, erkundigte er sich.

»Das werde ich Ihnen sagen: Sie gehen an Land und bedienen das verdammte Ding selbst.«

»Die Schleuse selbst bedienen?«, wunderte sich Keller.

254

»Wenn es keine automatische ist, werde ich nichts ausrichten können.«

»Und ob Sie das können! Die meisten Schleusen lassen sich auch von Hand bedienen. Ich werde Ihnen die Taue zuwerfen und das Boot so lange auf Position halten.«

»Ich dachte, Sie wollen nicht gesehen werden.«

Geneviève zog sich die Baseballmütze wieder tiefer ins Gesicht. »Lassen Sie das mal meine Sorge sein.«

Keller nickte verdrießlich. Geneviève schien fest entschlossen, ihr Vorhaben durchzusetzen – Widerstand war zwecklos. Vielleicht aber bot sich durch ihre Verbissenheit auch eine neue Chance. Denn möglicherweise würde Keller bei seinem Landgang doch noch eine Gelegenheit bekommen, mit jemandem Kontakt aufzunehmen. Impulsiv fasste er nach seiner Hosentasche und fühlte, wie sich sein Handy unter dem dünnen Stoff abzeichnete.

Mit neuer Hoffnung bugsierte er die *Bonheur* an die Böschung. Ein Tauende in der Hand, sprang er an Land und schlang die Leine um den Stamm eines Uferbaums. Als Nächstes würde er die Stufen zum Schleusenwärterhaus erklimmen und so tun, als ob er nach dem Schleusenmechanismus suchte, in Wahrheit aber sein Handy benutzen, um den Notruf zu wählen. Doch diese Pläne zerschlugen sich schneller als erwartet.

»Halt!«, rief Geneviève ihm zu, kaum dass er das Boot vertäut hatte. »Werfen Sie mir das Ding rüber, bevor Sie gehen!«

Keller verzichtete darauf, den Ahnungslosen zu mimen. Er griff in seine Tasche und händigte Geneviève sein Smartphone aus. Diese bedachte ihn mit einem strafenden Blick und ließ das Handy ins Wasser fallen.

»Machen Sie schon!«, keifte sie. »Ich gebe Ihnen zehn Minuten. Keine Sekunde mehr.«

»Was ist, wenn ich länger brauche? Wenn ich mit der Mechanik nicht zurechtkomme?«

»Denken Sie an Selena.«

Keller sah ein, dass jede weitere Diskussion sinnlos war. Er wandte sich ab und stieg die ausgetretenen Stufen zum Schleuserhäuschen hinauf. Es wirkte verlassen, also ging er gleich weiter zu einer Vorrichtung mit Handrädern. Die eisernen Ringe waren mehrfach mit Farbe gegen den Rost gestrichen worden. Dennoch platzte der Lack an vielen Stellen ab und zeigte, wie alt die Anlage war.

Doch wie Keller schnell feststellte, war die Schleuse bereits elektrifiziert worden. Ganz in der Nähe, verborgen unter einer Plane, fand er ein Steuerpult, mit dem die Schleuse bedient werden konnte – wenn man denn wusste, wie.

An den nicht bemannten Schleusen ließen sich die Tore allein mit Muskelkraft öffnen und schließen, und zwar mithilfe langer Hebel, die auf ein Zahnradsystem wirkten, eine ebenso schlichte wie verlässliche Mechanik. Auch das Ablassen des Wassers war bei solchen einfachen Schleusen quasi selbsterklärend. Bei einer automatisierten Schleuse wie dieser sah die Sache jedoch anders aus.

Die Zeit verrann. Das machte ihn nervös, denn Geneviève sah sicher schon ungeduldig auf die Uhr. Sie würde ihm die Hölle heißmachen, wenn er sich verspätete. Andererseits hatte die Verzögerung auch ihr Gutes: Je mehr Zeit verstrich, desto dämmriger wurde es. Und je dunkler es wurde, desto größer standen seine Chancen, dass er Geneviève überwältigen konnte.

Noch während er an seiner Taktik feilte, hörte Keller ein Geräusch. Es kam aus der Richtung des Hauses. Er wandte den Kopf und erkannte zu seiner Verwunderung einen gebeugt gehenden Mann, der schlurfend aus dem Gebäude kam. Er war uralt, trug eine blaue Latzhose über dem hellen Leinenhemd und auf dem Kopf eine Baskenmütze. Fehlte bloß noch das Baguette unterm Arm, dachte Keller mit einem kurzen Anflug von Heiterkeit, als er diesem Inbegriff eines alten Franzosen entgegenblickte.

»*Bonsoir, Monsieur*«, sagte der Mann mit zittriger Stimme. »Die Schleuse ist geschlossen. Verstehen Sie? *Fermé*. Kommen Sie morgen wieder.«

Keller schaute erst ihn an, dann reckte er sich und hielt Ausschau nach Geneviève auf der *Bonheur*. Er wollte ihr signalisieren, dass es heute kein Weiterkommen mehr für sie gab.

»Wenn Sie es allerdings sehr eilig haben…«, sagte der Alte, nachdem er Keller ausgiebig gemustert hatte. Ein verschmitztes Lächeln erschien auf seinem zerknitterten Gesicht. »Warten Sie hier. Einen Augenblick. Ich bin gleich wieder da.«

Ziemlich ratlos sah Keller zu, wie der Schleusenwärter sich wieder entfernte und im Haus verschwand. Sofort wanderten seine sorgenvollen Blicke in Richtung der *Bonheur*, die scheinbar harmlos am Ufer dümpelte.

Was waren seine Optionen?, überlegte er. Sollte er das Gespräch mit dem Alten nutzen und ihn bitten, die Polizei zu verständigen?

Aber würde er ihm glauben? Oder würde der Alte erst zum Boot gehen, um sich selbst zu überzeugen – und Geneviève damit einen Vorwand liefern, einen weiteren lästigen Zeugen aus dem Weg zu räumen?

Nein, das durfte nicht geschehen. Was also sonst? Keller zermarterte sich den Kopf, ob es nicht irgendeinen anderen Weg gab, dem Mann eine Nachricht zu übergeben, ohne dass Geneviève etwas davon mitbekam.

Während er nachdachte, fasste er in seine Hosentaschen

und bekam ein Stück Papier zu fassen. Das musste ein Einkaufszettel sein, auf dem er seine letzten Besorgungen notiert hatte. Konnte er damit etwas anfangen? Keller suchte weiter, denn zum Abhaken der erledigten Dinge führte er meistens auch einen kurzen Bleistift bei sich. Er tastete seine Taschen danach ab.

Wenig später tauchte der Schleusenwärter mit einem Weidenkorb unterm Arm auf. Der Mann stellte den Korb auf einem Poller ab und präsentierte Keller stolz den Inhalt: mehrere Einmachgläser mit Bügelverschluss und handgeschriebenen Etiketten, die eine cremig gelbe Flüssigkeit enthielten.

»Narbonne-Honig. Schon probiert? Es gibt keinen besseren.« Er griff in den Korb und hielt Keller eines der Gläser hin. »Der Imker ist ein guter Freund von mir. Er mischt Rosmarin bei, das verleiht dem Honig seine besondere Note. Wir haben auch Honigkuchen. Hausgemacht. Möchten Sie kosten?«

Keller zögerte. Er wusste nicht, wie er mit der Situation umgehen sollte. Außerdem verriet ihm ein kurzer Blick auf seine Armbanduhr, dass die Zeit, die ihm Geneviève für den Landgang gegeben hatte, schon beinahe abgelaufen war. Er durfte nicht riskieren, Selena Genevièves Unberechenbarkeit auszusetzen.

Der Schleusenwärter nahm ihm die Entscheidung ab, indem er Keller drei Honigtöpfe reichte. »Nehmen Sie sie. Ich mache Ihnen einen guten Preis. Dazu zwei Honigkuchen und einen Rosé, dann drücke ich beide Augen zu.«

»Wie darf ich das verstehen?«

»Ich werde die Schleuse ausnahmsweise noch einmal in Betrieb nehmen«, sagte der Mann gönnerisch. »Für einen guten Kunden wie Sie ist mir das die Mühe wert.«

Keller zückte seufzend sein Portemonnaie.

»Warum hat das so lange gedauert?«, fauchte Geneviève, kaum dass Keller zurück an Bord war. »Worüber haben Sie mit dem Alten gequatscht? Haben Sie mich etwa verraten?«

Im Gegensatz zu Geneviève versuchte Keller, besonnen zu bleiben, als er erklärte: »Ich habe ihm diese Dinge hier abgekauft. Dafür lässt er uns passieren. Mehr war nicht.«

»Ich glaube Ihnen nicht! Wenn Sie geredet haben, dann gnade Ihnen Gott.«

Schlimmer konnte es ohnehin kaum werden, dachte sich Keller und zeigte auf die sich öffnenden Schleusentore. »Schauen Sie hin, und urteilen Sie selbst. Sieht so jemand aus, den man gerade vor einer mörderischen Psychopathin gewarnt hat?«

Geneviève warf ihm einen giftigen Blick zu, bevor sie sich ans Fenster stellte und hinaussah.

Der Schleusenwärter verrichtete in aller Seelenruhe seine Arbeit. Er nahm gelassen die Leinen entgegen, um dann auf einer windschiefen Bank Platz zu nehmen und zu warten, bis die *Bonheur* auf das tiefere Flussniveau abgesenkt worden war. Währenddessen gähnte er ausgiebig und blinzelte in die letzten Strahlen der untergehenden Sonne.

Seine Arglosigkeit würde selbst die überkritische Geneviève überzeugen, glaubte Keller und behielt recht: Die Anwältin unternahm nichts, sondern ließ Keller gewähren. Dieser rief dem alten Schleusenmann noch ein »*Merci bien!*« zu und brachte den Dieselmotor auf Touren.

Langsam schob sich die *Bonheur* aus der Schleusenkammer und setzte ihren Weg in der Dämmerung fort.

Die Arbeit an der Schleuse und die Unterhaltung mit dem Wärter hatten Keller abgelenkt. Das war eine wahre Wohltat gewesen, im Gegensatz zu dem, was ihn nun erwartete.

Während er am Steuerruder stand, spürte er die Beklemmung, die an Bord seines Bootes herrschte. Von Selena war außer einem gelegentlichen leisen Wimmern kaum noch etwas zu hören. Als hätte sie sich mit ihrem traurigen Schicksal abgefunden. Auch Geneviève kam kein Wort mehr über die Lippen. Keller interpretierte das so, dass sie ihrem Ziel jetzt sehr nahe waren.

Was stand ihnen als Nächstes bevor? Eine Exekution in freier Natur? Oder spielte Geneviève am Ende selbst auf Zeit, weil sie genauso wenig wusste, wie es weitergehen sollte?

Das Einzige, was Keller klar erkannte, war die Tatsache, dass sein Handlungsspielraum immer kleiner wurde, je weiter sie sich von der Zivilisation entfernten. Er musste etwas unternehmen. Dringend!

27

Etwas unternehmen – aber wie? Keller war nicht mehr fit genug, um das Problem mit Kraft oder körperlicher Geschicklichkeit zu lösen. In seinem Alter musste er auf einen wachen Verstand vertrauen, wenn er etwas bewirken wollte. Das hieß: Er musste sprechen, reden auf Teufel komm raus. Und das tat er.

»Warum machen Sie das alles?«, fragte er über das Plätschern des Wassers hinweg. »Erst die Morde an der Familie, und jetzt sollen Selena und ich an der Reihe sein? Woher kommt dieser Hass? Was hat Sie in einen solchen Blutrausch versetzt?«

Geneviève ließ ein trockenes Lachen hören. »Blutrausch! Wie pathetisch. Aber Sie liegen falsch. Ich töte nicht um des Tötens willen. O nein, viel lieber wäre es mir, wenn wir uns all das hier ersparen könnten.«

»Dann verstehe ich es erst recht nicht. Warum mussten Claire, Clément und ihre Mutter sterben? Aus welchem Grund haben Sie Richard La Croix' Familie ausgelöscht, der Sie doch angeblich so nahegestanden haben?«

»Seien Sie still!«

»Sie wollen nicht antworten? Dann lassen Sie mich raten: weil auch Sie Richard lieben und ihn für sich allein haben wollen? Ist das der Grund, dass Sie zur Mörderin wurden? Aber das hätte man doch auch ohne Blutvergießen lösen können. Mit einem Gang zum Scheidungsrichter.«

Geneviève schwieg und starrte mit stumpfem Blick vor sich hin. Keller wendete immer wieder den Kopf, um sein Augenmerk abwechselnd auf den Kanal und auf Geneviève zu richten. Doch auf eine Antwort wartete er vergeblich. Er hörte nichts als das monotone Brummen des Schiffsmotors.

»Richard wollte die Scheidung nicht, richtig?«, fragte er forsch. »Ganz im Gegenteil, er hat versucht, eine Trennung von seiner Frau mit allen Mitteln zu verhindern. Andernfalls wäre er vom Geldfluss des Familienunternehmens abgeschnitten gewesen, was unmittelbare Auswirkungen auf seinen Lebensstandard und – schlimmer noch – auf den Wahlkampf gehabt hätte. Ist es so? Liege ich richtig?«

Geneviève schwieg und rührte sich nicht. Keller, der sich immer wieder nach ihr umdrehte, konnte nicht einschätzen, ob seine Worte sie in irgendeiner Weise getroffen hatten oder ob sie ihn einfach ignorierte. Doch dann zeigte sich, dass es ihm gelungen war, sie aus der Reserve zu locken.

»Ja, ich liebe Richard«, sagte Geneviève mit brüchiger Stimme. »Er ist der Mann meines Lebens. Schon immer gewesen. Er empfindet genauso für mich und hat sich nur des Geldes wegen für die andere entschieden.«

Gut, dachte Keller, sie war auf das Gespräch eingestiegen. Nun galt es, den Dialog am Laufen zu halten. »Sie haben also ein Liebesverhältnis mit La Croix. Wie lange läuft das schon?«

»Lange. Zu lange. Viel, viel Zeit, und alles für die Katz. Ich habe ihm meine besten Jahre geschenkt. Doch er hat mich nur vertröstet, immer und immer wieder. Weil er einfach nicht anders konnte.« Geneviève wirkte jetzt sehr niedergeschlagen.

»Das heißt, Sie haben irgendwann erkannt, dass er sich niemals von seiner Familie trennen wird.«

Geneviève ließ den Kopf hängen. »Immer wieder wurde ich hingehalten, immer wieder hat er mich verletzt. Die Zeit, in der ich selbst noch eine Familie hätte gründen können, ist nutzlos verstrichen. Für immer vorbei.«

»Richard hat Ihnen diese Möglichkeit geraubt, indem er Sie so lange hingehalten hat«, vermutete Keller.

Geneviève aber widersprach vehement. Plötzlich riss sie die Pistole hoch und funkelte ihn böse an: »Nicht Richard, sondern seine Frau und seine Kinder sind es gewesen, die mein Leben zerstört haben! Sie waren es, die unserem Glück stets im Wege standen!«

Keller änderte die Taktik: »Sie haben Ihrem persönlichen Glück auf die Sprünge helfen wollen, indem Sie für vollendete Tatsachen sorgten.«

Darauf sagte Geneviève nichts.

»Aber was für ein kurzes Glück wäre das gewesen, wenn Sie gleich danach als Mörderin im Gefängnis gelandet wären«, stellte Keller fest. »Das wollten Sie vermeiden, indem Sie noch vor der Tat eine Spur in die falsche Richtung legten. Sie ließen Karim in eine Falle tappen, die Sie selbst für ihn aufgestellt hatten, mit der angeblich verwaisten Nobelvilla als Köder. Sie kennen die Einstellungen der Richter in Ihrer Stadt sehr gut und wissen, auf welches Täterprofil sie anspringen – ein Migrant wie Karim passte da gut ins Bild. Seine Verurteilung schien eine sichere Sache zu sein.«

Noch immer erfolgte keinerlei Reaktion. Nur der Motor tuckerte weiter leise vor sich hin.

»Aber wie haben Sie es fertiggebracht, den beinahe perfekten Mord zu begehen?«, fragte Keller und lieferte gleich selbst die Antwort: »Indem Sie die Zeitlücke nutzten, die zwischen Richards Abfahrt und Karims Ankunft lag. Sie selbst gelangten unerkannt ins Haus, weil Sie sich auskennen und vom toten Winkel an der Garage wissen. Den Schlüssel zur Tür der Garage haben Sie sich bei einem Ihrer Besuche besorgt. Kein Problem für Sie, denn Sie sind ja eine Freundin des Hauses.«

Geneviève quittierte diese Bemerkung mit einem leichten Zucken ihrer Mundwinkel.

Keller wartete einen Augenblick, dann fuhr er fort: »Nach dem tragischen Tod der Familie stand Ihnen nichts mehr im Weg. Und dann haben Sie sich aufopferungsvoll um Ihren Richard gekümmert, um Ihr Ziel zu erreichen. Aber sagen Sie: Ist Ihr Kalkül aufgegangen? Haben Sie es geschafft und konnten Richard endlich für sich allein gewinnen?«

Geneviève erwachte aus ihrer Starre und hob den Lauf ihrer Waffe. »Ich arbeite daran, Monsieur Keller«, sagte sie mit eigentümlich sanfter Miene. »Ich arbeite daran.«

»Ach ja? Ist Ihnen denn immer noch nicht klar, dass Ihr Richard sich nur für einen Menschen auf dieser Welt interessiert, nämlich für sich selbst? Alle anderen sind für ihn und seine Karrierepläne bloß Mittel zum Zweck.«

Genevièves Augen verengten sich. »Hüten Sie Ihre Zunge! Niemand kennt Richard so gut wie ich. Deshalb weiß ich, dass er schließlich zu mir kommen und mir ganz allein gehören wird. Dass ihn mir niemand mehr wegnehmen kann. Auch Sie nicht, Monsieur Keller. Weder Sie noch Selena.«

Keller überlegte, wie er weiter argumentieren sollte. Fest stand für ihn, dass Geneviève völlig verblendet war. Sie war auf Richard La Croix fixiert. Was der Mann für sie darstellte oder bedeutete, vermochte Keller nicht zu beurteilen. Der Grund dafür lag vielleicht in einer frühkindlichen traumatischen Erfahrung, möglicherweise gab es aber auch ganz andere psychologische Ursachen. Um das herauszufinden, hätte Keller einen Experten gebraucht, den er jedoch nicht aus dem Hut zaubern konnte. Er war auf sich allein gestellt – und musste selbst versuchen, diese harte Nuss zu knacken.

»Seien Sie glücklich über Ihre Ahnungslosigkeit«, sagte Geneviève ungefragt. »Ihnen ist es im Leben offenbar anders ergangen als mir. Ich habe für Richard alles geopfert. Meine Jugend, aber auch den eigenen Kinderwunsch. Ich war bereit, für ihn zurückzustecken, hatte aber immer noch Hoffnung. Weil ich ja sicher war, dass sich das alles eines Tages auszahlen würde.«

»Doch dieser Tag ist nie gekommen«, nahm Keller den Faden wieder auf. »Das Leben ist an Ihnen vorbeigezogen, während Richard La Croix sein persönliches Glück mit einer eigenen Familie gefunden hat. Ihnen blieb nur die undankbare Zuschauerrolle.«

»Ja, und das hat mich krank gemacht.«

Wie krank?, fragte sich Keller. So krank, dass sie sich in psychiatrische Behandlung begeben musste? Dass sie womöglich Medikamente nahm, die ihr Urteilsvermögen trübten?

Seine Vermutung bewahrheitete sich schon im nächsten Moment. Als er sich kurz nach Geneviève umschaute, sah er, wie sie schnell eine Hand zum Mund führte. Sie hatte etwas eingenommen. Psychopharmaka? Wie zurechnungsfähig war diese zutiefst verstörte Frau?

»Ich wollte, *konnte* einfach nicht länger warten«, sprach sie weiter, so schnell, als hätte sich eine innerliche Barriere gelöst. Die Worte sprudelten nur so aus ihr heraus. »Nachdem klar geworden war, dass Richards Frau die Scheidung wollte, dachte ich, es wäre endlich vorbei. Das Warten hätte ein Ende. Aber nein: Richard kämpfte dagegen an, er wollte eine Trennung unter allen Umständen verhindern. Und ich, die Hausanwältin, sollte ihm sogar noch dabei helfen, einen Kompromiss zu finden. Seine ach so heilige Familie durfte nicht auseinandergerissen werden, weil sein Image dadurch Schaden genommen hätte.«

Endlich ließ sie Kritik an dem von ihr vergötterten Richard zu, benannte Fehler in dem, was er getan hatte. Eine Chance für Keller. »Das brachte das Fass zum Überlaufen«, merkte er an und beobachtete aus dem Augenwinkel, wie Geneviève eine weitere Tablette einwarf.

»Sie sagen es. Ich konnte nicht länger stillhalten. Musste endlich etwas tun. Sonst wäre es immer und immer so weitergegangen.«

»Glauben Sie wirklich, dass Sie auf diese Weise zum Ziel kommen? Dass Richard nach dem Tod seiner Familie sich Ihnen zuwendet? Sie haben doch bestimmt inzwischen selbst erkannt, dass er nicht der Heilige ist, für den Sie ihn lange gehalten haben«, sagte Keller.

Ihm war daran gelegen, das Gespräch am Laufen zu halten, und zwar nicht nur, um mehr über Genevièves Beweggründe zu erfahren. Insgeheim nutzte er die gewonnene Zeit, um die Umgebung abzusuchen. Nach späten Spaziergängern oder anderen Hausbootfahrern, die einen Anlegeplatz für die Nacht suchten. Doch so weit er blicken konnte, waren sie allein.

»Reden Sie nur. Aber Sie werden mich nicht umstimmen«, gab ihm Geneviève zur Antwort. »Ich bin fest davon überzeugt. Richard wird sich besinnen, und dann wird er endlich zu mir stehen.«

»Nicht, wenn er erfährt, dass Sie hinter dem Tod seiner Familie stecken«, entgegnete Keller. »Sobald er es weiß, wird er sich von Ihnen abwenden. Er wird Sie hassen.«

Im selben Moment biss er sich auf die Zunge. Er merkte sofort, dass er mit dieser letzten Bemerkung zu weit gegangen war.

Tatsächlich fiel Genevièves Reaktion entsprechend harsch aus. »Stoppen Sie!«, befahl sie. »Wir sind weit genug gefahren. Legen Sie an. Dort drüben unter den Pappeln.«

Das jähe Ende der Fahrt hatte sich Keller selbst zuzuschreiben. Er hatte Geneviève an den eigentlichen Grund ihrer Tour erinnert und somit das Ende eingeleitet. Hier war es einsam und dämmrig genug, um das Todeswerk zu vollenden.

Keller mahlte mit den Zähnen, während er die *Bonheur* ans Ufer treiben ließ. Was blieb ihm jetzt noch, um sein Schicksal abzuwenden?

28

Ein letztes Mal heulte der Motor auf, als Keller den Rückwärtsgang einlegte, damit das Boot keine Fahrt mehr machte. Mit sanftem Ruck stießen die Fender gegen die Uferbefestigung. Keller drehte den Zündschlüssel und stellte den Motor ab. Die *Bonheur* lag jetzt still an der Böschung.

»Los, gehen Sie an Land! Ich werfe Ihnen die Leinen zu«, ordnete Geneviève an.

Keller fiel es schwer, die Hände vom Steuerrad zu nehmen. Ihm war, als hätte er Blei in den Sohlen, während er sich dem Bootsrand näherte. Wie beim Gang zum Schafott.

Plötzlich schoss ihm ein Gedanke durch den Kopf: Sollte er das Vertäuen des Schiffs zur Flucht nutzen? Wahrscheinlich war dies seine allerletzte Chance! Doch wieder gab er dem Drang nicht nach, wusste er doch, wie die Folgen für Selena aussehen würden.

»Machen Sie endlich voran!«, schimpfte Geneviève ungehalten.

Keller sprang von Bord. Das grasbewachsene Ufer war feucht und bot kaum Halt, mit dem rechten Bein rutschte er ab und trat ins kalte Kanalwasser.

Augenblicklich erschien Geneviève an der Reling, in der Hand die Pistole, die auf Kellers Brust gerichtet war. »Denken Sie gar nicht erst aus Abhauen! Ich verfehle nie mein Ziel.«

»Wie denn abhauen, etwa durchs Wasser? Damit Sie mir

in den Rücken schießen können?« Keller rappelte sich auf. »Den Gefallen werde ich Ihnen nicht tun.«

Geneviève quittierte diesen Satz mit einer grimmigen Grimasse. Dann warf sie ihm eines der Taue zu. Das zweite schickte sie wenig später hinterher.

Keller nahm die Leinen auf und ging damit zu den Bäumen, an denen er festmachen wollte. Währenddessen arbeitete sein Hirn auf Hochtouren. Immer noch suchte er nach einer Möglichkeit, sich in Sicherheit zu bringen, ohne Selena im Stich zu lassen. Doch seine Hoffnung, eine Lösung zu finden, schwand zusehends.

Das zweite Tau war gespannt und Keller auf dem Rückweg zum Boot, als ihm der Zufall zu Hilfe kam. Zunächst drang ihm nur ein leises Brummen ans Ohr, dann kam ein feines Plätschern hinzu. Er hielt nach der Quelle der Geräusche Ausschau und erkannte im aufziehenden Dunst die Silhouette eines Hausboots, das kanalabwärts fuhr.

Keller verharrte in der Bewegung, suchte den Blickkontakt zu Geneviève und wartete auf eine Reaktion.

Sie merkte sofort, was los war. Hektisch winkend beorderte sie Keller zurück an Bord. Der kam ihrer Aufforderung nicht sofort nach, sondern sah sich abermals nach dem anderen Schiff um.

»Zurück!«, rief Geneviève gepresst. »Die sollen uns nicht sehen. Wir gehen in die Kabine und machen die Lichter aus.«

Zu spät, dachte Keller mit einem tiefen Gefühl der Erleichterung. Der Freizeitschiffer auf dem anderen Boot war auf Keller aufmerksam geworden und betätigte sein Horn.

Das Hupen zerriss die bedrohliche Stille, dann kurbelte der Mann am Steuerrad und änderte den Kurs. Es sah ganz so aus, als wollte er hinter der *Bonheur* anlegen.

Keller war hin- und hergerissen, wie er auf die veränderte Situation reagieren sollte. Er beobachtete Geneviève, wie sie den Kopf einzog und sich in geduckter Haltung in die Kabine flüchtete. Ohne jede weitere Anweisung überließ sie ihn sich selbst. Im Grunde die perfekte Möglichkeit für einen Befreiungsschlag.

Aber Keller wusste nur zu gut, dass Geneviève nicht klein beigeben würde. Vor allem war sie nach wie vor im Besitz einer Waffe. Wenn Keller sich auch nur einen winzigen Schnitzer erlaubte, würde er nicht nur Selena in Gefahr bringen, sondern schlimmstenfalls auch die Besatzung des zweiten Bootes.

»Ahoi!«, rief ihm der Neuankömmling zu.

Keller stand wie angewurzelt da, unfähig, den Gruß zu erwidern.

Das andere Hausboot kam längsseits. Der Mann am Steuer, ein gemütlicher Dicker in kurzen Hosen und buntem Hemd, rief ihm zu: »Sind Sie das etwa? Konrad?«

Nun war Keller vollends irritiert. Sollte er diesen Mann kennen?

Das Boot landete wenige Meter von der *Bonheur* entfernt an, wobei der Skipper den Motor geräuschvoll arbeiten ließ. Kaum am Ufer, schnappte sich der Mann ein Tau und warf es Keller entgegen. »Fangen Sie!«, forderte er ihn auf.

Keller war wie vom Donner gerührt, als er begriff, mit wem er es zu tun hatte: mit seinem flüchtigen Bekannten aus dem Hafen von Carcassonne, dem Deutschen, der ihn zum Abendessen eingeladen hatte – Willy!

Wenn Keller nicht den Argwohn des Mannes erwecken wollte, musste er jetzt mitspielen. Also zwang er sich dazu, so zu tun, als wäre nichts geschehen, und ging auf das andere Boot zu. Er nahm die Leine auf und machte sie an einer der Pappeln fest. Um die andere kümmerte sich Willy selbst.

»Ich dachte, Sie wollten erst in den nächsten Tagen aufbrechen«, sagte Keller nach getaner Arbeit. »Sagten Sie nicht, dass Sie noch eine Weile in Carcassonne bleiben wollten?«

»Ja, das hatten wir vor«, bestätigte Willy, dessen eng stehende Schweinsäuglein unternehmungslustig funkelten. »Aber nachdem Sie uns einen Korb gegeben hatten, hat meine Frau es sich anders überlegt und wollte auch weiter. So ist sie, meine Marianne. Immer für eine Überraschung gut. Da freut man sich auf einen geruhsamen Abend mit einer Flasche Bier in der Hand und den Füßen an der Reling – aber nein, man soll durch die Gegend schippern, bis es dunkel wird. Was ein Glück, dass wir Sie noch eingeholt haben. Sonst wäre das ein verdammt einsamer Abend geworden. Nichts gegen romantische Zweisamkeit, aber nach vierzig Jahren Ehe …« Er lachte über seinen eigenen schlechten Witz. »Um ein Haar wären wir gar nicht mehr so weit gekommen. Den letzten Schleusenwärter mussten wir bestechen. Haben ihm ein Kilo Honig und drei Flaschen Wein abgekauft, sonst wären die Schotten dicht geblieben.«

Der Redefluss des Mannes endete abrupt mit dem Auftreten von Marianne. Auch sie war eine stattliche Erscheinung, eine dauergewellte Endfünfzigerin, deren cremefarbenes T-Shirt das Übergewicht nicht kaschieren konnte. Etwas ungelenk kletterte sie von Bord und stellte sich Keller vor.

»Lerne ich Sie also doch noch kennen«, sagte sie mit einem herzlichen Lächeln und reichte ihm ihre warme, weiche Hand. »Sie sind allein unterwegs, sagt mein Mann?« Noch während sie das fragte, sah sie sich nach der *Bonheur* um. Das unbeleuchtete Boot war von Nebelschwaden umgeben, ein Blick ins Innere aus der Distanz nicht möglich.

»Was halten Sie davon, wenn wir auf unser gemeinsames Glück anstoßen?«, fragte Willy und klopfte Keller kumpelhaft auf die Schultern.

»Glück?«, fragte Keller, der sich von der schnellen Folge der Ereignisse überrumpelt fühlte.

»Willy meint das Glück, dass wir uns getroffen haben«, erklärte Marianne und gab ihrem Mann einen Wink. »Hol den Sekt aus dem Kühlschrank. Und bring drei von den Klappstühlen und ein Windlicht mit. Und eine Schale Nüsschen.«

»Sekt? Meinst du nicht, ein Bier wäre Konrad lieber?«

»Bier könnt ihr später immer noch trinken«, bestimmte Marianne, woraufhin sich Willy trollte.

Keller klingelten die Ohren. Nicht nur deshalb, weil sich das Paar über ihn hinwegsetzte und ohne seine Zustimmung einen gemeinsamen Abend plante – sie taten das in einer derartigen Lautstärke, dass es weithin zu hören war. Ganz bestimmt auch an Bord der *Bonheur*.

Noch während Keller überlegte, was wohl Geneviève von der Sache halten mochte und wie lange sie im Verborgenen bleiben würde, reichte Willy den ersten Klappstuhl über die Reling. Es folgten die anderen Stühle, das Teelicht sowie der Sekt mit drei Gläsern. Nur die Erdnüsse blieb Willy ihnen schuldig.

»Nichts mehr zu naschen da«, sagte er mit hochgezogenen Achseln.

»Das ist aber ärgerlich«, kommentierte seine Frau. »Aperitif ohne Knabbereien geht gar nicht.«

Willy sah Keller Rat suchend an. »Vielleicht könnten Sie etwas beisteuern?«, fragte er laut und vernehmlich.

Auch Keller hatte nichts dergleichen vorrätig. Doch ehe

er das sagen konnte, stellte sich Willy dicht neben ihn und zischte: »Hinhalten!«

»Was?«, fragte Keller verwundert.

»Halten Sie sie hin!«

Im nächsten Moment nahm Willy wieder Abstand und trug sein etwas dümmlich wirkendes Gesicht zur Schau. Doch nun ahnte Keller, dass sich hinter dieser schlichten Fassade mehr als bisher angenommen verbarg.

Statt zu bedauern, dass er ebenfalls weder Erdnüsse noch Chips oder dergleichen an Bord hatte, sagte er: »Da wird sich schon was finden. Ich schaue gleich mal nach. Bin sofort wieder da.«

Willy und Marianne nickten ihm aufmunternd zu. »Ich köpfe inzwischen die Flasche!«, rief Willy ihm nach.

Kellers Beine waren weich wie Pudding, als er auf die *Bonheur* zuging. Ihr freundlich weißer Rumpf wirkte im trüben Dämmerlicht abstoßend grau. Die Nebelzungen, die an Bug und Flanken leckten, vervollständigten das düstere Bild. Ein Geisterschiff, kam es ihm in den Sinn.

Am liebsten hätte er kehrtgemacht. Doch jetzt kam es darauf an, Geneviève in Sicherheit zu wiegen. Ihr weiszumachen, dass er die Lage im Griff hatte und sie nicht durchzudrehen brauchte.

Damit würde er Zeit gewinnen, genau wie Willy es ihm zu verstehen gegeben hatte. Wieso Willy und Marianne überhaupt von seiner Zwangslage wussten oder sie zumindest erahnten, konnte sich Keller nur auf eine Weise erklären: Offenbar hatte sein Trick mit dem Einkaufszettel funktioniert. Auf dessen Rückseite hatte er nämlich die Worte »*Bonheur*, SOS« gekritzelt und den Zettel dem alten Schleusenwärter zusammen mit dem Geld für seine Einkäufe zugesteckt.

Keller vermutete, dass kurz danach Willy mit seinem Boot eingetroffen war und der Schleusenwärter ihm den schriftlichen Hilferuf gezeigt hatte. Weshalb aber waren Willy und seine Frau der *Bonheur* gefolgt, wenn sie von der Gefahr wussten? Warum hatten sie nicht einfach die Polizei verständigt?

Keller konnte sich keinen rechten Reim darauf machen, wollte die Chance aber nicht ungenutzt lassen. Er kletterte an Deck, von wo aus er Willy und Marianne noch einmal zuwinkte. Anschließend öffnete er die Luke und betrat die im Dunkeln liegende Kajüte.

Als er das Licht anknipste, erstarrte er vor Schreck. Geneviève hatte ihre Pistole gegen ein Küchenmesser ausgetauscht. Während die Schusswaffe in griffbereiter Nähe neben ihr auf der Sitzbank lag, hielt sie das Messer dicht unter Selenas Kehle. Mit panisch geweiteten Augen starrte die junge Frau Keller flehend an.

»Was…?« Keller war fassungslos. »Was zum Teufel tun Sie da?«

»Meine Pistole ist momentan unbrauchbar«, erklärte Geneviève ungerührt. »Ich kann es mir nicht leisten, dass Ihre neuen Freunde den Schuss hören, wenn ich Selena töte. Mit dem Messer geht es genauso gut – und geräuschlos.«

»Nehmen Sie das Messer runter!«, fuhr Keller sie voller Wut an.

»Gar nichts werde ich. Nicht, bevor Sie mir sagen, was hier gespielt wird.« Geneviève taxierte ihn argwöhnisch. »Wer sind diese unmöglichen Leute? Ich kann ein paar Brocken Deutsch verstehen. Viel ist es aber nicht. Also: Worüber reden Sie mit Ihnen?«

»Ein paar Brocken Deutsch? Dann reicht es sicherlich dafür, um zu wissen, dass Willy und Marianne, zwei Touristen aus dem Ruhrgebiet, mit mir einen geselligen Abend verbringen möchten. Mit Sekt und Erdnüssen. Ich bin hergekommen, um nach den Nüssen zu suchen.«

»Das kommt gar nicht infrage!«, herrschte Geneviève ihn an. »Sie werden da nicht wieder hingehen! Wir verhalten uns still und warten, bis sie weiterfahren.«

»Darauf können Sie lange warten. Das andere Boot wird nicht ablegen, es bleibt über Nacht. Außerdem ist es keine gute Idee, einfach nicht zurückzugehen. Wenn ich fortbleibe, kommen sie zu uns, um nachzuschauen, was mit mir los ist.«

An Genevièves gequälter Miene war abzulesen, wie es in ihr arbeitete. Zwei Personen mit Waffengewalt in Schach zu halten mochte gerade noch möglich sein. Aber vier? Das war zu viel. »Verflixt, Sie haben recht. Holen Sie die verdammten Nüsse, und gehen Sie wieder nach oben. Aber nach einem Glas Sekt ist Schluss. Ich möchte, dass diese Leute bald Schluss machen und sich schlafen legen.«

Weil sie im Schlaf nicht mitbekämen, wie Geneviève ihn und Selena tötete? Keller erzitterte, als ihm diese Möglichkeit bewusst wurde.

Doch noch war es nicht so weit. Er war lebendig und hellwach – und er wusste, dass er mit Willy und Marianne zwei heimliche Verbündete auf seiner Seite hatte. Endlich lag der Vorteil nicht länger bei Geneviève, sondern bei ihm.

Keller suchte zunächst die Stauflächen über der Fensterreihe ab, dann nahm er sich die Küchenschränke vor. Das machte er in aller Ruhe, bis Geneviève ihn antrieb: »Es kann doch nicht so schwer sein, eine Packung Nüsse zu finden. Geht das nicht schneller?«

»Wenn Sie mir helfen würden, ja.«

»Das würde Ihnen so passen!« Geneviève riss der

Geduldsfaden. »Nehmen Sie einfach etwas anderes mit, wenn keine Nüsse da sind.«

Keller kniete sich vor den Kühlschrank und holte ein Plastikschälchen heraus. »Ich hätte da diese eingelegten Oliven.«

»Das ist mir völlig gleichgültig. Nehmen Sie sie, und machen Sie, dass Sie fortkommen!«

Keller merkte, dass er es mit dem Herauszögern nicht übertreiben durfte. Er nahm die Oliven an sich und verließ die Kabine.

Aber nicht, ohne vorher einen Blick auf Selena zu werfen. Sie schien am Ende ihrer Kräfte zu sein. Keller erkannte: Es musste dringend etwas geschehen, um sie aus Genevièves Gewalt zu befreien.

»Da sind Sie ja wieder«, gab Marianne freudig von sich. Auch Willy strahlte ihn an. Sie hatten die drei Stühle inzwischen auf dem Treidelpfad aufgestellt und noch ein kleines Tischchen zum Abstellen der Gläser aufgetrieben. Das Teelicht spendete ein einladendes Licht.

Keller schwenkte die Olivenpackung in seiner Hand. »Das muss als Ersatz dienen. Nüsse sind auch bei mir aus.«

»Kein Problem«, meinte Willy und lud Keller ein, sich zu setzen. Dann schenkte er allen dreien großzügig ein. »Auf unser Wohl!«, rief er aus.

»*À votre santé!*«, antwortete Keller so laut, dass es Geneviève mitbekommen musste. Er ließ sein Glas an die der beiden anderen klirren.

Nach dem ersten Schluck stellte Marianne ihr Glas ins Gras, fasste mit unauffälliger Bewegung hinter sich und zog ein schmales Etui aus ihrer Hosentasche. Ohne viel Aufhebens davon zu machen, hielt sie es Keller hin und klappte es auf.

Keller sah auf eine Polizeimarke. Erstaunt blickte er zu Marianne auf.

Diese ließ das Brieftäschchen sogleich verschwinden, griff stattdessen wieder zu ihrem Glas und prostete ihm erneut zu. »Kripo Duisburg«, sagte sie leise, ohne ihr Verhalten zu verändern. Laut ergänzte sie: »Was für ein schöner Abend!«

Willy öffnete die Olivenschale und reichte sie in die Runde. »Der Schleusenwärter hat uns Ihre Nachricht gezeigt«, flüsterte er und lachte laut, als hätte jemand einen Witz erzählt. »Er hat auch beobachtet, dass Sie von jemandem mit einer Pistole bedroht wurden. Von einer Frau, wie er vermutet hat. Und offenbar ist noch jemand an Bord.«

Keller nickte dezent.

»Die hiesige Polizei ist informiert«, knüpfte Marianne an und angelte sich eine Olive aus der Packung. »Vorzüglich!«, sagte sie mit lauter Stimme. »Ich liebe das französische Essen.« Mit der nächsten Olive im Mund berichtete sie kauend: »Bei einer Geiselnahme kann die örtliche Gendarmerie aber nicht eingreifen. Ein Spezialkommando ist zu uns unterwegs.«

»Marianne hatte die Idee, dass wir so lange für Ablenkung sorgen, bis die Truppe ankommt«, ergänzte ihr Mann. »Sie macht immer so verrückte Sachen.«

Erneut hoben sie die Gläser und stießen an. Willy nahm die Flasche und goss nach.

»Danke«, sagte Keller, der sich fühlte, als wäre ihm eine zentnerschwere Last von den Schultern genommen worden.

»Noch ist die Gefahr nicht gebannt«, gab ihm Marianne zu verstehen. »Wie lange können Sie bei uns bleiben, bevor die andere Geisel in Schwierigkeiten gerät?«

»Nicht mehr lange. Allerhöchstens zehn Minuten, würde ich sagen.«

Marianne tauschte einen schnellen Blick mit Willy aus. Zwar sagte sie nichts, trotzdem meinte Keller, ihre Gedanken lesen zu können: Wird das reichen?

Nach Belanglosigkeiten, die sie lautstark miteinander austauschten, ging der Sekt zur Neige. Das meiste davon hatten sie ohnehin auf den Boden gekippt, denn jeder von ihnen wollte einen klaren Kopf bewahren. Von den angeforderten Rettern war nichts zu sehen oder zu hören.

Keller hatte keine Ahnung, wo die nächstgelegene Eliteeinheit stationiert war und wie lange sie brauchen würde, bis sie vor Ort wäre. Und selbst wenn die Spezialkräfte bald einträfen, würden sie sich möglicherweise zunächst im Hintergrund halten und die Lage sondieren. Aus taktischen Gründen.

Keller spürte ein Ziehen in der Brust. Er war jetzt seit mehr als zwanzig Minuten von Bord. So, wie er Geneviève zuletzt erlebt hatte, konnte er es nicht riskieren, seine Rückkehr weiter hinauszuzögern. Er stand auf.

»Was machen Sie?«, fragte Marianne.

»Ich muss zurück.«

»Bleiben Sie noch. Wenigstens ein paar Minuten. Es kann nicht mehr lange dauern, bis Hilfe kommt«, appellierte Marianne an ihn.

»Wenn du doch wenigstens deine Dienstwaffe dabeihättest«, klagte Willy.

Keller setzte die Scharade fort, indem er erheitert tat, obwohl ihm ganz anders zumute war. Er verabschiedete sich herzlich von dem Paar, indem er beide umarmte.

»Passen Sie auf sich auf«, flüsterte Marianne ihm dabei zu. »Versuchen Sie, Abstand zwischen sich und die Geiselnehmerin zu bringen. Das ist wichtig bei der Erstürmung.«

Keller trat den schweren Rückweg an. Obwohl es sich nur um ein paar Meter handelte, kam es ihm vor, als hätte er einen Gewaltmarsch vor sich. Mit jedem Schritt, den er sich der *Bonheur* näherte, wuchs sein innerer Widerstand.

Kurz bevor er das Boot erreicht hatte, blieb er stehen. Er lauschte, hörte jedoch nichts als das Zirpen der Zikaden. Wo blieb bloß die Polizei?

Er überwand die Lücke zwischen Ufer und Bordwand, trat aufs Deck und ging auf die Kabine zu. Vor der Tür hielt er noch einmal inne und atmete tief durch. Dann gab er sich einen Ruck und stieß sie auf.

Die Kabine war leer.

29

Béatrice' Augen waren fest auf Kellers Gesicht gerichtet, mit beiden Händen hielt sie einen Kaffeebecher umschlossen, der vor ihr auf dem Schreibtisch ihres Büros stand. Keller starrte zurück. Beide sagten kein Wort.

Die eisige Stille, die zwischen ihnen herrschte, wurde erst durchbrochen, als Béatrice auf die große Wanduhr über der Tür schaute. Der Stundenzeiger stand auf der Zwei.

»Vier Stunden«, murmelte sie. »Die Kollegen der *Gendarmerie mobile* durchkämmen seit vier Stunden die Gegend. Keine Spur von Geneviève Bertrand und Selena. Vor einer Stunde sind auch die Spürhunde eingetroffen. Bisher ohne Ergebnis. Ich rechne nicht damit, dass sich vor Sonnenaufgang etwas ausrichten lässt.«

Keller nickte stumm. Auch er war pessimistisch und glaubte nicht daran, dass man die flüchtige Anwältin so bald fassen würde. Nach dem Eintreffen des Sonderkommandos bei der *Bonheur* hatte er dem Kommandanten zwar präzise Angaben und Personenbeschreibungen mit auf den Weg gegeben, aber zu diesem Zeitpunkt hatte Geneviève schon eine knappe halbe Stunde Vorsprung. Mindestens. Sollte es ihr inzwischen gelungen sein, sich ein Auto zu organisieren, war sie längst über alle Berge.

Doch ob sie das geschafft hatte, blieb vorerst offen. Zumindest so lange, bis der Morgen graute und jemand seinen Wagen als gestohlen meldete.

Mehr noch als die Flucht von Geneviève bewegte Keller das Schicksal von Selena. Wie mochte es ihr inzwischen ergangen sein? Wie konnte sie in ihrem Zustand diese Strapazen überstehen?

Bei seiner Sorge um Selena musste er an seine Tochter denken, an Sophie. Plötzlich verspürte er den Drang, seine Kinder anzurufen und ihnen zu erzählen, was er erlebt hatte. Dann aber besann er sich: Was hätte es für einen Zweck, sie mitten in der Nacht aus dem Schlaf zu reißen, wenn er inzwischen in Sicherheit war? Er würde sie nur ängstigen und für Verwirrung sorgen. Das Telefonat konnte bis morgen warten. Jetzt gab es andere Prioritäten.

»Seit wann wissen Sie es, Konrad?«, fragte Béatrice unvermittelt und schob ihren kalt gewordenen Kaffee beiseite.

»Seit wann weiß ich was?«

»Dass nicht Richard La Croix der Täter ist, sondern seine Anwältin? Haben Sie mich bewusst auf die falsche Fährte gelenkt, um allein den Ruhm zu ernten? Ist das Ihre Art, sich für meine offene Art Ihnen gegenüber zu bedanken?«

Keller schüttelte entschieden den Kopf. »Keinesfalls. Ich hatte nie vor, Informationen zu unterschlagen.«

»Dennoch haben Sie es getan. Ich frage Sie: Warum?« Die Enttäuschung stand ihr ins Gesicht geschrieben.

»Auf Geneviève bin ich erst ganz am Schluss gekommen. Bei der Suche nach dem stärksten Motiv. Außerdem konnte ich einfach nicht begreifen, dass ein Vater seine eigenen Kinder erschießt.«

»Diese Überlegungen hätten Sie mir nicht verschweigen dürfen«, sagte Béatrice streng.

Keller hasste es, andere anzuschwärzen. Doch ihm blieb nichts anderes übrig. »Ich habe ja gestern noch versucht,

Sie zu erreichen«, erklärte er. »Doch Monsieur Gauthier wollte mich partout nicht zu Ihnen durchstellen.«

Béatrice' Augen weiteten sich. »Sie haben, bevor das alles passierte, mit Marc telefoniert?«

»Ja, ich habe ihm sogar gesagt, dass ich vor meiner Abreise noch einem Verdacht nachgehen wollte. Ich bat ihn, es Ihnen auszurichten – was er offenbar nicht getan hat.«

Er registrierte, wie Béatrice mit den Zähnen knirschte. Einen Augenblick lang erweckte sie den Eindruck, als würde sie den Fokus ihres Zorns von Keller auf ihren Adjutanten verlagern. Dann aber heftete sich ihr Blick wieder fest auf Keller.

»Dann hätten Sie sich eben durchsetzen müssen!«, fuhr sie ihn an. »Sie sind doch Profi, ein alter Hase. Sie hätten sich nicht einfach von ihm abspeisen lassen dürfen.«

»Aber ich…«

»Es war ein sträflicher Leichtsinn, mich im Unklaren zu lassen und stattdessen auf eigene Faust weiterzuermitteln. Sie sehen ja selbst, was dabei herausgekommen ist.«

»Ich wollte keine eigenen Ermittlungen anstellen. Wie Sie wissen, wollte ich abreisen…«

»… haben sich vorher aber noch mit Madame Bertrand zum Essen verabredet«, ging sie dazwischen. »Erzählen Sie mir nicht, dass Sie mit ihr übers Wetter reden wollten.«

»Nein«, gestand Keller ein. »Aber glauben Sie mir, Béatrice: Wenn sich während des Gesprächs bestätigt hätte, dass ich mit meiner Vermutung richtiglag, hätte ich Sie umgehend informiert und mich nicht noch einmal von Gauthier aufhalten lassen.«

Aus ihrem Missfallen machte Béatrice keinen Hehl, als sie sagte: »Nur leider war Geneviève Ihnen voraus und hatte Ihre List durchschaut. Das hätten Sie einkalkulieren müssen. Sie haben einen großen Fehler begangen, Kollege. Dieser Fehler hat nicht nur Sie in Gefahr gebracht, sondern auch eine völlig Unbeteiligte: Selena Mansouri.«

Keller schluckte. Dem, was *Madame le commissaire* ihm schonungslos vorhielt, hätte er leicht widersprechen können. Er hätte ihr gestehen können, dass er an ihrer Kompetenz als Ermittlerin und an ihrem Einsatzwillen zweifelte, an ihren kriminalistischen Fähigkeiten ebenso wie an ihrer Neutralität gegenüber anderen gesellschaftlichen Klassen.

Aber das alles sprach er nicht aus. Denn Keller wusste ebenso gut, dass Béatrice mit dem, was sie gesagt hatte, absolut richtiglag. Er hatte falsch gehandelt, als er das Treffen mit Geneviève arrangierte. Mit all seinem Wissen und der Erfahrung hätte er erkennen müssen, dass die gewiefte Anwältin ihm eine Falle stellen würde. Ihre spontane Zusage hätte ihn ebenso stutzig machen müssen wie ihr Vorschlag, ein so zentral gelegenes Restaurant als Treffpunkt zu wählen, was ihn in Sicherheit gewiegt hatte.

An dieser Sache gab es einfach nichts schönzureden: Er war ihr voll auf den Leim gegangen.

»Nun, da das Kind in den Brunnen gefallen ist, sollten wir uns um Schadensbegrenzung bemühen«, sagte Béatrice und strich sich mit der Hand übers Kinn. »Sie haben mehrere Stunden mit Geneviève Bertrand verbracht. Was können Sie mir darüber sagen?«

»Sie hat mir gegenüber ein Geständnis abgelegt. Mehr oder weniger vollumfänglich«, berichtete Keller und gab die Gespräche wieder, die er während der Bootsfahrt mit Geneviève geführt hatte. »Der Tathergang lässt sich relativ schlüssig darstellen. Auch die Auffindesituation der Leichen ergibt nun einen Sinn: Da sie Geneviève gut kannten, hegten die Opfer keinen Argwohn, als sie in den Wohnraum kam. Daher blieben sie, wo sie waren, und versuchten nicht zu flüchten. Dass Geneviève ihre Ziele trotz der Distanz nicht verfehlte, sondern auf Anhieb traf, liegt übrigens daran, dass sie ausgebildete Kunstschützin ist.«

Béatrice nickte und machte sich Notizen. »Wie beurteilen Sie sie? In was für einem seelischen Zustand befindet sich Madame Bertrand?«

»Ich bin kein Psychologe, sondern allenfalls durch meine Arbeit mit Gemütszuständen wie diesem vertraut«, erklärte Keller.

»Also? Wie schätzen Sie sie ein?«

»Kurz und bündig: Geneviève ist völlig durchgedreht. Sie nimmt Tabletten…«

»Das haben wir inzwischen recherchiert: verschreibungspflichtige Antidepressiva. Richtig starke Hämmer«, fiel Béatrice ihm ins Wort.

»Ja, das passt. Ihr labiler Zustand macht mir große Sorgen.«

»Mir auch«, sagte sie und ließ das erste Mal während dieser Unterhaltung so etwas wie Milde erkennen. »Das Mädchen Selena tut mir leid. Das Ganze muss ein Martyrium für sie sein.«

Keller stimmte ihr zu. »Hoffentlich wird sie bald gefunden.«

Die Tür öffnete sich, und ein blassgesichtiger Uniformierter trat ein. Er salutierte, bevor er stockend zu sprechen begann: »Meldung der *Gendarmerie mobile*.«

Béatrice winkte ihn zu sich heran. »Lassen Sie hören!«

»Der Suchtrupp ist fündig geworden.«

Keller stieß einen erleichterten Seufzer aus. »Gott sei Dank«, sagte er.

Doch der Gendarm war noch nicht fertig: »Leblose Person im Kanal schwimmend aufgefunden. Laut der Papiere handelt es sich um Selena Mansouri.«

30

Was hatte er getan?

Konrad Keller war am Boden zerstört, als er das Polizeigebäude am frühen Morgen verließ.

Selena war tot, das war inzwischen bestätigt worden, und mit ihr das ungeborene Kind in ihrem Leib. Keller hatte ihr selbst kein Haar gekrümmt, dennoch sah er sich in der Verantwortung. Durch seine anmaßende Art und eine heillose Selbstüberschätzung hatte er wesentlich dazu beigetragen, dass die Geschichte so enden musste.

Béatrice hatte ihm die passenden Worte mit auf den Weg gegeben. Ob er jetzt zufrieden sei, hatte ihn die aufgebrachte *Madame le commissaire* gefragt. Ob die drei Toten im Haus La Croix nicht genug gewesen seien? Ob es denn habe sein müssen, dass er die Täterin so sehr in die Enge und zu dieser Verzweiflungstat getrieben habe?

»Was wäre denn die Alternative gewesen?«, hatte Keller sich zu rechtfertigen versucht. »Dass Karim an Genevièves Stelle für die Morde gebüßt hätte?«

»Dann wäre Selena möglicherweise noch am Leben«, hatte Béatrice entgegnet. »Und wer weiß, was Geneviève noch alles anrichtet, bis wir sie schnappen. Diese Frau ist offenbar völlig außer sich.«

Anschließend hatte sie Keller vor die Tür gesetzt. »Kümmern Sie sich um Ihr Boot – und dann: *Bon voyage!*«

Bon voyage, gute Reise – was für eine bittere Note Béatrice' letzte Worte hatten. Doch Keller nahm sie sich zu Herzen. Er wollte weg von hier, bloß keinen weiteren Schaden mehr anrichten. Gleich heute würde er die *Bonheur* zurück nach Carcassonne bringen und sich anschließend zum Flughafen fahren lassen.

Sein Urlaub war vorbei. Das hatte er auch seiner Tochter Sophie klipp und klar gesagt, als er vom Apparat des Polizeipförtners kurz mit ihr telefoniert hatte. Es war ein Abschied mit Schimpf und Schande, doch er würde deswegen niemandem Vorwürfe machen. Das hatte er sich alles selbst zuzuschreiben.

Das war es dann also, dachte er niedergeschlagen und winkte ein Taxi heran. Der Fahrer, vom Aussehen her Nordafrikaner wie Karim, verkörperte das genaue Gegenteil von dem, wie es momentan in Keller aussah. Während sich der junge Mann am Steuer seiner betagten Peugeot-Limousine flink durch den Verkehrsstrom der Werktätigen schlängelte, wippte er in seinem Sitz und summte die Melodie des Songs mit, der gerade im Radio lief.

Bald hatten sie die Stadtgrenze erreicht, und Keller ließ das Fenster herunter, um Luft in den Innenraum zu lassen. Anstelle der Musik lief jetzt eine aufdringliche Werbung im Radio. Der aufmerksame Chauffeur schien zu merken, dass Keller sich daran störte, und wechselte den Sender. Dieser brachte Lokalnachrichten.

Zunächst hörte Keller nicht hin, doch als er den Namen La Croix aufschnappte, wurde er aufmerksam.

»…ganze Nacht über nach der dringend tatverdächtigen Geneviève Bertrand gesucht. Laut Polizeiangaben lässt sich nicht ausschließen, dass sich die Gesuchte noch im Gebiet zwischen Carcassonne und Trèbes aufhält, da Fahrzeugkontrollen an den Ausfallstraßen bislang erfolglos geblieben sind. Geneviève Bertrand ist bewaffnet und gefährlich.

Sollten Sie verdächtige Beobachtungen machen, wählen Sie den Notruf, greifen Sie aber keinesfalls selbst ein.«

Geneviève hielt sich also immer noch in der Nähe auf, folgerte Keller. Wahrscheinlich hatte sie sich irgendwo in einem der Weinberge verkrochen, nahm er mit einem Blick aus dem Fenster an. Die Polizei würde ihre liebe Not haben, sie zu finden, denn die Gegend bot ausreichend Möglichkeiten, Unterschlupf zu finden. Aber das war nun nicht mehr sein Problem. Durfte es nicht mehr sein.

Der Taxifahrer brachte Keller bis nahe an den Treidelpfad. Im Schatten der Pappeln konnte er die *Bonheur* schon von Weitem erkennen. Von Willys und Mariannes Boot dagegen war nichts mehr zu sehen. Wahrscheinlich waren sie, nachdem sie ihre Aussage zu Protokoll gegeben hatten, schon am frühen Morgen weitergefahren.

Keller bezahlte den Fahrer und ging den kurzen Rest des Weges zu Fuß. Es war ein wundervoller Vormittag, die Sonne brachte das saftig grüne Gras der Böschung zum Leuchten. Über dem Wasser zogen einige Vögel ihre Bahnen und zwitscherten vergnügt. Die Luft roch frisch und war noch angenehm kühl.

Die schönste Stunde des Tages, dachte Keller und sehnte sich nach einem Frühstück im Freien, am liebsten vor dem *Café Chez Félix*, doch dahin würde er sobald nicht zurückkehren. Vielleicht nie mehr.

Er war immer noch gedrückter Stimmung, als er die beiden Leinen löste, die erste an Bord warf und mit der zweiten selbst an Deck stieg. Mit einer kurzen Inspektion der Kabine überzeugte er sich davon, dass sich niemand Unbefugtes darin aufhielt. Er wollte sie wieder verlassen, da fiel sein Blick auf ein seidenes Tuch, das auf der Sitzbank unter der Fensterreihe lag. Keller hob es auf und erkannte es wieder: Das Tuch hatte Selena getragen. Der Duft eines süßlichen, nicht allzu teuren Parfüms stieg ihm in die Nase. Der Gedanke an die werdende Mutter, die jetzt auf dem blanken Metalltisch eines Leichenschauhauses lag, versetzte ihm einen Stich.

Keller stellte sich hinters Steuerpult und drehte den Zündschlüssel. Das Dieselaggregat startete sofort, die *Bonheur* nahm Fahrt auf. Keller ließ sein Boot eine enge Kehre fahren, um zu wenden, dann legte er den Schubhebel nach vorn und brachte den Motor auf Touren.

Auf dem Weg zurück zur letzten Schleuse des gestrigen Tages, der Écluse du Fresquel, kamen ihm bereits die ersten Hausboote entgegen. Die Schleuse hatte also schon geöffnet, registrierte er und war froh, nicht länger als notwendig warten zu müssen. Er grüßte die Skipper der anderen Schiffe, ohne sich allerdings zu einem freundlichen Gesichtsausdruck durchringen zu können. Auch die fröhlichen Zurufe einer Gruppe Radfahrer, die ihm vom Ufer aus zusahen, konnten ihm kein Lächeln entlocken. Für Geselligkeit war Keller nicht mehr zugänglich, ebenso wenig wie für den lieblichen Charme der Landschaft. Er wollte nur noch heim, nach Deutschland. Sich an einem verregneten, grauen Tag in seine Wohnung verkriechen.

Ganz und gar in Selbstmitleid versunken, merkte er erst kurz vor den Sperrtoren, dass er die Écluse du Fresquel bereits erreicht hatte. Er zog den Schubhebel nach hinten und ließ die Schraube rückwärts rotieren. Während er die *Bonheur* zum Stehen brachte, hielt er Ausschau nach dem alten Schleusenwärter, aber der ließ sich nicht blicken. Keller hatte seine Hand schon auf der Hupe, aber da begann das Wasser zu sprudeln und ergoss sich gischtartig aus Öffnungen in den algenbewachsenen Toren. Auch zwischen daumendicken Spalten im Holz schossen schäumende

Fontänen heraus, während der Wasserspiegel in der Schleusenkammer sank.

Kurz darauf taten sich die Tore auf und entließen ein kleines Hausboot auf den Kanal. An Deck des liebevoll gepflegten schwimmenden Oldtimers machte Keller ein ergrautes Ehepaar aus, das ihn höflich grüßte. Keller grüßte zurück und steuerte sein Schiff in das nun freie Hebebecken.

Kaum eingefahren, schlossen sich die hinteren Pforten wieder. Jetzt zeigten sich am Rand der Mauer auch die bereitwilligen Hände des Schleusenwärters, der sich von Keller die Leinen zuwerfen ließ. Gleich darauf wurde der Mechanismus in Gang gesetzt, erneut begann das Wasser zu tosen. Kleine und große Wirbel bildeten sich auf der Oberfläche, während die *Bonheur* wie von einem langsamen Fahrstuhl Zentimeter um Zentimeter angehoben wurde. Dabei schaukelte das Boot, als wäre es auf hoher See. Keller musste sich am Steuerrad festhalten, denn jeder Kontakt mit der Schleusenwand versetzte der *Bonheur* einen kräftigen Schlag.

Als das Boot so weit in die Höhe gestiegen war, dass Keller gerade so über den Rand der Schleusenmauern blicken konnte, sah er den alten Wärter am Schaltpult stehen. Dieser schaute zurück und schien ihn erst jetzt wiederzuerkennen, denn er fuhr bei Kellers Anblick erschrocken zusammen.

Im nächsten Moment wandte er sich zu seinem Haus um. Keller, noch immer bis zum Hals unterhalb der Mauerkante, folgte seinem Blick und betrachtete das Gebäude mit seinem freundlich rosafarbenen Verputz. Er nahm wahr, dass die grünen Fensterläden geschlossen waren. Bis auf einen, an dessen schmalen Flügelfenstern er eine Silhouette zu erkennen glaubte. Die schattenhafte Gestalt verschwand, sobald Keller die Augen auf sie richtete.

Sein Herzschlag setzte kurz aus, als er seine Aufmerksamkeit wieder dem Schleusenwärter zuwandte. Im Gesicht des gebrechlichen Alten stand die nackte Angst!

Als die obere Kante der Mauer etwa auf Kellers Schulterhöhe war, wurde die Tür des Schleuserhäuschens aufgerissen. Eine Gestalt lief heraus, nicht sehr groß und recht schmal. Sie hatte die Arme nach vorn ausgestreckt. In ihren Händen hielt sie einen länglichen Gegenstand.

Der alte Mann am Steuerpult taumelte zwei Schritte zurück. Dann riss er seine Hände nach oben und presste sie gegen seine Brust. Seine Beine knickten ein. Mit gequälter Miene sank er zu Boden.

Was war mit ihm? Ein Infarkt? Keller hatte keine Zeit, sich darum zu kümmern, denn er hatte begriffen: Die Gestalt, die auf ihn zurannte, war niemand anders als Geneviève! Offenbar hatte sie die Nacht versteckt im Schleusenhaus verbracht und den alten Wärter erpresst, ihr zu helfen. Jetzt erkannte er auch den Gegenstand in ihrer Hand: Es war die Pistole!

Keller stand auf Brusthöhe mit der Mauerkante, Geneviève war keine zehn Meter mehr von ihm entfernt. Wenn sie jetzt abdrückte, würde ihn die geübte Schützin mit Sicherheit treffen. Trotzdem stand Keller wie versteinert, er war nicht in der Lage, sich wegzuducken.

Wie konnte Geneviève in dem Schleusenhäuschen unentdeckt geblieben sein? Bestimmt war die Polizei dort gewesen, um nach ihr zu suchen. Hatte der alte Wärter für sie lügen müssen? Behaupten, dass sich niemand außer ihm in seinem Haus aufhielt? So musste es wohl gewesen sein, dachte Keller in den wenigen Sekunden, die ihm noch blieben.

Dann ging alles ganz schnell. Geneviève lief bis zum Rand des Schleusenbeckens, die Waffe unerbittlich auf Keller gerichtet. Sie schätzte die zu überwindende Höhe bis zur *Bonheur* ab und sprang. Als sie auf dem Deck aufkam, ging sie kurz in die Knie, um sich abzufedern, richtete sich aber sofort wieder auf und kam auf Keller zu.

»Das war's für Sie!«, brüllte sie gegen das Rauschen des einströmenden Wassers an und zielte auf seine Brust. »Und wenn es das Letzte ist, was ich in meinem Leben tue!«

Keller sah den glühenden Zorn in ihren Augen und wusste: Geneviève hatte eine Grenze überschritten. Die Grenze zum Wahnsinn. Es gab nichts, was er sagen konnte, um sie von ihrem Vorhaben abzubringen.

Er nahm nun alles, was geschah, wie in Zeitlupe wahr. Er sah, wie sich ihr Zeigefinger krümmte. Erwartete, dass das Projektil auf ihn zukommen, ihn durchbohren würde. Spürte bereits den Schmerz in seinem Brustkorb. Ahnte, wie er sein Leben aushauchte.

Doch es kam anders. Die wild schwankende *Bonheur* stieß mit einem ihrer Fender gegen die Beckenwand. Der Ruck brachte das Deck zum Erzittern. Geneviève kam aus dem Gleichgewicht, suchte nach Halt. Als sie nach der Reling griff, entglitt ihr die Pistole.

Keller beobachtete, wie die Waffe auf die Planken fiel und über den vom Spritzwasser nassen Kunststoffbelag bis an den Bug rutschte. Im selben Moment merkte er, wie seine Schockstarre nachließ. Er war wieder fähig zu reagieren. Zu handeln!

Genau wie Geneviève versuchte er, an die Pistole zu gelangen. Vornübergebeugt und jederzeit bereit, sich an geeigneter Stelle festzuhalten, taumelte er über das schwankende Deck. Auf der anderen Seite tat es ihm Geneviève gleich. Sie war viel jünger als er. Sportlicher, agiler – und schneller.

Bevor Keller auch nur den Hauch einer Chance bekam, die Pistole an sich zu nehmen, hatte Geneviève sie sich geschnappt. Sie riss die Waffe nach oben. Die Oberschenkel an die Reling gepresst, legte sie erneut auf Keller an.

Hektisch sah er sich um, aber auf dem Sonnendeck gab es nichts, was ihm hätte Schutz bieten können. Die Pistole lag ruhig in Genevièves Hand. Sie stand unmittelbar davor abzudrücken.

Dann der nächste Schlag! Die Urgewalt des Wassers drückte das Heck der *Bonheur* ans hintere Schleusentor, so heftig, dass es Keller den Boden unter den Füßen wegriss. Im Fallen sah er, wie es auch Geneviève erwischte. Zwar fasste sie mit der freien Hand nach dem Handlauf der Reling. Doch mit der anderen hielt sie eisern die Waffe fest. Keinesfalls wollte sie sie nochmals einbüßen.

Ein Fehler! Als das Boot vom Tor zurückprallte, verlor sie den Halt und kippte nach hinten. Rücklings fiel sie über die Reling, stürzte mit einem spitzen Aufschrei ins brodelnde Wasser.

Keller rappelte sich auf und torkelte zur Bordwand. Schaumkronen umgaben den Schiffsrumpf. Das Wasser strömte unentwegt weiter in das schmale Becken, so lange, bis der Wasserstand zum oberen Kanalbett ausgeglichen war. Keller suchte die aufgewühlte Oberfläche nach Geneviève ab, doch er konnte sie nicht entdecken.

An der Reling entlang hangelte er sich weiter, schaute nach Steuerbord, dann nach Backbord. Keine Spur von ihr.

Da, plötzlich eine Bewegung! Ein ausgestreckter Arm durchbrach die Wasseroberfläche, gleich darauf kam der Kopf zum Vorschein. Geneviève rang nach Luft.

»Halten Sie durch!«, rief Keller ihr zu. »Schwimmen Sie!« Hektisch sah er sich um, spähte hinüber zum Steuerpult. Doch da war niemand, der es bedienen konnte. Der

Schleusenwärter saß zusammengesackt neben dem Steuerkasten.

Was tun? Der Rettungsring! Jedes Boot verfügte über einen. Er brauchte ihn nur zu holen. Wieder überquerte er schwankend das Deck, löste den Ring aus seiner Befestigung neben der Kajütentür. Mit unsicheren Schritten kehrte er zurück zur Bordwand.

Geneviève hielt sich mit Mühe an der Oberfläche. Ihre Kleidung hatte sich vollgesogen, zog sie mit Macht in die Tiefe. Um sie herum brodelte das Wasser, als würde es kochen.

Keller warf den Rettungsring. Geneviève griff danach, verfehlte ihn knapp. Keller beugte sich zu ihr, um zu helfen.

Da wurde das Boot abermals durchgeschüttelt. Ein Fender war gegen die Wand hinter ihm gestoßen, die *Bonheur* prallte zurück, trieb auf Geneviève zu. Wenn Keller nichts unternahm, würde das Schiff sie treffen und zwischen Bootswand und Schleusenmauer einquetschen. Er musste den Motor einsetzen, sofort gegensteuern!

Noch einmal hangelte er sich an der Reling entlang. Er erreichte den Steuerstand, warf den Motor an und riss den Gashebel zurück.

Die Schraubenblätter peitschten durchs Wasser, doch die *Bonheur* war zu träge, reagierte verzögert. Unaufhaltsam schob sich das Schiff auf die Mauer zu. Die Lücke zwischen Bordwand und steinerner Bewehrung wurde schmaler und schmaler. Dann schloss sie sich ganz und ließ die *Bonheur* gegen die Begrenzung stoßen.

Fast im gleichen Moment beruhigte sich das Wasser. Es hatte den Stand des oberen Kanalbettes erreicht. Keller sah, wie sich der Schaumteppich auflöste.

Darunter färbte sich das Wasser rot.

Epilog

Es gab so vieles, was er noch nicht kannte! Trotz der Intensität, mit der ihn diese Stadt aufgenommen hatte, war sie ihm etliche ihrer Geheimnisse schuldig geblieben. Diese Gedanken gingen Konrad Keller durch den Kopf, während er über das unebene Kopfsteinpflaster der *Cité* spazierte.

Es war ein milder Abend. Die meisten Tagestouristen hatten die engen Gassen der Festungsstadt schon wieder verlassen, sodass sich das mittelalterliche Kleinod entspannt genießen ließ. Eine knappe Woche war seit den dramatischen Ereignissen an der Écluse du Fresquel vergangen. Sechs Tage, die Keller in einem Wechselbad der Gefühle durchlebt hatte.

Nach Genevièves Unfalltod in der Schleusenkammer hatte er seine Abreise vorerst gestrichen, da er sich für die polizeilichen Ermittlungen zur Verfügung halten musste. Hatte er sich anfangs noch dagegen gesträubt, freundete er sich in den Folgetagen damit an, doch noch etwas zur Aufklärung dieses spektakulären Falls und seines gewaltsamen Ausgangs beitragen zu können. Der zuständige Untersuchungsrichter sah in ihm nun eine Schlüsselfigur im Fall La Croix, deren Aussagen für den Abschluss der Ermittlungen zwingend notwendig waren. Auch Béatrice überwand ihren Unwillen, sprach wieder mit ihm, verzieh ihm.

Es gab noch einen zweiten Grund, der Keller das Bleiben leichter machte: So hatte er die Möglichkeit, den Schleusenwärter im Krankenhaus zu besuchen und seine Genesung mitzuerleben. Serge, so lautete der Name des alten Herrn, hatte tatsächlich einen Herzinfarkt erlitten, doch es konnte ihm noch rechtzeitig geholfen werden. Schon bald würde Serge wieder in sein Schleusenwärterhäuschen einziehen können. Bis dahin übernahm ein Vetter das Bedienen der Tore.

Auch Anwalt Cocoon ging es von Tag zu Tag besser. Nachdem die Ärzte ihn aus dem Koma geholt hatten, zeichnete sich bald ab, dass der Unfall keine bleibenden Schäden hinterlassen hatte. Allerdings warteten mehrere Wochen Reha auf ihn, was ihm gar nicht passte, musste er doch so lange seine Kanzlei schließen.

Wie sich herausgestellt hatte, traf Geneviève diesmal keine Schuld, an seinem Wagen war nichts manipuliert worden. Die Verantwortung musste sich der Anwalt selbst zuschreiben, er hatte am Steuer telefoniert. Ein kurzer Moment der Ablenkung reichte, die Räder gerieten aufs Bankett, das Auto krachte frontal gegen einen Baum.

Und Selena? Es versetzte Keller jedes Mal einen Stich, wenn er an sie dachte. Sie und ihr Ungeborenes aus dem Leben gerissen – wegen nichts. Keller hatte all seinen Mut zusammennehmen müssen, um ihren Vater Djamal Mansouri aufzusuchen und ihm sein Mitgefühl auszusprechen. Dafür war er noch einmal zu dessen Obstladen gefahren. Aber dann hatte er es doch nicht fertiggebracht, ihm gegenüberzutreten, sondern lediglich eine schriftliche Botschaft hinterlassen. Auch der Beerdigung war er ferngeblieben, er wollte den Angehörigen seinen Anblick nicht zumuten. Selbst wenn er keine unmittelbare Schuld an Selenas Tod trug, war er doch einer der Beteiligten. Einer, der Unglück über die Familie Mansouri gebracht hatte. So hielt sich Keller zurück, um das Leid der Trauernden nicht noch größer zu machen.

Keller bummelte über den Place du Château, mitten in der Festungsstadt gelegen und einer seiner liebsten Orte in diesem steinernen Idyll. Von hier aus genoss er den Blick auf das alles überragende Schloss Comtal, das seinerseits von einer Mauer und zahllosen Wehrtürmen umgeben war. Die Erbauer hatten es verstanden, die stolze Anlage heroisch und grazil zugleich wirken zu lassen.

Mitten auf dem Platz blieb Keller stehen und drehte sich langsam um die eigene Achse, um den besonderen Zauber dieses Ortes mit allen Sinnen aufzunehmen: die außergewöhnliche Architektur, das Gemisch aus verschiedensten Klängen und Geräuschen, die durch die enge Bauweise reflektiert und verstärkt wurden, die vielen Geruchsnoten von uraltem Gemäuer, dem Küchendunst aus den umliegenden Lokalen und den Blüten und Kräutern, die auf den Feldern hinter den Ringmauern wuchsen und deren Duft über der Stadt hing.

Sein Weg führte ihn weiter durch die malerische Rue Porte d'Aude bis in ein verstecktes Seitengässchen, dem Ziel seines abendlichen Spaziergangs. Das Sträßchen war dermaßen eng, das sich jeweils nur ein Passant an den Tischen vorbeizwängen konnte, die zu einem Restaurant in einem windschiefen Haus gehörten.

An einem der winzigen Tische drängten sich drei Personen, die ihm erwartungsfroh entgegensahen: Ein etwas dicklicher Mann Ende dreißig mit zurückweichendem Haar und einem zu knappen T-Shirt über lindgrünen Shorts. Daneben ein kaum älterer Mann, größer, athletisch, mit markanten Zügen und dunkelblondem, fast schulterlangem Haar, der sein papierweißes Hemd bis zur Brust geöffnet und die Nase ziemlich hoch trug. Außerdem eine viel jüngere Frau, ebenfalls blond, zierlich, in einem luftigen Kleid und Sandaletten. Sie hatte hellwache blaue Augen und ein spitzbübisches Lächeln auf den Lippen.

Keller ging mit ausgebreiteten Armen auf die drei zu und begrüßte seine Kinder herzlich. »Sophie, Burkhard, Jochen! Dass ihr wirklich da seid. Großartig! Ich freue mich!«

»Kommst du nicht zu uns, kommen wir eben zu dir«, meinte Jochen und zog einen Mundwinkel nach oben. »Wir wollten mit eigenen Augen sehen, was es mit dieser Stadt auf sich hat, die dich nicht mehr loslässt.«

»Eines kann ich jetzt schon sagen«, meinte Sophie gut gelaunt. »Ich könnte mich auch in Carcassonne verlieben. Hat echt Flair!«

»Vor allem die vielen Boutiquen, in die du uns heute Nachmittag hineingeschleppt hast«, stichelte ihr ältester Bruder.

»Nein, Jochen, ich finde es hier auch prima«, entgegnete Burkhard und setzte sich wieder vor seinen Teller, auf dem sich kleine Pasteten türmten, die aufgestellten Garnrollen ähnelten. »*Pézenas*, eine lokale Spezialität«, erklärte er. »Darin steckt eine Lammfüllung, süß und salzig zugleich, mit einem Schuss Zitrone.«

»Vorher hat er schon ein Enten-Confit verspeist«, petzte Jochen. »Unser Dickerchen kann den Rand einfach nicht vollkriegen.«

Nach dem gegenseitigen Necken und Lästern in alter Familientradition ließen sich die Kellers einen Wein kommen. Einen besonders guten Tropfen, bei dem Gastgeber Konrad Keller nicht auf den Preis achtete. Bevor der Kellner, der die Bestellung aufgenommen hatte, gehen konnte, hielt ihn Burkhard am Saum seiner Jacke fest und flüsterte: »Dazu bitte die schwarze Olivenpastete und ein paar Extrascheiben Baguette.«

»Nun lass mal hören, Paps«, forderte Sophie ihren Vater auf, nachdem sie angestoßen hatten. »Wie ist das alles passiert? Wie bist du in diese Geschichte überhaupt so tief hineingeraten? Und weshalb bist du solche Risiken eingegangen?«

Konrad Keller hielt das bauchige Glas auf Augenhöhe und begutachtete das samtige Rot des erstklassigen Weins. In diesem Tropfen des Terroir der *Cité de Carcassonne*, erzeugt und gewonnen in den Weinbergen rund um die mittelalterliche Zitadelle, vereinte sich das Beste, was das Languedoc zu bieten hatte. Atlantische und mediterrane Rebsorten, die durch ihre natürliche Harmonie verblüfften und all das verkörperten, was Keller mit dieser Gegend verband. Der Wein war frisch, fruchtig, ausgewogen und vor allem aufrichtig. Er nahm einen reichlichen Schluck und ließ ihn am Gaumen ruhen. Als er heruntergeschluckt hatte, schaute er seine Tochter an und neigte den Kopf. »Warum von der Vergangenheit sprechen? Lasst uns lieber über die Zukunft reden! Der Sommer ist noch jung, und das Hausbootfahren – trotz allem – die schönste Art zu reisen.«

Alle drei sahen ihn entgeistert an. »Du willst immer noch bleiben?«, fragten sie wie aus einem Mund.

»Warum nicht? In Frankreich gibt es jede Menge Wasserstraßen, die sich zu erkunden lohnen. Eine malerischer als die andere.«

»Besser malerisch als mörderisch«, kommentierte Burkhard.

Keller ging darüber hinweg. »Am südlichen Ende des Canal du Midi liegt Agde. Von dort aus kann man über den Étang de Thau nach Sète fahren und dann weiter den Canal du Rhône à Sète hinauf nach Aigues Mortes, einer wunderhübschen mittelalterlichen Stadt. Eine Alternative ist der Canal de Bourgogne weiter im Norden: Er verbindet die Yonne mit der Saône, führt unter anderem durch Dijon und hat eure Mutter und mich schon immer sehr gereizt. Ja, ich denke, dass ich dort meine Tour fortsetzen werde.«

Ratlose Gesichter hatten sich ihm zugewandt.

Burkhard war der Erste, der sich wieder fasste. »Dijon – stammt von dort nicht der famose Senf? Ansonsten kommt mir *Bœuf bourguignon* in den Sinn, ein Rindfleisch-Schmortopf. Oder *Coq au vin de Bourgogne,* der in Rotwein marinierte und zubereitete Hahn, und natürlich die traditionellen *Escargots à la bourguignonne,* Schnecken mit Kräuterbutter. Auch die Desserts sollen nicht schlecht sein: *Pain d'épices,* der burgundische Gewürzkuchen, oder Nachspeisen mit Cassis, dem berühmten Likör aus Schwarzen Johannisbeeren. Eines steht fest: Verhungern wirst du dort nicht.«

Das Dessert, eine *Crème brûlée* mit karamellisiertem braunen Zucker, wurde serviert, als Sophie den Kopf an die Schulter ihres Vaters legte.

»Vermisst du sie noch?«, fragte sie so leise, dass die anderen es nicht hören konnten.

»Ja«, antwortete Keller. »Mehr denn je.«

»Mir geht es genauso.«

»Dabei heißt es doch, die Zeit heilt alle Wunden.«

»Warum sollte sie?«

Keller spürte die Wärme seiner Tochter. »Ich wäre so gern bei ihr.«

»Es hat nicht viel gefehlt, und Helga hätte dich gehabt.«

Mit dieser Feststellung löste sich Sophie von ihm. »Aber es ist gut, dass du bei uns geblieben bist«, ergänzte sie und stieß ihren Löffel durch die Karamellkruste.

FIN

Bon appétit

Bei einer Hausboottour durch Frankreich, das Land der Gourmets und Spitzenköche, darf der kulinarische Aspekt nicht zu kurz kommen. Die Fahrt über den Canal du Midi bietet jede Menge Gelegenheit für Einkäufe auf den Wochenmärkten und in den Geschäften kleiner und großer Orte entlang der Route. Die Auswahl an Fleisch, Fisch, erntefrischem Obst und Gemüse sowie köstlichen Backwaren lässt keine Wünsche offen – doch wie soll man sie mit den bescheidenen Mitteln einer Bordküche zubereiten?

Pas de problème! Denn erstens sind die meisten Boote der namhaften Anbieter inzwischen nicht nur mit Kühlschrank und (Gas-)Herd samt dazugehörigen Töpfen und Pfannen ausgestattet, sondern verfügen oft auch über Backofen und Mikrowelle. Außerdem lassen sich selbst mit einfachen Mitteln leckere Gerichte nach südfranzösischer Art zubereiten. Hier vier empfehlenswerte Rezepte zum Nachkochen!

Dorade à la Carcassonne

Zutaten:
  1 Dorade (pro Person)
  Salz
  Pfeffer
  Thymian
  1 Lorbeerblatt
  1 Zitrone
  2 Lauchzwiebeln
  1 Knoblauchzehe
  1 gewürfelte Tomate
  100 ml Weißwein
  Beilage: Baguette, grüner Salat

Fangfrischen Fisch gibt es auf den Wochenmärkten, aber auch die großen französischen Supermarktketten bieten in ihren Fischabteilungen eine riesige Auswahl. Beim Betrachten der im Eisbett gelagerten Seelachse, Meerbarben, Schellfische und Sardinen, umgeben von prächtigen Hummern, Taschenkrebsen, Muscheln und Schnecken, gehen jedem Liebhaber von Fisch und Meeresfrüchten die Augen über.

Und so wird's gemacht: Die Dorade vom Fischhändler ausnehmen lassen. Wenn man möchte, kann man auch gleich Flossen und Kopf entfernen lassen – das sieht dann allerdings beim Anrichten nicht mehr ganz so schön aus.

Der Fisch wird innen leicht gesalzen und gepfeffert, dann frischen Thymian, ein Lorbeerblatt und eine Scheibe Zitrone einlegen.

Natürlich kann die Dorade wie üblich auf Holzkohle gegrillt werden, was zum besten Ergebnis führt. Ist dies – zum Beispiel an Bord eines Hausbootes – nicht möglich, kann man sie auch gut im Backofen oder sogar in der Mikrowelle zubereiten. Dazu gibt man die Ringe von ein bis zwei geschnittenen Lauchzwiebeln oder Schalotten, eine geviertelte Knoblauchzehe sowie einige Tomatenwürfel in eine Auflaufform und gießt mit etwas Weißwein (Tipp: Muscadet) und einem Esslöffel Olivenöl an. Die Dorade hineinlegen, mit zwei Zitronenscheiben bedecken. Abgedeckt in den Ofen oder bei Stufe 600 in die Mikrowelle schieben und ca. 25 bis 35 Minuten garen.

Dazu schmecken ein grüner Salat und Baguette. Wahlweise auch Kartoffeln oder Reis.

Steak haché mit haricots verts

Zutaten:
   500 g Rinderhack
   Bratfett
   Salz
   Pfeffer
   Beilagen: grüne Bohnen, Kartoffeln

Der Klassiker unter den französischen Schnellgerichten für Fleischfreunde: Für *steak haché*, Hacksteak, verwenden wir Rindfleisch, das beim Servieren innen gern noch etwas blutig sein darf. Das Fleisch besorgen wir uns bei der *boucherie*, der Fleischerei vor Ort, und lassen es uns frisch durch den Fleischwolf drehen. Wer sich das Formen der Hacksteaks sparen will, erhält auf Wunsch auch fertige Bratlinge: Die Steaks sind etwa daumendick und kommen fertig geformt aus der Maschine.

Für die Zubereitung gibt es verschiedene Varianten. Das beste Resultat erzielen wir beim Verwenden einer gusseisernen Grillpfanne. Dazu stellen wir einen Gaskocher auf stabilem Untergrund am Ufer neben der Anlegestelle des Hausboots auf. Alternativ gelingt das *steak haché* auch in der Bratpfanne auf dem Herd.

Und so geht's: Hacksteaks mit dunklem Pfeffer aus der Mühle würzen, kurz anbraten, danach wenig salzen – fertig!

Je nach Geschmack kann man dazu eine fertige Tomatensoße aus dem Glas erwärmen. Sehr gute Begleiter sind *haricots verts*, kleine grüne Bohnen vom Wochenmarkt.

Diese werden in kochendem Wasser leicht gesalzen und je nach Größe 10 bis 15 Minuten gekocht, dann abgießen, mit kaltem Wasser abschrecken und mit einem Stück Butter verfeinern.

Tarte à la tomate

Zutaten:
  Fertigteig (Blätterteig oder salziger Mürbteig)
  Gruyère râpé oder ein weicher Ziegenkäse
  3 große fleischige Tomaten
  1 Zwiebel
  1 Knoblauchzehe
  Thymian
  Petersilie

Nicht nur Vegetarier kommen bei diesem Tipp aus der leichten Sommerküche auf ihre Kosten: eine schmackhafte Tarte mit aromatischen Tomaten, für deren Zubereitung unsere Bordküche über einen Ofen verfügen muss.

»*Il n'y a plus de vraies tomates!*«, es gibt keine richtigen Tomaten mehr! So klagten vor einigen Jahren viele Franzosen, die sich über die Geschmacklosigkeit des Supermarktgemüses ärgerten. Inzwischen haben viele alte (und einige neue) Sorten ihren Platz in den Sortimenten zurückerobert, und die Auswahl an Qualitätsware ist groß: etwa die *Cœur de bœuf*, in Deutschland als Ochsenherztomate bekannt, deren Fleisch saftig und fest ist, oder *Verna orange*, die eine ähnliche Konsistenz aufweist. Lecker ist auch die auberginefarbene *Noire de Crimée* oder die cremefarbene *Beauté blanche du Canada*.

Wir wählen eine große, fleischige Sorte, schneiden mehrere dünne Scheiben davon ab, salzen, lassen sie eine Weile stehen und gießen die Flüssigkeit ab. Anschließend einen Fertigteig (Blätterteig oder salzigen Mürbteig) ausrollen, in eine (Quiche-)Form geben und dünn mit Senf bepinseln. Eine Zwiebel und eine Knoblauchzehe sehr fein schneiden, gemischte Kräuter wie Thymian und Petersilie hacken und alles auf den Kuchenboden geben. Danach zuerst mit dem Käse und dann mit den Tomatenscheiben belegen. Zwischen die Tomaten noch etwas Käse geben.

Im Backofen bei 210 Grad ca. 25 Minuten backen und mit frischem Basilikum bestreut servieren.

Auch dazu passt ein frischer grüner Salat.

Cupcakes à la Crème brûlée

Zutaten:
- 4 Eier
- 300 g Zucker
- Vanillearoma
- 300 ml Milch
- 250 g Sahne
- 150 g Butter
- 250 g Mehl
- 1 Beutel Backpulver
- Stärke

Crème brûlée ist eine traditionelle französische Süßspeise, legendär durch ihre köstliche Karamellkruste. Unser Dessertvorschlag erlaubt sich eine mutige Abwandlung dieses Klassikers – und zwar als Cupcake. Voraussetzung: Unsere Hausbootküche muss über einen Backofen oder eine Mikrowelle mit Backfunktion verfügen.

Wir rühren gut 130 g Butter mit ca. 160 g Zucker schaumig und geben etwas Vanillearoma, 1 Ei sowie 2 Eiweiß (Eigelb für später aufheben!) dazu. Anschließend 130 ml Milch, 250 g Mehl und einen Beutel Backpulver hinzufügen. Der Teig wird in Muffin-Förmchen verteilt und bei 180 Grad gebacken.

Dann bereiten wir die Creme, für die wir 250 ml Sahne, gut 20 g Zucker, 160 ml Milch und etwas Vanillearoma in einen Topf geben. Besser noch eignet sich das Mark einer Vanilleschote, zum Beispiel von der französischen Vanilleinsel La Réunion. Dazu hält man die Schote an einem Ende fest und kratzt mit der Rückseite des Messers entlang der Innenseite. Das Mark löst sich und bleibt am Messer kleben. Das Ganze erhitzen und so lange rühren, bis sich der Zucker auflöst.

Nun rühren wir 4 Eigelb und 100 g Zucker zusammen mit etwas Stärkemehl zu einer sämigen Creme und geben sie zu der Milch-Vanille-Mischung. Fleißig weiterrühren, bis sich die Masse verdickt. Jetzt haben wir uns eine Pause verdient, denn die Füllung muss etwas abkühlen.

Anschließend stechen wir daumendicke Löcher in die fertig gebackenen Cupcakes und verteilen die Vanillecreme. Alles großzügig mit Zucker bestreuen und mit einem Küchenbrenner flambieren, sodass der Zucker karamellisiert.

Kleine Übersetzungshilfe für den Wochenmarkteinkauf:

Ein Stück (Käse, Nugat etc.) – *un morceau de / à peu près…
grammes*

Scheiben (von Salami, Schinken etc.) – *des tranches de* (die
gängigsten Schinkensorten heißen *jambon à l'os, jambon
blanc, jambon fumé*)

500 Gramm – *cinq cents grammes de …*

Gut gereift – *bien fait* (bei Weichkäse), *affiné, jeune: 3 mois,
vieux: 6 mois et plus* (für Schnittkäse)

Etwas mehr / etwas weniger – *un peu plus, un peu moins*

Das ist alles – *ç'est tout*

Haben Sie eine Tüte? – *auriez-vous un sac / un sachet?*

Merci

Unsere erste Hausbootfahrt liegt etliche Jahre zurück: 1995 befuhren wir einen wunderschönen Abschnitt des Canal de Bourgogne. Wir waren damals zu viert unterwegs und wechselten uns am Steuerstand ab, sodass die anderen die reizvolle Landschaft vom Sonnendeck aus genießen konnten. Bei Einbruch der Dämmerung machten wir halt, wo immer es uns gefiel, meistens abseits von Orten in freier Natur. Wir kochten uns einfache, authentische Gerichte aus dem, was die Märkte entlang unserer Route boten. Später am Abend verteilten wir Windlichter an Deck, rückten zusammen und widmeten uns dem Wein. Selbstverständlich von einem regionalen Anbieter und praktischerweise im Kanister abgefüllt, an dessen Zapfhahn sich jeder bedienen konnte, wie er Lust und Durst hatte. Was wir dabei nicht bedachten: Je später die Stunde, desto mehr Tropfen gingen beim Zapfen daneben. Als meine Schwägerin anderntags vom Baguetteholen aus dem nächsten Ort zurückkehrte und unser Boot aus der Entfernung sah, war der Schreck groß. Im ersten Moment dachte sie an ein Massaker, das sich an Bord abgespielt haben musste, denn über die komplette Schiffswand vom Sonnendeck bis an den Rumpf zogen sich dunkelrote Rinnsale. Glücklicherweise gab es keine Toten zu beklagen, und selbst die Halbtoten waren nach ein oder zwei Aspirin wieder munter. Es machte allerdings eine Heidenarbeit, die Weinspuren zu beseitigen.

Den Canal du Midi befuhren wir 1999 zum ersten Mal – und waren begeistert! Über seine Gesamtlänge ist er mit mehr als sechzig Schleusenanlagen ausgestattet, fünfzehn davon zwischen Toulouse und dem Scheitel mit einem Anstieg von insgesamt siebenundfünfzig Metern. Danach folgen noch achtundvierzig Schleusen und fast zweihundert Meter Abstieg bis zum Étang de Thau. Das heißt, dass durchschnittlich spätestens alle vier Kilometer eine Staustufe zu passieren ist; meistens sind die Abstände sogar kürzer. Vor allem die Schleusentreppe von Fonserannes (Échelle d'Écluses de Fonserannes) hatte es uns angetan. Sie liegt nahe der Stadt Béziers und überwindet mit sechs Kammern einen Höhenunterschied von fast vierzehn Metern! Ein Meisterwerk der Technik, das durch seine ebenso einfache wie robuste Konstruktion auch Jahrhunderte nach seiner Entstehung zuverlässig seinen Dienst versieht und funktioniert wie ein Uhrwerk. Höhepunkt unserer Reise war die Ankunft in Carcassonne, dieser Perle mittelalterlicher Baukunst. Besonders angenehm in Erinnerung geblieben ist mir ein geselliger Abend, den wir auf dem Place Carnot verbrachten – bei Moules frites, Miesmuscheln mit Pommes frites, und prickelnd kühlem Roséwein.

Für die großartige Unterstützung bei den Recherchen für dieses Buch danke ich ganz besonders Caroline Ducasse, die mir die schönsten Ecken Carcassonnes nahegebracht hat, und Katja Meinken-Wiedemann von *Le Boat* für die vielen wertvollen Tipps und Hinweise. Lieben Dank an Monika Fritsch von ATOUT FRANCE für die Vermittlung vieler wichtiger Kontakte und an Marie-Anne Tan aus Strasbourg für ihre sorgsame Begleitung des Projekts. Waltraud Gräwe danke ich für ihre kreativen Rezeptideen, Oliver Grill für seine kriminaltechnische

Beratung und Dr. Uwe Meier für seine – wie immer – tolle Hilfe bei der Entwicklung der Story. Danke für ihre wachsamen Blicke an Sabine Gräwe und Werner Hellwig. Uta Rupprecht möchte ich für das sorgsame Lektorat und ihre Liebe zum Detail danken, die dem Text sehr guttat. Und natürlich danke ich meiner Frau Susanna und meiner Familie für ihre Unterstützung, insbesondere Philip, der eifrig an der Idee für diese Geschichte mitgebastelt hat.